Rosemarie Forstmaier
Alle Wege führen zu dir
Barbaras innere Stimme

Rosemarie Forstmaier

Alle Wege führen zu dir

Barbaras innere Stimme

rosenheimer

© 1999 Rosenheimer Verlagshaus GmbH & Co. KG,
Rosenheim
Mediasoft ® Verwertung von Urheberrechten GmbH

Titelbild: Michael Wolf, München
Satz: Buch-Werkstatt GmbH, Bad Aibling
Druck und Bindung: Wiener Verlag, Himberg
Printed in Austria

ISBN 3-475-52954-8

Alle Wege
führen zu dir

Wie ein winziger kanariengelber Käfig schwebte die Gondel hoch über wetterzerzauste Tannen und Kiefern, vom feinen Surren des Fahrtwindes begleitet, hinauf zur Bergstation. Ein wunderschöner Spätherbsttag hatte noch einmal viele Besucher auf den Gerlosstein gelockt. Ein fast enzianblauer Föhnhimmel überspannte die Gipfel der Tiroler Berge. Nur ganz im Norden, gegen das Inntal zu, ging die tiefe Bläue in spinnwebfeinen Dunstschleiern unter.

Zügig, mit berggewohnten Schritten, stieg die junge Frau durch kniehohe, leuchtend rostrote Heidelbeerbüsche durch den Hochwald hinauf. Dies war nicht der richtige Weg, der hinauf zum Gerlossteinhaus führte, es war die ausgeholzte Skiabfahrt, der sie folgte. Hier kannte sie jeden Wurzelstock, der knorrig aus dem mageren Erdreich ragte, jeden Felsbrocken, der ihren Weg säumte.

Sylvie Rautter, die unten in Zell bei ihrer Tante lebte und von ihr gehörig ausgenutzt und tyrannisiert wurde, war heute gerade neunzehn Jahre alt geworden. Aus diesem Anlass hatte ihr die Tante einen freien Tag gegeben, mit dem Hinweis, dass dieses Geschenk genug wäre.

Sylvie war ein außergewöhnlich schönes Mädchen, nur mittelgroß, aber gertenschlank und grazil. Ihr Gesicht sah aus als wäre es ganz fein gemeißelt und es wurde von großen strahlendblauen Augen beherrscht, die meist noch kindlich verträumt in die Welt blickten.

Nachdem das Mädchen den Hochwald verlassen hatte, blieb sie verschnaufend stehen und schaute sich mit leuchtenden Augen um. Hier oben gab es nur noch wenige Bäume, meist bizarr geformte Wetterfichten und Kiefern. In dieser Höhe hatten die harzduftenden Latschen und verfilztes Almrauschgestrüpp das Vorrecht.

Sylvies Herz begann schneller zu klopfen, als sie ihren Weg fortsetzte. Und daran war gewiss nicht nur der steile Aufstieg schuld.

Mittag war schon vorüber, aber drinnen, im Gerlossteinhaus, ging es noch immer hoch her. Viele Gäste waren mit der Bergbahn heraufgekommen und ließen sich das Essen und Trinken schmecken.

Als Sylvie eintrat, schlugen ihr lautes Stimmengewirr und Tellergeklapper entgegen. Im Speisesaal, dessen hohe Fensterwand den Gästen einen herrlichen Blick hinunter ins Zillertal gewährte, fand sie keinen freien Tisch mehr und so machte sie wieder kehrt.

»Grüß dich Gott, Sylvie!«, rief ihr der Wirt zu, der an der Theke stand und Bier zapfte. »Findest du keinen Platz mehr?«

»Grüß Gott, Wilfried! – Schaut fast so aus! – Bei dir geht's ja zu, wie wenn Hochsaison wär«, erwiderte Sylvie lächelnd und blieb etwas unschlüssig neben der Theke stehen.

Ohne seine Arbeit zu unterbrechen sagte der Wirt: »Schau ins Stübl! Da muss noch was frei sein. Ich schick dir gleich eine Kellnerin.«

Das junge Mädchen nickte und öffnete die mit Butzenscheiben ausgelegte Tür. Nur wenige Gäste saßen in dem kleinen, gemütlichen Raum.

Dieser Raum, der normalerweise nur den Übernachtungsgästen vorbehalten war, strahlte eine warme Behaglichkeit aus. Decke und Wände waren aus Holz; rot gepolsterte Bänke, die sich um kleine Tische zogen, luden zum Hinsetzen ein.

Sylvie, von den bewundernden Blicken der beiden Herren unberührt, die sie trotz ihrer Damenbegleitung ungeniert musterten, nahm ihren Rucksack von den Schultern und setzte sich an einen freien Tisch. Sie achtete gar nicht darauf, dass sich zwei Ehepaare am Nachbartisch einigermaßen lautstark mit ihrer Person beschäftigten.

Plötzlich erhob sich eine der Damen, kam auf Sylvie

zu und begann: »Entschuldigen Sie bitte, aber könnte es nicht sein, dass wir uns schon einmal begegnet sind? – Ich habe im letzten Winter hier einige Tage Ferien gemacht.«

»Das kann gut möglich sein«, meinte die Sylvie lächelnd. Bereitwillig erklärte sie: »Sie werden mich halt beim Skifahren gesehen haben. Ich bin hier Skilehrerin.«

Die Dame drehte sich zu ihren Begleitern um und rief triumphierend: »Siehst du, Erich, was habe ich dir gesagt? Ich wusste doch, dass ich sie schon gesehen habe!« Nun wandte sie sich wieder zu dem Mädchen und fuhr fort: »Sie sind also so richtig sportlich? Das finde ich toll!«

Sylvie ließ sich von den Bemerkungen nicht aus der Fassung bringen. Sie war daran gewöhnt, von den Urlaubern ungeniert ausgefragt zu werden. Die meisten waren ohnehin der Ansicht, mit dem Bezahlen der Kurtaxe auch ein Anrecht auf die Persönlichkeit der Einheimischen erworben zu haben. Gelassen erwiderte sie: »Im Winter arbeite ich bei der Skischule Gerlosstein. Das ist eine Arbeit wie jede andere auch.«

Inzwischen hatte sich die Dame – sie mochte so Mitte Dreißig sein – unaufgefordert zu Sylvie an den Tisch gesetzt. »Ist das denn nicht furchtbar anstrengend? – Wie sind Sie denn zu diesem ausgefallenen Beruf gekommen?«, fragte sie.

»Manchmal ist's freilich ein bissl mühsam«, gab Sylvie zu. »Ich hab meistens Kinderkurse und die kleinen Herrschaften beschäftigen mich ganz schön. Skianziehen, Skiausziehen, Naseputzen, Handschuhe suchen und Beistand leisten, wenn sie alle Augenblicke verschwinden müssen, denn mit der dicken Kleidung können sie sich ja nicht allein helfen!«

Die Dame nickte verständnisvoll und, wie es schien, fast ein bisschen geringschätzig. Unvermittelt erschien ein schwärmerisches Leuchten in ihren Augen, als sie erklärte: »Ich hatte letzten Winter auch Skiunterricht; Privatstunden bei Toni. Er ist ja ein staatlich geprüfter Skilehrer.«

Es war weniger dieses Prädikat, was die Damen so sehr schätzten, vielmehr die Tatsache, dass der Braunecker-Toni hinreißend aussah und mit seinem ungezwungenen Naturburschen-Charme ihre Fantasie beflügelte.

»Sie werden ihn ja sicher gut kennen, den Toni«, redete die Dame weiter. »Mein Mann hat soeben hier für mich ein Zimmer gebucht, für kommenden März. Dann möchte ich so richtig Skilaufen lernen. Mir macht es Spaß und Toni hat mir versichert, dass ich gute Fortschritte mache!«

Das tut er bei jeder, dachte Sylvie bitter; das ist schließlich sein Beruf. Es kostete sie aber einige Mühe, sich freundlich von der gesprächigen Dame zu verabschieden, die nun wieder an ihren Tisch zurückging. Mit einem Mal fühlte sie sich ganz niedergeschlagen. Sie schalt sich selbst eine Närrin; leider besserte das ihre Stimmung keineswegs. Schließlich wusste sie ganz genau, welchen Erfolg Toni bei Frauen hatte, und sie selbst konnte sich davon nicht ausschließen. Der Unterschied bestand jedoch darin, dass er mit allen anderen flirtete, während er sie ganz einfach übersah. Es war nicht so, dass er nicht freundlich zu ihr gewesen wäre, sie hatte jedoch immer das Gefühl, dass er sie wie einen jungen Kollegen behandelte und sie als Frau nicht für voll nahm.

Nachdem Sylvie gegessen hatte, hielt sie sich nicht mehr lange auf. Sie wollte noch hinauf auf den Arbiskogel um ihren Vetter zu besuchen, der dort oben beschäftigt war.

Sylvie Rautter hatte das gemütliche Stübl bereits verlassen, wobei ihr begehrliche Männerblicke gefolgt waren, als der Wirt eintrat.

»Haben Sie noch einen Wunsch?«, erkundigte er sich zuvorkommend. Einer der Herren erwiderte augenzwinkernd: »Ich habe mir gerade überlegt, ob ich nicht vielleicht auch Skilaufen lernen sollte. Bei einer so anziehenden Lehrerin würde es mir auch Spaß machen.«

Herr Binder, der Wirt, schmunzelte verständnisvoll.

»Für unsere Sylvie sind Sie halt schon ein bissl zu groß. Sie gibt bloß Kindern Unterricht.«

»Schade! Eine so attraktive junge Frau ist doch für die Kleinen die reinste Verschwendung«, meinte einer der Gäste anzüglich.

»Sicher ist es mit ihren Künsten nicht so besonders weit her«, bemerkte eine der Damen spitz.

Das Schmunzeln des Wirtes verbreiterte sich daraufhin zu einem belustigten Grinsen, wobei seine makellosen Zähne in dem wettergebräunten Gesicht aufblitzten. Seine Stimme klang jedoch verbindlich, als er erklärte: »Da sind Sie aber auf dem Holzweg! Die Rautter Sylvie ist eine erstklassige Slalomfahrerin. Es gibt etliche Skilehrer, die sie glatt abhängt! Sie hat den aktiven Rennsport leider aufgeben müssen, als sie sich vor einigen Jahren schwere Verletzungen zuzog.«

Nun schwiegen die Damen betreten, während sich in den aufmerksamen Gesichtern der Herren deutlich Bewunderung widerspiegelte.

In einer Mulde unweit der Bergstation lag die Hütte des Braunecker-Toni. Feiner, weißer Rauch kräuselte sich aus dem Kamin um sich sofort in der klarblauen Herbstluft aufzulösen.

Früher war dieses hübsche Häuschen eine gewöhnliche Sennhütte gewesen, mit einer Kammer und einem Wohnraum für die Sennerin und einem großen Stall für das Vieh. In vielen Stunden mühsamer Arbeit und mit viel Geschick hatte sich der Braunecker-Toni eine wohnliche und urgemütliche Bleibe geschaffen, in der er das ganze Jahr über wohnte. Für ihn, den Skilehrer und Bergführer, war es bequemer und billiger, hier oben zu leben. Die Einsamkeit bedrückte ihn nicht sonderlich, denn erstens war das Gerlossteinhaus in der Nähe und dort war sommers wie winters immer etwas los, und zweitens hatte er genug damit zu tun die netten Damenbekanntschaften davon zu überzeugen, dass um fünf Uhr abends die letzte Gondel ins Tal ging und der Weg zu Fuß beschwerlich und auch gefährlich war. – Freilich konnte es schon hie und da geschehen, dass der Toni oder seine Begleiterin die letzte Gondel reinweg übersahen.

Der Toni schob noch ein Scheit Holz in den Ofen, dann wartete er geduldig darauf, dass die Speckknödel im Sud zu tanzen anfingen. Mit seinen kohlschwarzen Augen betrachtete er hungrig die Produkte seiner Kochkunst. »Teufel, hab ich einen Hunger!«, stieß er mit tiefer, weicher Stimme hervor.

Er war groß und breitschultrig, doch überaus geschmeidig und schmal um die Hüften. Sein rassiges, scharf geschnittenes Gesicht, das von der Sonne stark gebräunt war, verzog sich ungeduldig, wobei sich seine tadellosen Zähne in die etwas volle, Sinnenfreude verratende Unterlippe vergruben. In der schmalen, doch kräftigen Linken hielt er einen Teller, während er mit der Rechten eine Schöpfkelle umfasst hielt. »Jesses, der erste Knödkl tanzt«, jubelte er und schon hatte er sich mit kundiger Hand einen Speckknödel herausgefischt, der nun auf dem Teller dampfte. Vorsichtig balancierte er sein frugales Mittagsmahl hinüber zum Tisch, über den eine bunt gewürfelte Decke gebreitet war. Ja, der Braunecker-Toni hielt etwas auf die Gemütlichkeit.

Er wollte sich gerade setzen, als sein Blick aus dem kleinen, niedrigen Fenster irrte. »Ja, was kraxelt denn da für eine Gesellin hoch?«

Seine Neugier, die besonders beim Anblick weiblicher Wesen empfindlich reagierte, war geweckt und sein Hunger vergessen. Schnöde ließ er seinen Knödel im Stich und holte sich das Fernglas.

Als er das Mädchen, das sich den steilsten und kürzesten Weg zum Arbiskopf hinaufmühte, im Sucher hatte, sog er anerkennend die Luft ein. »Nicht schlecht! Die kraxelt wie ein Gams! Das muss eine Einheimische sein, aber meiner Seel, so eine Figur – wie gedrechselt.« Er beobachtete das Mädchen so lange, bis sie hinter einem Latschengestrüpp verschwunden war.

Nun erst erinnerte er sich wieder an seinen Hunger. Mit gesundem Appetit, wobei es ihm kaum etwas ausmachte, dass der heiß dampfende, ehemals flaumlockere

Knödel nun klumpenhart und beinahe kalt geworden war, begann er zu essen. Zwischen den einzelnen Bissen meditierte er: »Über Nacht kann's schneien. Die Bahn stellt den Betrieb auch ein. Und bis Dezember ist eine lange Zeit. Ich mach doch lieber gleich ein Sprüngl auf den Arbiser hoch. Anschauen kostet ja nichts.«

Ziemlich hastig beendete er seine Mahlzeit. Dann fischte er noch die restlichen Knödel aus dem Sud.

Der Toni versperrte seine Hüttentür und hängte den Schlüssel hinter einen Fensterladen; eine Maßnahme, die ebenso unausrottbar wie sinnlos war, wie diejenige, den Sparstrumpf unter der Matratze aufzubewahren!

Mit langen Schritten eilte der Braunecker-Toni über das steinige Almfeld. Auch ihm wäre es nicht in den Sinn gekommen, den sich sanft den Arbiskopf hinaufschlängelnden Fußweg oder gar den Sessellift zu benutzen. Er nahm ebenfalls die Skiabfahrtsstrecke.

Das ›Liftstüberl‹ oben auf dem kleinen Plateau des Arbiskopfes lag unmittelbar neben dem Sessellift. Von der vorgebauten Sonnenterrasse aus hatte man einen herrlichen Rundblick auf die gewaltigen Gipfel und Zinnen der Tiroler Alpen bis hinein ins Italienische.

Seit diese Station vor etlichen Jahren erbaut worden war, sorgte der Hanns für das leibliche Wohl seiner Gäste. Er war hier oben zu einer festen Institution geworden, so dass es bei den Eingeweihten längst nicht mehr hieß: »Wir treffen uns auf dem Arbiser«, sondern: »Wir sind beim Hanns!«

»Hanns, ein Schnapsl!« – »Hanns, ein Gulasch!« – »Hanns, einen Roten« – »Hanns, einen Speck!« So ging es den ganzen Tag und der Hanns wetzte und rannte und hatte selbst noch im größten Trubel für jeden Gast ein freundliches Wort. Er war ein Hüne von einem Mann und schob sich trotz seiner hundertneunzig Pfund Gewicht mit einer Schnelligkeit und Gewandtheit zwischen Tischchen und Liegestühlen hindurch, dass man nur staunen konnte.

Der ›Gerlosstoaner‹, wie Herr Binder, der Besitzer des

Gerlossteinhauses und des Liftstüberls genannt wurde, hätte sich keinen besseren als den Hanns für den Arbiser wünschen können. Und er ließ ihn dort oben auch völlig selbstständig arbeiten. Der Hanns zeigte sich des in ihn gesetzten Vertrauens würdig und war fleißig und ehrlich und schaute aufs Geschäft. Er hatte nur einen einzigen Fehler: Er bekam in schöner Regelmäßigkeit zweimal im Jahr den Saisonkoller!

Als die Sylvie das kleine Hochplateau des Arbiskopfes erreicht hatte, lag das Liftstüberl still und friedlich vor ihr; nur etliche Liegestühle standen verwaist auf der Terrasse. Der Sessellift hatte den Betrieb eingestellt, es ging auf drei Uhr zu und die Sonne stand bereits im Westen. Es war immerhin Ende Oktober und in dieser Höhe wehte ein empfindlich kaltes Lüftchen.

Drinnen im Liftstüberl war niemand zu sehen.

»Ist niemand da?«, bemerkte das Mädchen vernehmlich. Wie der Blitz, ein zwar ziemlich großer und umfangreicher, aber beinahe ebenso schnell, kam der Hanns aus der kleinen Küche herausgeschossen. Ein blütenweißes Tuch um den Leib gebunden und ein erwartungsvolles Lächeln im Gesicht, wollte der Hanns hinter seiner gläsernen, blitzsauberen Theke Aufstellung nehmen. Als er seinen verspäteten Gast jedoch erkannte, sagte er in unverwechselbarem Steyrisch: »Jetzt hab i gmaant, Kundschaft waar kumma!«

»Und derweil bin's bloß ich«, vervollständigte die Sylvie lächelnd seinen Satz, wobei sie ihren Rucksack von den Schultern nahm. »Bei dir ist aber nicht mehr viel los.«

Das wettergebräunte Gesicht des Hanns verzog sich unmutig, während er nicht vorhandenen Staub von einem der Tische wischte und unwirsch bemerkte: »Was willst um die Zeit! – Na ja, lang wird's ja eh nicht mehr dauern ...«

Seine letzten Worte, die doch sehr selbstmitleidig geklungen hatten, ließen das Mädchen aufhorchen. Mit einem schalkhaften Schmunzeln fragte sie: »Was ist denn, Hanns? – Gehst vielleicht wieder einmal?« Der Hanns

14

nickte schicksalergeben, dabei blickten seine wasserblauen Augen wie abschiednehmend umher.

Die Sylvie, mit dem stetig wiederkehrenden Leiden ihres Vetters vertraut, ignorierte Hanns' waidwunden Blick geflissentlich. Betont fröhlich sagte sie: »Wie wär's mit einem Glasl Roten, oder gibst du nichts mehr her?«

Der Hanns nickte geistesabwesend und ging hinter die Theke. Als er das Tablett mit dem Glas Tiroler Roten vor das Mädchen hinstellte, sagte er: »Gesundheit!«

»Gesundheit!« Sylvie nahm ein Schlückchen. »Und was ist mit dir? Trinkst du nichts? – Heut, an meinem Geburtstag, musst du schon mit mir anstoßen.«

Plötzlich riss der Hanns vor Verwunderung Mund und Augen auf und mit einem Mal kam wieder Leben in ihn. »Wie die Zeit vergeht!«, staunte er und schon goss er zwei Gläser voll, versteht sich. Der Hanns gratulierte seiner Verwandten, dann stießen sie an. »Ich hab mich eh schon gewundert, dass du heut einmal nicht arbeiten musst. – Wie kommst du denn zurecht mit dem alten Drachen?«, erkundigte sich der Hanns.

»So musst nicht reden von der Tante! – Ich bin froh, dass sie mich aufgenommen hat nach dem Unglück damals. Wo hätt ich denn sonst hin sollen? Wer nimmt schon gern ein zehnjähriges Mädchen für ein ›Vergelt's Gott‹«, ereiferte sich nun die Sylvie. »Oder meinst, die Verwandten von meiner Mutter, in der Steiermark unten, wären froh gewesen, wenn ich gekommen wär?«

Kopfschüttelnd musste der Hanns gestehen: »Nein, die gewiss nicht! – Wie meine Verwandtschaft ausschaut, das weiß ich eh! Umsonst bin ich nicht fort von daheim!« Der Hanns wollte soeben zu einer weitschweifigen Betrachtung über Verwandtschaften im Allgemeinen und über die seinige im Besonderen ausholen, doch er sollte nicht dazu kommen.

Die Tür wurde geöffnet und der Braunecker-Toni trat ein, ein verschmitztes Grinsen im blitzsauberen Gesicht. »Grüß Gott, miteinander! Was ist denn bei euch ausgebrochen?«

Sylvies Herz hatte wie wild zu klopfen begonnen, ihre großen Augen hingen wie gebannt an dem Burschen. Es gelang ihr kaum ein halbwegs vernehmbares »Grüß dich, Toni«, hervorzustottern.

»Bist du grad vorhin hochgekraxelt, Sylvie?«, erkundigte sich der Toni, dabei schimpfte er sich im Stillen einen ausgemachten Deppen, dass er sie nicht gleich erkannt hatte.

Anstatt des Mädchens antwortete der Hanns: »Sie ist Geburtstagfeiern gekommen zu mir!« Und mit deutlich vernehmbarem Stolz in der Stimme fuhr er fort: »Es hat mich gefreut, dass meine Cousine grad an so einem Tag an mich denkt!«

»Da gratulier ich halt, Sylvie!«, kam es lachend vom Toni und er schüttelte ihr burschikos die Hand. »Wie alt oder besser wie jung bist denn? Siebzehn …?«

Nicht ohne Stolz erwiderte sie: »Ich bin schon neunzehn!«

»Sakra, da bist du ja schon fast erwachsen! – Ich fürcht, jetzt müssen wir schon ein bissl auf dich aufpassen; ich mein, die Gerlossteiner Skilehrer!«, sagte der Toni mit einem belustigten Augenzwinkern. Ja, dachte er bei sich, das Mädchen ist eine wahre Pracht! So was Feines und Hübsches kommt einem nicht alle Tag unter! – Aber der Braunecker-Toni hatte seine festen Grundsätze. Und obgleich er für jedes Abenteuer offen war, hielt er sich doch ziemlich genau an seine Regeln. So ein Mädchen wie die Sylvie war etwas Besonderes und die ließ er in Ruhe; da ließ er die Finger davon. Schließlich gab es genug andere.

»Ich trink keinen mehr«, wehrte die Sylvie vorschnell ab, als der Hanns mit einer neuen Lage Schnaps ankam.

»Wirst doch einem Kollegen von dir keinen Korb geben«, widersprach der Hanns energisch. »Geburtstag hat jeder bloß einmal im Jahr und da darf man nicht gar so zimperlich sein! – Gesundheit!«

»Ich wünsch dir viel Glück, Sylvie! Und dass alles in Erfüllung geht, was du dir wünscht!«, kam es aufrichtig und sehr herzlich vom Toni, als er mit der jungen Frau anstieß.

Trotz ihrer Zerfahrenheit, in die sie jedes mal verfiel, wenn er in ihrer Nähe war, musste die Sylvie lächeln. Ob er mit seinen Wünschen auch so unvorsichtig gewesen wäre, wenn er die ihrigen gekannt hätte? Nur einen kurzen Blick in seine Augen gestattete sie sich, dann senkte sie ihre Lider. Sie wusste, für ihn war sie immer noch die kleine, dumme Kollegin, der man in Beschützermanier zur Seite stehen musste. Und plötzlich tat sie etwas für sie ganz Außergewöhnliches: Herrgottsakradienochamal, mit einer jeden bandelt er an und spreizt sich und führt sich auf wie ein Pfau, bloß bei mir benimmt er sich, als könnte er nicht bis drei zählen. Und nach diesem stillen Fluch wurde ihr etwas besser, aber vielleicht lag es auch an den beiden Schnäpsen.

»Teufel, aber ruhig wird's jetzt hier oben«, bemerkte der Hanns.

»Jetzt sollten wir so vier, sechs Wochen Winterschlaf halten und auf geht's wieder!«, erwiderte der Toni grinsend. »Bleibst du oben beim Wilfried oder fährst du heim?«, fragte er den Hanns.

Ungewiss zuckte der mit den breiten Schultern. »Ich weiß noch nicht! – Was soll ich denn daheim? – Vielleicht mach ich ein paar Besuche! Ich hab etliche Einladungen, von Gästen, du verstehst.«

Und ob der Toni verstand, doch er warnte: »Pass bloß auf, Hanns! In der Urlaubsstimmung versprechen sie viel, aber wenn's dann so weit ist, dann schaut alles ganz anders aus! – Ich fang in der Hinsicht rein gar nichts an! – Da hab ich einen Fall gehabt …« Nach einem raschen Seitenblick auf Sylvie beschloss er diesen ›Fall‹ in leicht abgewandelter Form vorzubringen und fuhr fort: »Eine Kundschaft von mir, schwer reich, aus München, kommt jedes Jahr zwei Wochen und ich muss jeden Tag bloß ihm Privatstunden geben. Er zahlt einen Haufen Geld bloß für den Skilehrer! Und er lädt mich ein, ich soll ihn doch besuchen. Na, denk ich mir, München ist nicht weit, besuchst ihn halt, ist ein ganz pfundiger Kerl. – Ich fahr zu ihm. Villa, ganz nobel, alles so, wie er gesagt hat, bloß bei uns, da ist er in Urlaub gewesen, aber bei ihm daheim, da war ich bloß noch ein handgestrickter Skilehrer, mit dem er nicht recht gewusst hat, was er anfangen soll …« Hier grinste er still in sich hinein. »Na ja, ich hab nicht lang Peinlichkeit aufkommen lassen, ich bin wieder gefahren! Ich mag zwar ein ungehobelter Skilehrer sein, aber so dumm bin ich auch wieder nicht, dass ich nicht mitkrieg, wie der Hase läuft. – Und drum, Hanns, lass dir raten, bleib im Lande und nähre dich redlich!«

Atemlos hatte die Sylvie zugehört, dabei war sie keinesfalls so naiv wie die beiden Männer annahmen und dachte sich ihren Teil. Sie war jedoch klug genug, ihren Mund zu halten und ihren Veilchenaugen einen recht unschuldigen Ausdruck zu verleihen. Sie erhob sich unvermittelt und sagte: »Ich muss gehen, sonst versäum ich noch die letzte Gondel um fünf!«

Sofort stand auch der Toni auf und meinte zustimmend: »Ich pack's auch! Gehst mit, Hanns?«

»Bei mir dauert's noch ein bisschen!«, erwiderte der und machte sich hinter der Theke zu schaffen.

Bald darauf verließen der Toni und die Sylvie das Liftstüberl.

Sylvie hatte sich ihre Strickjacke angezogen, trotzdem erschauerte sie, als sie hinaus ins Freie trat. »Es bläst schon ganz schneidig!«

»Sind eh bloß noch geschenkte Tag!«, bemerkte der Toni.

Gemeinsam machten sie sich an den Abstieg hinunter zum Gerlossteinhaus. Sylvie bemerkte nicht, dass Tonis Blicke sie immer öfter streiften, wobei ein halb nachdenklicher, halb abschätzender Ausdruck in seine Augen trat. Lass das Mädchen in Ruh, warnte er sich selbst. So was macht bloß böses Blut und bringt Ärger.

Ein bissl netter könnte er schon sein, dachte die Sylvie, dabei schluckte sie tapfer ihre Enttäuschung hinunter.

Langsam versank die Sonne hinter den Schroffen und Gipfeln des Marchkopfmassives; die dunklen Schatten wurden zusehends länger. Weiße Nebelschleier hatten

18

das Zillertal zugedeckt, sie krochen unaufhaltsam die Bergflanken empor.

Im Häusl der Rautter Finni war alles eng, finster und sparsam. Und genauso war die Besitzerin, die Witwe des Ferdl, eines Bruders von Sylvies Vater.

In der winzigen Küche brannte eine schwache Birne, wegen der Stromkosten, versteht sich, und die Tante Finni saß unmittelbar darunter. Mit ihren dürren Fingern arbeitete sie an einem Strickzeug. Sie war mager und verhutzelt und böse Zungen behaupteten, dass es sie sogar reute, was sie selber aß.

Immer wieder warf sie einen giftigen Blick hin zu der alten Uhr an der Wand und jedesmal brummte sie: »Wo sie sich bloß wieder so lange 'rumtreibt? Jetzt geht's bereits auf sieben zu und sie ist noch nicht daheim! Unchristlich und frevelhaft ist es, wenn sich ein junges Mädl so spät noch in der Weltgeschichte herumdruckt! – Aber das hat man von seiner christlichen Nächstenliebe: nichts als Ärger!«

Man konnte über die Rautter Finni sagen, was man wollte, eines musste man ihr zugestehen: Christlich und fromm war sie. Sie besuchte jeden Tag mindestens einmal die Messe und hielt sich streng an die Buchstaben der Bibel; freilich, diese legte sie aus, wie sie es gerade für notwendig und richtig hielt!

»Bei uns kommt man ja aus der Aufregung nie heraus«, zeterte sie vor sich hin. »Jetzt, wo die Gäste endlich aus dem Haus sind und einmal wieder Ruh und Frieden wär, muss mir das Mädchen den letzten Nerv rauben!« Mit zur Stubendecke gerichteten Augen fuhr sie schicksalergeben fort: »Was mir unser lieber Herrgott wohl noch alles aufbürden mag? – Recht viel schlimmer können die Ägyptischen Plagen auch nicht gewesen sein.«

Ein zaghaftes Klopfen riss sie aus ihren wehleidigen und scheinheiligen Betrachtungen.

»Herein!«

»Grüß Gott, Rautterin«, begann die Traudl, eine Freundin von Sylvie, vorsichtig. »Ist die Sylvie daheim?«

19

Mit scharfen Augen beobachtete die Rautter Finni das junge Mädchen und sofort jammerte sie: »Aus Güte, und weil ich halt nicht nein sagen kann, hab ich der Sylvie einen freien Tag erlaubt, und jetzt ist sie noch immer nicht heimgekommen ... Das Betläuten ist schon lange vorüber, und sie weiß, dass ich es auf den Tod nicht ausstehen kann, wenn sie da nicht im Haus ist!«

Die Traudl, ein nettes, etwas burschikoses Mädchen, stand verlegen in der Tür. Sie hatte einen Blumenstrauß in der Hand, den sie nun wie entschuldigend der Rautterin entgegenhielt. »Ich hab ihr bloß zum Geburstag gratulieren wollen.«

»Auch so eine unchristliche und neumodische Sach!«, wetterte die Rautterin. »Geburtstag, was das schon sein soll! – Zu meiner Zeit, da hat man halt seinen Namenstag gefeiert, den Tag von seinem allerheiligsten Schutzpatron, aber heut ..., Geburtstag!«

»Wo ist sie denn hin?«

»Wo wird sie denn schon hin sein? – Hoch auf den Gerlos ...«, entfuhr es der Alten verächtlich. »Wie wenn's im Winter nicht noch genug herumrennen könnt da oben. Aber was red ich denn. – Du bist ja auch so eine ...«

Womit sie ausnahmsweise nicht so ganz Unrecht hatte, denn die Traudl war ebenfalls Skilehrerin bei der Skischule Gerlosstein. Mit einem nachsichtigen Lächeln wandte sie ein: »Aber Rautterin, da ist doch nichts Unrechtes dabei.«

»Weiß man's denn?«, hielt ihr die alte Finni scharf entgegen und bedachte sie dabei mit einem Blick, als stünde die nackte Eva unmittelbar nach dem Sündenfall vor ihr. »Zu meiner Zeit hat's so was auch überhaupt nicht gegeben.«

Die Traudl, sonst absolut nicht auf den Mund gefallen, suchte verzweifelt nach einem ehrenhaften Rückzug. »Ja ..., dann ...«, stotterte sie, »dann geh ich halt wieder! – Die Blumen lass ich da ...« Damit legte sie den schönen Strauß auf die abgewetzte und vom jahrelangen Ablaugen blind gewordene Anrichte. »Ich komm morgen wieder vorbei. Gute Nacht, Rautterin, und du brauchst dir wegen der Sylvie keine Gedanken zu machen, sie wird ja gleich kommen. Es ist ja erst sieben.« Rasch hatte die Traudl die Tür hinter sich zugezogen, und mit einem erleichterten Aufatmen verließ sie das Rautter Häusl.

Oben im Gerlossteinhaus war es still geworden. Die letzten Ausflügler waren mit der Fünf-Uhr-Gondel ins Tal gefahren und die wenigen Hausgäste waren auf ihren Zimmern; es waren meist ältere Leute, die sich vor dem Abendessen noch etwas ausruhten.

Der Braunecker-Toni saß mit dem Hanns im Stübl, jeder hatte ein Glas Roten vor sich stehen.

»Warum gehst denn eigentlich du nicht hinunter ins Tal? – Für dich gibt's doch jetzt bis zum ersten Schnee nichts mehr zu tun hier oben«, meinte der Hanns.

»Ganz einfach: Weil's billiger kommt! – In zwei, drei Jahren habe ich so viel gespart, dass ich mir unten was kaufen kann, aber bis dahin muss ich noch aushalten!«, erwiderte der Toni nachdenklich.

»Bleibst nachher ganz unten?«

»Nein, wo denkst denn hin. – Bloß in der ruhigen Zeit! – Bis dahin bin ich dann dreißig, und dann wird's langsam Zeit, dass ich heirate!«

»Ich bin zweiundvierzig, mir wär's auch recht, wenn ich wüsst, wo ich hingehöre!«, kam es trübsinnig vom Hanns.

»Du hast doch beim Wilfried alles, was du brauchst! Du gehörst doch eh schon längst zur Familie«, wandte der Toni ein.

Grinsend erwiderte der Hanns: »So alt bin ich auch wieder nicht, dass ich sonst gar nichts brauchen tät! – Und immer das Herumfliegen geht mir auch langsam auf die Nerven!«

»Dann schau dich halt nach was Festem um! Mir wär noch nie aufgefallen, dass du dich bei einem Mädel schwer getan hättest.«

»Solange ich hier oben bin, spielt mir keine mit. Ich komm ja kaum ins Tal. Oder glaubst, ich renn in der Woche etliche Mal in der Nacht Stunden hoch und runter? – Und darum möcht ich fort.« Solche Überlegungen kamen dem Hanns immer nur dann, wenn eine Saison zu Ende ging.

Irgendwie konnte der Toni den Hanns schon verstehen, aber dann hielt er ihm schmunzelnd entgegen: »Du könntest es unten ja gar nicht mehr aushalten. Oben auf dem Arbiser bist du dein eigener Herr und kein Mensch redet dir rein. Und was möchtest denn unten arbeiten?«

Das alles hatte sich der Hanns auch schon hundertmal überlegt und war nie zu einem befriedigenden Ergebnis gekommen. »Es wird sich schon was finden. Ich mag nicht mehr.«

»Du bist narrisch, Hanns!«, kam es kurz und bündig vom Toni. »Jetzt machst erst einmal ein paar Wochen Urlaub und nachher schaut alles wieder anders aus!«

»Nein, das ist es nicht, ich bin ein alter Mann. Ich muss mich nach was anderem umschaun!« Der große Mann glich nur noch einem Häufchen Elend.

Der Wirt betrat das Stübl, sich in altvertrauter Weise die Hände reibend. Als er die beiden so trübsinnig dasitzen sah, fragte er, wobei ein verschmitztes Lächeln um seine Augen spielte: »Was tut's denn ihr? Seid's grad beim Kalendermachen?«

Nun, da ihn sein innerlicher Katzenjammer wieder einmal so richtig gepackt hatte, stieß der Hanns widerwillig hervor: »Ich geh, Wilfried! Und diesmal ist es mir ernst …«

»Ja, was dir nicht einfällt«, protestierte der Wirt laut, jedoch keineswegs ärgerlich oder überrascht. Er versuchte die Worte von Hanns ins Komische zu ziehen, als er ihm entgegenhielt: »Mir scheint, dir gehts nicht gut.« Ernster werdend setzte er hinzu: »Übrigens, mit der letzten Gondel ist Besuch für dich gekommen.« Er zwinkerte viel sagend mit dem rechten Auge.

»Für mich? Das gibt's doch gar nicht«, kam es überrascht und neugierig zugleich vom Hanns.

»Na ja«, räumte der Wirt ein, »so genau weiß ich es nicht. Aber mir ist halt vorgekommen, dass du dich

22

heuer im Sommer mit der Gerda recht gut verstanden hast.«

Aufseufzend fasste sich der Hanns an den Kopf und stöhnte: »Jesses, Maria und Josef, doch hoffentlich nicht die Lohmann Gerda?«

Mit einem breiten Grinsen nickte der Wirt.

»Die hat mir grad noch gefehlt.«

»Ich versteh gar nicht, warum er sich immer beklagt, der Hanns«, mischte sich nun der Toni ein. »Dabei ist er so gefragt, dass unsereiner bloß staunen kann.«

In gespielter Entrüstung machte der Hanns Anstalten, die Flucht zu ergreifen. »Ich bin nicht da.«

»Das geht nicht«, wandte der Wirt ein. »Sie muss jeden Augenblick kommen!«

Schadenfroh und zugleich erleichtert darüber, dass die vorherige Missstimmung überwunden war, meinte der Toni anzüglich: »Du kommst mir wie der Zauberlehrling vor, Hanns. Der ist seine Geister auch nicht mehr losgeworden, die er gerufen hat. Denn so ganz mir nichts, dir nichts wird sie ja nicht gekommen sein, die Gerda, oder?«

Ein bisschen geschmeichelt räumte der Hanns ein: »Na ja, es war ein paar Mal ganz nett, sie versteht eine Gaudi und einen Gspaß, das muss man ihr lassen. Sie hat selber eine Gastwirtschaft in Gelsenkirchen.«

»Aha«, entschlüpfte es dem Toni. »Und wie steht's mit ihrem Baujahr?«

Wilfried und Hanns warfen sich einen beziehungsreichen Blick zu, doch keiner wollte darauf antworten. Schließlich kam es in einem leicht angriffslustigen Ton vom Hanns: »Sie schaut auf jeden Fall besser aus als manche Zwanzigjährige!«

»Da muss ich ihm Recht geben«, sagte der Wirt mit Überzeugung.

Als sich nun die Tür öffnete, richteten sich alle Augen gespannt auf den Eintretenden. An Stelle der neugierig Erwarteten betrat Frau Binder, die Wirtin, das Stübl. Sie war eine sehr aparte Frau, Mitte Dreißig, der man weder ihre fünf Kinder noch die viele Arbeit ansah. Das Auffallendste an ihr waren fast enzianblaue Augen und langes, blauschwarzes Haar, das sie zu einem Zopf gebunden trug.

»Warum hat's euch denn auf einmal die Red verschlagen?«, fragte sie. Zu ihrem Mann gewandt fuhr sie fort: »Wir können essen, Wilfried!« Sie achtete streng darauf, dass wenigstens diese Mahlzeit gemeinsam eingenommen wurde; während des Mittagsgeschäftes kamen sie ohnehin kaum dazu in Ruhe zu essen.

»Ja, Herma, gl …« Wilfried brach ab, denn soeben hatte Frau Gerda Lohmann das Stübl betreten.

»Guten Abend! Wenn Sie inzwischen Platz nehmen wollen, Frau Lohmann. Ich schick Ihnen gleich eine Kellnerin«, sagte Herr Binder zuvorkommend, worauf er zusammen mit seiner Frau den Raum verließ.

Nun begrüßten sich der Hanns und Frau Lohmann zwar herzlich, aber nicht überschwänglich. Vielleicht mochte Tonis Anwesenheit daran schuld sein, dass sich die temperamentvolle Dame etwas zurückhielt.

Kaum hatte sie am Tisch der beiden Männer Platz genommen, fragte sie auch schon mit tiefer, rauchiger Stimme: »Zu einem anständigen Begrüßungsschnaps wird doch niemand nein sagen?«

»Ist nichts dagegen zu sagen«, meinte der Toni. Ganz automatisch hatte er die Dame taxiert. Schließlich kannte er sich aus mit Frauen und mit Urlauberinnen besonders.

Gerda Lohmann war eine gut aussehende Frau, das musste man zugeben. Um Busen und Hüften war sie ziemlich mollig, doch ihr Gesicht, das sehr geschickt zurechtgemacht war, wirkte keineswegs alt. Sie trug das rötlichbraune Haar kurz geschnitten, was ihr eine jugendlich sportliche Note verlieh. Wenn sie sprach, und sie sprach viel, unterstrich sie ihre Worte mit lebhaften Gesten, so dass die dicken Armreife klirrten und die Ringe an ihren Fingern Blitze schossen. Ja, sie war durchaus eine Frau, die sich sehen lassen konnte und die ihre Wirkung auf Männer, besonders auf solche in Hanns's Alter, genau kannte.

Und der Hanns war beeindruckt. Man sah es an seinen wasserblauen Augen, die jede ihrer Bewegungen verfolgten, wobei ein stolzes, geschmeicheltes Lächeln um seine Lippen spielte.

»Ich werde mich wohl selber um etwas zu trinken kümmern«, sagte sie und verließ das Stübl.

»Mir scheint, du wirst ein paar anstrengende Tage vor dir haben, Hanns«, bemerkte der Toni anzüglich, dabei spielte ein wissendes Grinsen um seinen Mund.

Der Hanns konnte darauf nichts erwidern. Mit sicheren, geübten Bewegungen brachte Frau Lohmann ein Tablett mit randvoll gefüllten Schnapsgläsern. Ohne auch nur ein einziges Tröpfchen zu verschütten, stellte sie vor jeden ein Glas hin.

Nachdem man sich zugeprostet hatte, leerte sie ihr Glas mit einem einzigen Zug ohne mit der Wimper zu zucken. »Ich finde, auf einem Bein kann man nicht stehen!« Und schon war sie wieder unterwegs.

»Du, die Gesellin kann was vertragen«, sagte der Toni überrascht.

»Ja, sie hat einen ganz schönen Zug«, gab der Hanns zu. »Schließlich ist sie ja auch eine Wirtin …«

»Und der Wirt? Ich mein, der ihrige?«

»Sie ist Witwe«, erwiderte der Hanns und schielte zur Tür hin. »Gar nicht schlecht, oder?«

»Ich geh jetzt lieber heim. Wegen mir ist sie ja nicht gekommen«, kam es ausweichend vom Toni und er machte Anstalten sich zu erheben.

»So wart doch noch ein bissl«, drängte der Hanns.

»Brauchst du etwa einen Beistand?«

»Das musst du nicht glauben«, erwiderte der Hanns und warf sich in die Brust.

Plötzlich schoss dem Toni ein Gedanke durch den Kopf: Wenn diese Witwe Absichten auf den Hanns hat, dann bleibt er an ihr kleben, wie die Fliegen am Honigtopf. Dass sie aber auch ausgerechnet grad jetzt daherkommen muss.

Die Rautter Finni konnte mit Schimpfen und Zetern kein Ende finden. »Es ist eine Sünd und eine Schand, wenn ein junges Mädchen um diese Zeit noch allein umeinanderrennt!«

»Es ist doch erst acht, Tante«, versuchte die Sylvie schwach einzuwenden.

»Wenn deine Eltern noch da wären, hätten sie gewiss auch was dagegen.«

»Der Vater und die Mutter waren doch viel öfter in den Bergen.«

»Ja, und drum hat's unser Herrgott gestraft!«, sagte die Rautterin scharf. »An Sonntagen sind's lieber auf die Berg gerannt, als dass sie ihrer Christenpflicht nachgekommen wären! – Na ja, unser Herrgott lässt sich nicht verspotten! Das Unglück hat's ja gezeigt!« Sylvies Eltern waren bei einer Bergtour ums Leben gekommen.

Erbittert über die Herzlosigkeit der Tante rief die Sylvie mit tränenerstickter Stimme aus: »Wenn's wahr sein tät, dass der Herrgott so rachsüchtig ist, wie du es gern haben möchtest, dann …«

»Kein Wort mehr!«, schrie die Rautterin erbost. »In meinem Haus wird nicht gefrevelt! – Jede Nacht bet' ich, dass du nicht deinem Vater nachschlagst. Er war ja schon immer anders als sein Bruder, mein Ferdl, Gott hab ihn selig. Für ihn ist ja nie was gut genug gewesen. Bis hinunter in die Steiermark hat er müssen, da hat er's freilich zu nichts Rechtem bringen können!« Bei ihr fing ein Mensch erst dann an als ein solcher zu gelten, wenn er zumindest Hausbesitzer war.

Mit einem gemurmelten »Gut' Nacht« verließ Sylvie die Küche. In ihrem Zimmer weinte sie bitterlich. Sie hatte sich ihren Geburtstag ganz anders vorgestellt.

Wenn es doch nur schon bald schneien würde und sie wieder hinaufkönnte auf den Gerlosstein!

Aber noch blühten draußen im Garten die Astern und Dahlien und ein Tag war schöner als der andere.

Sylvie musste plötzlich an die warnenden Worte ihrer Freundin, der Traudl, denken: Denk doch nicht so viel an den Toni. Männer, die so ausschauen wie er, machen ein Mädchen bloß unglücklich! – Es gibt auch noch andere …

Ja, die Traudl hatte gut reden. Sie war schon fünfundzwanzig, was der Sylvie uralt erschien, war verlobt und wollte im Frühjahr heiraten. Sie wusste nicht, wie es war, wenn man, außer einer unglücklichen Liebe, nichts auf der Welt besaß.

»Wie lange bleibst denn da?«, fragte der Hanns.

Es war schon ziemlich spät, alle übrigen Hausgäste waren bereits auf ihre Zimmer gegangen.

»Leider nur ein paar Tage«, erwiderte Gerda mit Bedauern in der dunklen Stimme. »Ich muss zum Wochenende wieder im Geschäft sein. Du weißt ja, ich hab niemanden, auf den ich mich verlassen kann. Ich hab niemanden, der so tüchtig ist wie du ...« Dabei legte sie ihre Hand auf die seine.

Das gefiel dem Hanns natürlich außerordentlich. Er versuchte jedoch abzuwehren: »Na ja, man tut halt seine Arbeit.«

»Ich fürchte, Herr Binder weiß gar nicht, was er an dir hat.«

»Ich könnt mir keine besseren Wirtsleute vorstellen. Ich bin doch hier wie daheim«, hielt er ihr entgegen.

»Sicher, das glaub ich ja auch«, gab sie zu. »Aber willst du denn dein ganzes Leben hier oben bleiben?«

Plötzlich wurde der Hanns hellhörig. Er zuckte ungewiss mit den mächtigen Schultern.

»Jemand mit deinen Fähigkeiten kann doch nicht sein ganzes Leben nur für fremde Leute schuften! Du könntest doch etwas Eigenes zustande bringen!«

»Das sagt sich leicht. Ohne Geld was anfangen? – Nein!« Resignierend schüttelte er den Kopf.

Gerdas Finger streichelten zärtlich seine Hand, als sie einwandte: »Vielleicht wüsste ich etwas ...«

Der Hanns konnte oder wollte ihrem kühnen Gedankenflug nicht so ohne Weiteres folgen, er ließ sich nicht gerne überrumpeln. Trotzdem konnte er es nicht vermeiden, dass es ihm nun sichtlich heiß wurde. Mit einem gezwungenen Lachen stieß er hervor: »Du ... für mich ...? Was soll das denn sein?«

Sie setzte ein spitzbübisches Lächeln auf und entgegnete ablenkend: »Das können wir morgen auch noch besprechen.« Sie setzte nach einem langen, tiefen Blick in seine Augen hinzu: »Es ist schon spät. – Bleibst du noch länger?«

»Nein, nein«, beeilte sich der Hanns zu versichern. »Ich geh auch.«

Zusammen verließen sie das Stübl. Draußen sagten sie sich laut vernehmlich »Gute Nacht«, doch beide wussten, dass das nur für etwaige Zuhörer bestimmt war. Mit jugendlich beschwingten Schritten rannte Gerda Lohmann die Treppe hinauf.

Als Gerda Lohmann nach vier Tagen wieder ihren Koffer packte, konnte sie mit stolzer Befriedigung feststellen, dass sie diese weite Reise nicht umsonst unternommen hatte. Sie hatte erreicht, was sie sich vorgenommen hatte.

Beim endgültigen Abschied an der Bergstation schmiegte sie sich eng an Hanns und gestand leise: »Am liebsten würd ich dich ja sofort mitnehmen, mein Schatz! Ich kann's kaum noch erwarten, bis ich dich endlich ganz für mich allein haben werde. Aber es ist wirklich besser, wenn du heuer noch den Winter über bleibst. – Ich habe ja auch noch Verschiedenes zu ordnen.«

Das verstand zwar der Hanns nicht recht; was sollte es für eine Witwe noch viel zu ordnen geben, wenn sie sich wieder verheiraten wollte? Aber zum Fragen ließ sie ihm auch diesmal nicht viel Zeit.

»Sobald ich kann, komm ich dich wieder besuchen, mein Schatz«, versprach sie. »Bleib schön brav und vergiss mich nicht!« Damit zog sie ein kleines Päckchen aus der Tasche und überreichte es ihm. »Damit du an mich denkst! Mach es aber erst auf, wenn ich fort bin!«

Einigermaßen verwirrt drehte der Hanns das Päckchen hin und her. »Wofür?«

Sie verschloss ihm den Mund mit einem heißen Abschiedskuss.

Ziemlich verdattert schaute ihr der Hanns nach, als sie die Gondel bestieg. Er war nicht einmal mehr zum

Reden gekommen, wie so oft während der vergangenen Tage.

Und dann schwebte Gerda Lohmann abwärts, ihrem Zukünftigen heftig mit dem Taschentuch zuwinkend.

Das schlichte Gemüt des Hanns war von dem ganzen Wirbel, den sie veranstaltet hatte, und vom Abschied noch wie betäubt. Er setzte sich auf eine Bank und begann umständlich das Päckchen aufzuschnüren. Er stieß einen anerkennenden Pfiff aus, als er die schweizer Uhr mit dem schweren massiven Goldarmband in der Hand hielt. Die lässt sich nicht lumpen, das muss man ihr lassen, dachte er. Er streifte die Uhr über, dann schaute er hinunter ins Tal, aber von der kanariengelben Gondel war nichts mehr zu sehen.

Hatten sich zuerst noch ganz leise Bedenken bei ihm bemerkbar gemacht, weil er so rasch auf Gerdas Vorschläge eingegangen war, so war er nun völlig beruhigt. Im Geist sah er sich bereits als Mitbesitzer und Chef eines vornehmen Restaurantbetriebes.

Eines allerdings bereitete ihm noch Herzklopfen: seine Kündigung.

Endlich, es war bereits November geworden, verfärbte sich der Himmel bleigrau. Und dann fielen die ersten Flocken, lautlos und stetig. Über Nacht war es oben, auf der Gerlosplatte und dem Gerlosstein, Winter geworden, während es unten im Tal regnete.

Die Bewohner des Gerlossteinhauses waren jetzt von der Welt abgeschnitten. Die Bergbahn hatte den Betrieb eingestellt und wollte man hinunter ins Tal, so musste man einen langen, beschwerlichen Fußmarsch auf rutschigen Wegen in Kauf nehmen. Eine befahrbare Straße gab es nicht. Die Bergbahn würde den Betrieb erst wieder aufnehmen, wenn die Skipisten gesetzt sein würden, spätestens jedoch am zwanzigsten Dezember.

Immer wieder beobachtete der Wirt mit Besorgnis die Wolken. »Wenn's nur nicht so bald wieder aufhört, das Schneien!«

Es musste schon eine ganz beträchtliche Schneedecke

sein, ehe man daran denken konnte, mit der Schneewalze die Pisten zu ebnen; die Hänge waren allzu felsig.

Von morgens bis abends saß der Braunecker-Tioni in seiner warmen, gemütlichen Hütte und schnitzte ein Wurzelmännchen nach dem anderen.

Während des Sommers hatte er seinen Vorrat an geeigneten knorrigen Wurzeln zusammengesucht, in die er nun die Gesichter, je nach dem Wuchs der Wurzel, hineinschnitt. Es waren viele verschiedene Typen zu finden. Vom alten, listigen Weiblein bis hin zum grimmigen Gnom. Der Toni setzte seinen ganzen Stolz ein, um jeder Figur einen anderen Ausdruck zu verleihen. Seine Wurzeln fanden reißenden Absatz hier oben bei den Urlaubern und unten im Tal in einem Geschäft. Diese Nebenbeschäftigung brachte ihn seinem Traum von einem eigenen Häuschen um ein gutes Stück näher.

Draußen vor der Hüttentür stieß sich jemand lautpolternd den Schnee von den Schuhen.

»Grüß dich, Toni«, sagte der Hanns und schob sich zur Tür herein. Sein Gesicht war vom scharfen Wind gerötet, die Lodenjacke war weiß überstäubt. »Na, aber jetzt schneit es ordentlich!«

Der Toni legte seine Arbeit aus den Händen, schaute zum winzigen Fenster hinaus in das dichte Schneetreiben und erwiderte: »Noch einen halben Meter und dann warm werden und ein bissl draufregnen – das gäb eine Unterlag, die hält bis hinein in den April!«

»Wär nicht schlecht! Aber bis jetzt ist er noch pulvertrocken, der Schnee! – Du hast dir ja eingeheizt, als ob du einen Ochsen braten wolltest«, bemerkte der Hanns und ließ sich auf einem Stuhl nieder.

Nun kniete sich der Toni vor dem kleinen Herd nieder und stieß das Türchen auf. Roter Feuerschein zuckte über sein dunkles Gesicht, als er lachend entgegnete: »Ich mag's höllisch warm. Wenn schon sonst nichts los ist, dann muss ich mir halt selber einheizen.« Er schob ein großes Holzscheit in die Glut und sofort stoben orangerote Funken auf und fraßen sich in das trockene Holz.

Sonderbarerweise benahm sich der Hanns ganz so, als wäre er heute zum ersten Mal in Tonis Hütte. Sein Blick wannderte über die Einrichtungsgegenstände, über den blitzblank geschrubbten Boden, die bunten Fleckerlteppiche und blieb an einigen Wurzelmännchen, die an der dunklen Balkenwand hingen, haften. »Da kannst es schon aushalten, da herinnen«, bemerkte er.

»Ja, ich halt viel auf Ordnung und ein bissl Gemütlichkeit.«

»Für mich ist es diesmal der letzte Winter, den ich hier oben bin!«, stieß der Hanns hastig hervor, dabei schaute er interessiert zur Stubendecke hinauf.

Anscheinend wollte der Toni diese Worte nicht recht ernst nehmen, denn er schmunzelte: »Ach so!?«

Sofort fuhr der Hanns auf: »Nein, gleich nach Ostern bin ich fort.«

Nun wurde auch der Toni aufmerksam, interessiert fragte er: »Was hast nachher vor?«

»Geheiratet wird«, gestand der Hanns.

»Bist du verrückt? Wo hast denn die Braut so schnell her?«, entfuhr es dem Toni überrascht.

Es war, als würde der Hanns nun etwas unsicher. Endlich erklärte er gepresst: »Ich bin mit der Gerda einig worden.« Und nun schienen sich seine Worte beinahe zu überstürzen, als er fortfuhr: »Ich bin nicht mehr der Jüngste und sie schaut nicht aufs Geld. Sie braucht einen Mann, und ich versteh was von ihrem Geschäft. In meinem Alter braucht man was Solides. Was hätt ich denn von einer Jungen? Ja, wenn ich Geld hätt …«

»Du musst wissen, was du tust, Hanns«, musste der Toni widerwillig zugeben, doch seinem Gesicht war deutlich anzusehen, dass ihm das Gehörte gar nicht gefiel. Schließlich jedoch war der Hanns mit seinen zweiundvierzig Jahren ein gestandenes Mannsbild und konnte für sich selbst entscheiden. Aber eine Frage konnte sich der Toni doch nicht verkneifen:

»Du heiratest sie doch hoffentlich nicht bloß wegen ihrem Geld?«

Allzu rasch versicherte der Hanns: »Nein, nein, deswegen allein nicht. Ich möcht endlich auch ein richtiges Daheim.«

»In der Großstadt?«

»Warum denn nicht? Ich kann mich überall anpassen!«

Nun, dagegen war nicht mehr viel zu sagen. Trotzdem wollte dem Toni die Geschichte nicht so recht gefallen. »Was sagt denn der Wilfried dazu?«

Der Hanns stieß ein verlegenes Lachen aus und gestand: »Der weiß es noch nicht.«

»Teufel, dann wird's aber Zeit. Du kannst ihn doch nicht so einfach sitzen lassen. Er muss sich doch noch um eine verlässliche Kraft umschauen, die weitermacht oben am Arbiser.«

»Die Wintersaison bin ich eh noch da. Und im Sommer ist oben nicht so viel los. Er wird schon jemanden auftreiben.«

Sakra, dem hat diese Frau mit ihrem Geld und ihrem herrischen Auftreten die Augen ganz schön verdreht. Da redest gegen eine Wand, und am Ende meint er noch, man tät ihm sein Glück nicht gönnen. So dachte der Toni. Dann holte er eine Flasche und goss zwei Gläser voll, wovon er eines dem Hanns, der gar nicht so glücklich vor sich hinstarrte, zuschob.

»Gesundheit!« Jeder leerte sein Glas mit einem Zug.

Von Zell bis Hainzenberg konnte Sylvie mit dem Bus fahren, der über den Gerlospass bis hinunter nach Krimml fuhr.

Hainzenberg bestand nur aus wenigen Häusern, die am steilen Berghang klebten. Hier oben gab es bereits eine geschlossene Schneedecke, während es unten im Tal noch matschig war.

Es schneite leichte, pulvertrockene Flocken, als das Mädchen den Bus verließ. Mit einer gekonnten Bewegung schulterte sie ihre Skier und, die zusammengebundenen Stöcke zum Abstützen benutzend, begann sie den Aufstieg.

Sie hatte noch immer die zornig keifende Stimme der

Tante im Ohr, mit der es wieder einmal Krach gegeben hatte, so dass sie überstürzt das Haus verlassen hatte. Sie hatte gewusst, dass die Bergbahn noch nicht fuhr und dass sie diesen beschwerlichen Weg vielleicht umsonst machen würde, trotzdem war sie erleichtert, der Tante wieder einmal entrinnen zu können.

Sylvie trug einen schwarzen Skianzug, der ihre grazile Figur knapp umschloss und sie noch zerbrechlicher erscheinen ließ. Das Haar hatte sie unter einer Fuchsmütze verborgen, an der die Flocken haften blieben und die bald weiß überpudert war.

Mit den schweren, hohen Skistiefeln war der Aufstieg eine doppelte Plage, zumal die Schneehöhe immer mehr zunahm und Sylvie bei jedem Schritt tiefer einsank. Als sie den Rißbichl hinter sich gebracht und die Waldabfahrt erreicht hatte, ging es schneller voran.

Es war fast Mittag, als die Sylvie das Gerlossteinhaus endlich vor sich liegen sah.

Der mühevolle Aufstieg durch den lockeren Schnee hatte das Mädchen ziemlich überanstrengt. Erschöpft, doch sehr erleichtert, nahm sie ihre Skier ab und lehnte sie an die Hauswand. Plötzlich erschrak sie. »Jesses, es ist niemand da!«, stieß sie enttäuscht hervor. Und tatsächlich, die Tür war versperrt, auf ihr Klopfen rührte sich nichts.

Der Weg hinauf zur Bergstation war zwar geräumt worden, auch vor dem Haus waren Fußspuren zu erkennen, doch sie waren fast schon wieder zugeschneit.

Ein ungemütlicher Schauer rann Sylvie über den Rücken, die Stille legte sich ihr beklemmend aufs Herz. »Ich schau hinüber zum Toni«, beschloss sie. »Gewiss ist der Hanns bei ihm.« Sie zog sich ihre Skier an und ging los.

Mit einem glücklichen Aufatmen folgte Sylvie der schmalen Spur, die zu Tonis Hütte führte. Seine Skier lehnten an der Hüttenwand und Sylvie stellte die ihrigen daneben. Nachdem sie die Schuhe und ihre Bekleidung vom Schnee gesäubert hatte, klopfte sie. Ihr Herz hämmerte wild und das kam gewiss nicht nur allein von der Anstrengung; ihre Augen schimmerten erwartungsvoll, als sie eintrat. Ein Schwall warmer Luft und verlockender Essensgeruch schlugen ihr entgegen.

»Grüß Gott, Toni! – Ist der Hanns bei dir? Ich wollte eigentlich …«, stotterte sie verlegen, wobei sich ihr Gesicht mit einer feinen Röte überzog.

»Ja, das ist aber eine Überraschung«, fiel ihr der Toni lachend ins Wort. Er legte seinen Kochlöffel aus der Hand, mit dem er in einer Pfanne herumgestochert hatte, und kam auf das Mädchen zu. »Du kannst es wohl gar nicht mehr abwarten, bis es richtig losgeht?«

Seine Augen machten sie erst recht verlegen und mit gesenktem Blick erwiderte sie: »Ich hab gedacht, man könnte schon vom Arbiser herunter …«

Er fand sie in ihrer Verwirrung einfach reizend, doch er zwang sich ernst zu bleiben. Fürsorglich drängte er sie: »Jetzt setzt dich zuerst einmal nieder und verschnaufst! Nachher musst beim Essen ein bissl mithalten. – Zieh deine Schuh und deine Jacke aus, hier ist es schön warm.«

Folgsam wie ein kleines Kind tat sie, was er ihr geraten hatte. Etwas atemlos gab sie zu: »Ja, arg warm hast es.« Nun nahm sie ihre Pelzkappe ab und das Haar rieselte ihr über die Schultern; wie ein feiner Schleier rahmte es ihr zartes, schmales Gesicht ein.

Toni, der sie nicht aus dem Augen gelassen hatte, stellte bewundernd fest: »Fesch schaust aus, Sylvie! So musst deine Haar immer tragen.«

Aber schon hatte sie danach gegriffen und hielt sie nun im Nacken zusammen. Verlegen bat sie: »Hast du vielleicht ein Stückl Band oder einen Gummi?«

»Das wirst sein lassen!«, protestierte er. Ablenkend fuhr er fort: »Bist drüben beim Wilfried gewesen?«

Sylvie nickte und ließ ihr Haar wieder los. »Daran, dass niemand da sein könnt, hab ich nicht gedacht. Der Hanns …«

»Der Wilfried und die Herma sind schon ein paar Tag unten. Er muss jetzt sehen, dass er seine Geschäfte erledigt, eh's wieder aufgeht. Bloß der Hanns ist oben zum Haushüten. Ausgerechnet heut ist er auch hinunter«, erklärte der Toni.

»Ich hab keine Spur gesehen.«

»Er hat nicht die Skiabfahrt genommen, sondern den Steig durch den Wald, da liegt der Schnee noch nicht so hoch, zum Ötschen hinunter …« Mit einem aufmunternden Lachen setzte er hinzu: »Macht aber nichts. So hab ich wenigstens auch wieder einmal Besuch gekriegt, noch dazu einen so netten!«

»Ist denn dort«, sie wies mit dem Kopf zum Haus hinüber, »niemand mehr?«

»Nein, das Personal hat Urlaub. Acht Tage noch und bis dahin wird die Bahn auch wieder fahren, wenn es so weiterschneit.«

»Hast es schon probiert?«, fragte die Sylvie.

Der Toni wusste sofort, was sie damit meinte. Mit Enthusiasmus in der dunklen Stimme antwortete er: »Fein geht's, es ist eine Pracht! Richtig stauben tut's bei dem lockeren Pulver. Freilich, aufpassen musst schon und wissen, wo's felsig ist. Es ist ja noch keine Unterlage da. – Aber wir kennen ja die Strecken und vom Arbiser ab kannst es nur so stauben lassen. Da reut dich der Aufstieg nicht. – Für uns ist jetzt eh die schönste Zeit, so ohne Anhang. Jetzt kannst fahren wie du willst!«

Mit plötzlich erwachtem Mut sagte Sylvie: »Ich hab nie gemerkt, dass es dir nicht gefällt, wenn du mit einem ›Anhang‹ unterwegs warst!« Erst als ihr das herausgerutscht war, erschrak sie heftig.

Toni lachte belustigt und hielt ihr entgegen: »Geschäft ist Geschäft! Wozu wär ich denn sonst oben? – Ich wüsst mir auch was Schöneres, als einem Anfänger zu zeigen, wie er auf Bretteln stehen muss und mir von den Gästen ein Loch in den Bauch fragen zu lassen!«

Sylvie erwiderte darauf nichts, obgleich es nicht stimmte, dass er mit Anfängern fuhr, es sei denn, sie waren besonders attraktiv.

Nachdem sie gemeinsam Tonis Mittagessen, eine Pfanne voll Schmarrn, gegessen hatten, zogen sie sich an und verließen die Hütte.

Die Sonne war hinter den Wolken hervorgekrochen und ließ mit einem schüchternen und zaghaften Strahlen die unberührten weißen Hänge aufschimmern. Das Tal war in dichte, brodelnde Nebelmassen gehüllt; dort unten herrschte trübe, graue Dezemberstimmung.

Sylvie kratzte sich den Schnee von den Schuhsohlen, dann stieg sie in die Bindung, die mit einem metallenen Klicken zuschnappte. Sie stand mit Toni oben auf dem Arbiser, unter ihnen lag, mit den hohen Schneehauben kaum noch erkennbar, das Gerlossteinhaus. Rings um sie war nur weite, weiße Stille: zwei Menschen in der winterlichen Bergeinsamkeit. Nur hin und wieder flog eine Bergdohle mit schnarrendem Krächzen aus einer tief verschneiten Wetterfichte auf.

Sylvies strahlende Augen wurden vor Bewunderung noch größer, als sie sich staunend umschaute. »Ist das nicht, wie wenn man träumen würde? Alles so ruhig und wie verzaubert!«

Mit einem rätselhaften Blick schaute der Toni das Mädchen an. Er räusperte sich allzu laut, als er erwiderte: »Keiner weiß besser, wie schön es ist, wenn niemand hier oben ist. Aber vom märchenhaften Anblick allein können wir nicht leben.« Bedauernd musste er feststellen, dass er Sylvie allzu grob in die Wirklichkeit zurückgeholt hatte. Einlenkend setzte er hinzu: »Fahren wir und nutzen wir's aus, solange uns keiner in die Quere kommt!«

Herrgott, dachte die Sylvie grimmig, wär ich nur eine von seinen Winterbekanntschaften, dann könnt er gar nicht genug tun, mir die Schönheiten der Landschaft zu erklären! Aber mit mir redet er, als wäre ich ein Kollege aus unserer Skilehrermannschaft. Burschikos sagte sie: »Pack ma's?«

Mit einem herausfordernden Grinsen nickte der Toni und mit kraftvollen Stockeinsätzen fuhr er los. Hinter ihm stäubte der Pulverschnee wie eine feine, glitzernde Fahne auf.

»Also gut, Herr Skilehrer!«, stieß die Sylvie entschlossen hervor. Aus zusammengekniffenen Augen, nun ganz Sportlehrerin, maß sie seine schmale Spur, die sich in eleganten, flüssigen Schlangenlinien abwärts wand. Plötzlich stieß sie sich, mit beiden Stöcken gleichzeitig ab, es war ein kraftvolles Losbrausen, und schon stob sie dahin.

Beide Beine geschlossen, als ob sie zusammengebunden wären, jagte sie durch den kniehohen Pulverschnee. In extremer Rückenlage – wozu war sie früher Rennläuferin gewesen? – kreuzte sie Tonis Spur, die Schwünge gekonnt nur mit Knien und Oberschenkel ausbalancierend; ständig seine Spur überschneidend, kam sie ihm immer näher. Mit noch mehr Fersendruck verstärkte sie ihr Tempo und nun hatte sie Toni mit einem eleganten Schwung überholt. Jetzt war sie es, die meisterhafte Schlangenlinien in den hoch aufstäubenden Schnee zog. Mit dem ganzen Einsatz ihres biegsamen Körpers, ein entschlossenes Lachen im Gesicht, stob sie abwärts. Wenn er sie auch sonst nicht ganz für voll nahm und in ihr bloß eine kleine, unbedarfte Hilfsskilehrerin sah, so bewies sie ihm nun, dass sie es allemal mit ihm aufnehmen konnte. Klar, dass er hinter ihr herschrie, denn welcher Mann sah es schon gern, wenn ihm ein Mädchen davonfuhr? Aber er sollte sich ruhig wundern! Nun kam ihre Lieblingsstelle: die schmale Felsdurchfahrt in der ›Großen Mulde‹. Wie eine Rakete, mit kurzen, kraftvollen Schwüngen, brauste sie an den Engpass heran. Sie glich nur noch einem schmalen, gekrümmten Strich auf rasend schnell dahingleitenden Brettern, die Arme gleich federnden Schwingen zum Ausbalancieren bereit. Und dann war es auch schon geschehen: Aus dem formvollendet rasenden Mädchen war eine groteske Gestalt, mit unnatürlich verlängerten Extremitäten – Skier und Stöcke vermittelten diesen Eindruck – geworden, die, sich überschlagend, durch den aufstiebenden Pulverschnee flog.

Sylvie hatte keine Zeit, auch nur einen einzigen klaren Gedanken zu fassen. Doch war es ihr aus ihrer Rennläufer-Zeit in Fleisch und Blut übergegangen, sich bei einem Sturz, wie überraschend er auch kommen mochte, nicht zu verkrampfen. Sie überschlug sich ein paar Mal, wobei die Skibindung nicht aufging, dann blieb sie endlich liegen. Augen, Nase und Mund waren schneeverklebt und sie hustete. Ein untrügliches Gefühl sagte ihr, dass ihr nichts geschehen war und sie rappelte sich mühsam hoch, was bei dem tiefen, lockeren Schnee keine geringe Anstrengung war.

»Sylvie, fehlt dir was?«, hörte sie Tonis erschrockene Stimme neben sich und wieder stob ihr pulverfeiner Schnee ins Gesicht. Der Toni war mit einem harten, knapp bemessenen Schwung neben dem Mädchen zum Stehen gekommen, in seinen Augen stand die nackte Angst.

»Teufel, hat's mich hingehauen! Grad wie eine Granate«, lachte die Sylvie, während sie den Schnee von ihrer Jacke klopfte. »Ich bin geschossen, dass ich gemeint hab, aus ist's!«

Tonis Stimme war der Schrecken noch deutlich anzuhören, als er entgegnete: »Ich hab geglaubt, dich zerreißt es! Fehlt dir wirklich nichts?«

Sylvie konnte schon wieder unbekümmert lachen. »Nein, ich glaub, es ist noch alles da, was ich brauch!«

Halb scherzhaft, halb ärgerlich meinte der Toni: »Du musst doch gehört haben, wie ich dir zugeschrien hab?«

Sylvie antwortete gelassen: »Ich hab mir gedacht, du willst nicht, dass ich vor dir fahre.«

»Du spinnst ja!«, schimpfte er aufgebracht. »Mit einem Mädchen wie dir fahr ich nicht um die Wette, das musst du dir merken!«

So, nun also hatte sie auch noch ihre Rüge weg. Er nahm sie also nicht einmal als Skiläuferin für voll … Und dabei, wenn dieser saudumme Sturz nicht gewesen wär, wär sie ihm doch glatt davongefahren, dem staatlich geprüften Herrn Skilehrer. Spöttischer Zweifel klang in ihrer Stimme, als sie fragte: »Warum hast du denn dann so geplärrt?«

Nun aber war der Toni schier außer sich und fuhr sie an: »So, du hast also gehört, wie ich gerufen hab? Und warum bist du weitergefahren wie der Leibhaftige? Meinst, ich schrei mir bloß vor lauter Vergnügen die Seel aus dem Leib? Ich hab's doch gewusst, dass in dem

Wandl fast kein Schnee liegt … Aber du musst ja da rein-
fahren wie vom Teufel besessen! – Du kannst von Glück
sagen, dass du so gut weggekommen bist …«

Plötzlich wurde es der Sylvie schwarz vor den Augen
und sie stammelte mit erbleichenden Lippen: »Du
meinst, dass das Wandl« – so hieß die enge Durchfahrt
am Ende der Mulde – »bloß mit einer dünnen Schnee-
schicht überzogen gewesen ist?«

»Was denn sonst«, brummte der Toni. »Meinst du ich
fahr aus lauter Gaudi oben herum? – Ich hab's dir doch
deutlich genug gesagt, dass keine Unterlage da ist, bloß
trockener Staub.«

Die Sylvie setzte sich mit zerknirschtem Gesicht ihre
Pelzmütze auf und machte sich zum Weiterfahren bereit.
Etwas kleinlaut wandte sie ein: »Es ist ja nichts passiert,
was regst dich denn auf? – Fahr zu!«

»Mein lieber Schwan, bei dir möcht ich keinen Kurs
haben! Der Teufel mag's wissen, wo du deine Schüler
runterjagst«, stöhnte der Toni.

Aber damit kam er bei der Sylvie schlecht an. Auf-
brausend sagte sie: »Erstens ist heut kein Kurs und zweitens brauchst du dir um meine Kursler keine Sorgen zu
machen. Ich mach mir ja auch keine um die deinigen; obwohl man da mehr besorgt sein müsst, wie mir scheint.
Aber deine Damen haben es wohl gern, wenn du dich
mit ihnen hinter einer Wächten oder einer Wand ver-
irrst?! Ich…«

»Halt deinen Schnabel, Sylvie!«, herrschte er sie unvermittelt scharf an. »Ich mach mir Sorgen um dich und
du …«

»Du brauchst dir wegen mir überhaupt keine Sorgen
zu machen, dass du es nur weißt!"«, unterbrach sie ihn,
krampfhaft mit den Tränen kämpfend. »Du magst ja
manches besser können als ich, aber beim Skifahren
kannst du mir nichts vormachen … und … und übersehen kann jeder einmal was. Ich sag ja auch nicht, dass
mir bei dir Verschiedenes nicht gefällt. Deine Umeinan-
der …« Hier verstummte sie unvermittelt und nach einigen kräftigen Stockeinsätzen stob sie davon.

Schmunzelnd und kopfschüttelnd folgte ihr der Toni, doch er hütete sich, ihr allzu dicht aufzufahren. Denn der Himmel mochte wissen, welche Tollheiten sie unternahm, nur um schneller zu sein ... Sie war schon unberechenbar, die Sylvie!

Längst hatte sich die Wintersonne wieder hinter ihre Wolkenwand verzogen und die Schatten wurden länger. Ein schneidender, eiskalter Wind pfiff über die weißen Hänge, hauchfeine Schneekristalle vor sich hertreibend und alle Spuren verwehend.

Während des Skilaufs waren Sylvie und Toni heiter und unbeschwert miteinander gewesen. Der Unfall war bald vergessen und sie hatten viel Spaß zusammen. Doch sobald sie vor Tonis Hütte standen, spürte Sylvie, dass die Spannung wieder da war. Sie fühlten sich unsicher und verlegen, der Sportskamerad wurde wieder zum heimlich verehrten Mann.

Bei Toni war es nicht viel anders, nur dass er sich Sylvie gegenüber in eine Beschützerrolle gedrängt sah, was für ihn nicht so angenehm war. Als Beschützer hatte er nicht besonders viel oder besser gesagt, gar keine Übung. Denn seine Schülerinnen wollten alles andere als beschützt werden.

Toni fand Sylvie zwar äußerst anziehend und interessant, gerade jetzt, da sie eben erwachsen geworden war. Aber er wollte keine Komplikationen, auch nicht mit ihr; er hatte seine festen Grundsätze. ›Warum sich Ungelegenheiten machen, wenn man es anders auch haben kann‹, war seine Devise. Und bisher war er damit wunderbar durchs Leben gekommen. Er war immer Herr der Situation geblieben, wie verzwickt sie auch ausgeschaut haben mochte. Aus Höflichkeit und überzeugt davon, dass sie ablehnen würde, hatte er Sylvie gefragt: »Kommst noch ein bissl zu mir zum Aufwärmen?« Sehr zu seinem Erstaunen hatte sie angenommen. Und das Sonderbarste war nun, dass er sich nicht einmal sicher war, ob er darüber erfreut oder unzufrieden war. Das eine stand jedenfalls fest: Er war auf der Hut!

Oblgeich es draußen, im hellen Schnee, noch Tag war, herrschte in der Hütte bereits dämmeriges Zwielicht.

Sylvie setzte sich scheu auf einen Stuhl, wobei ihr rascher, zaghafter Seitenblick Tonis dunkles, rassiges Gesicht streifte, und ein erregender Schauer, nie verspürt und Abenteuer versprechend, rieselte ihr über den Rücken. Vergessen waren Traudls Warnungen, die betuliche Besorgnis der Tante und die Angst vor einer ungewissen Zukunft. Endlich war sie allein mit dem Burschen ihrer Träume, allein mit ihm in seiner gemütlichen Hütte, weitab von neugierigen Menschen. Gewaltsam versuchte sie sich den Anschein von Sicherheit zu geben, dabei musste sie sich immer wieder sagen: Die anderen Mädchen warten auch nicht. Von ganz allein wird so was nie passieren!

Nachdem der Toni Schuhe und Anorak ausgezogen hatte, fragte er: »Soll ich uns einen Jagertee kochen? Der wärmt richtig auf.«

Sylvies träumender Blick kehrte in die Wirklichkeit zurück und sie nickte zustimmend mit dem Kopf.

Sofort machte sich der Toni daran, etliche Scheite nachzulegen und einen Topf mit Wasser aufzusetzen. Überhaupt hantierte er lieber wie ein Wilder herum als sich Sylvies veilchenblauen Unschuldsaugen auszusetzen. »Teufel«, stöhnte er und fuhr sich in den Pulloverkragen, »eine Hitz hat's hier! Nicht zum Aushalten!«

Als er den Jagertee zusammenbraute, ein Gemisch aus Rotwein, Rum und Tee, glaubte er, sich mit etwas mehr Alkohol einen Gefallen zu tun; dann würde sich seine Verkrampfung schon lösen, und er goss noch einen kräftigen Schuss Rum nach. »So, jetzt wird's schon werden«, bemerkte er laut und trug den siedendheißen Topf zum Tisch, wo das Mädchen wie die leibhaftige Versuchung selber saß und ihn mit ihren traumhaft schönen Augen anstrahlte und fast zur Verzweiflung brachte. Als er die großen, bunt bemalten Tassen gefüllt hatte, stieß er beinahe grob hervor: »Jetzt trinkst deinen Tee, danach musst du dich beeilen, damit du noch vor der Nacht runterkommst!«

So, als hätte er sie geschlagen, fuhr Sylvie zusammen. In ihrem Gesicht zuckte es schmerzlich, ihre Augen schimmerten verdächtig, als sie sich erhob und zum Zapfenbrett stürzte, an dem ihre Jacke hing.

»Was hast denn? Was soll denn das bedeuten?«, fragte der Toni bestürzt.

»Ich geh schon!«, kam es mit erstickter Stimme von Sylvie. »Ich hab' nicht gewusst, dass dich der Tee reut, sonst wär ich ohnehin nicht mitgekommen.«

Mit ein paar langen Schritten war er neben ihr und mit sanfter Gewalt entwand er ihr ihre Jacke. Seine Stimme klang heiser, als er ihr widersprach: »Herrgott, Sylvie, so hab ich das doch nicht gemeint! – Ich hab mich doch bloß gesorgt, dass du noch rechtzei …«

Aufschluchzend unterbrach sie ihn: »Warum tätest denn du dich ausgerechnet um mich sorgen? Ich bin kein kleines Kind mehr. Ich kann schon recht gut auf mich selbst aufpassen und ich brauch deine Ratschläge nicht! Sonst bist du auch nicht so fürsorglich und bedachtsam …«

Plötzlich fiel es dem Toni wie Schuppen von den Augen. Na klar, das Madl hatte sich in ihn verschaut und wollte nun an ihm ihr Erwachsensein ausprobieren. Dabei konnte er sich eines heißen Glücksgefühls, das ihn ganz plötzlich durchströmte, nicht erwehren. Aber er riss sich zusammen und mit einigermaßen natürlicher, beruhigender Stimme erklärte er: »Setz dich nieder und trink deinen Tee, er wird sonst kalt! – Und nachher bring ich dich runter!«

Mit einem letzten trockenen Aufschluchzen setzte sie sich folgsam an den Tisch. »Ich möcht aber gar nicht mehr runter!«, gestand sie kleinlaut.

Sofort widersprach er heftig: »Bei mir kannst du nicht bleiben! Wie stellst dir denn das vor?«

Erneut rannen ihr die Tränen über die Wangen, voller Empörung rief sie aus: »Freilich, das tät dir so passen, du Hallodri!« In ihrem Zorn war ihr gar nicht bewusst, dass sie die Tatsachen völlig verdrehte. »Du wirst doch hoffentlich nicht glauben, dass ich bei so einem wie dir, geblieben wär? – Beim Hanns wär ich geblieben … Aber jetzt geh ich und warte unten auf ihn.«

Dem Toni blieb in seiner Ratlosigkeit nichts anderes übrig, als sich einen ausgemachten Hornochsen zu schimpfen, der von den Frauen nur immer gleich das Schlimmste annahm. Ja, wenn das natürlich so war, dann …

Einer plötzlichen Eingebung folgend, klopfte er ihr burschikos auf die schmalen Schultern und gestand grinsend, grad so, als wenn er zu einem Kameraden reden tät: »Jetzt hab ich doch glatt was ganz Verrücktes gedacht. Ich hab direkt vergessen, dass du bloß die Sylvie, eine Kollegin, bist. – Aber mit der Zeit muss einer ja ganz komisch werden und …« Er verstummte, denn sie weinte erneut, was er aber falsch deutete. »Der Hanns muss ja bald kommen«, versuchte er sie zu beruhigen. »Er kommt eh bei mir vorbei, weil er mir etliche Sachen mitbringt von unten. Nachher gehst mit ihm und morgen gehen wir wieder zum Skifahren! – Und trink deinen Tee!«

Die Sylvie nestelte ihr Taschentuch hervor und trocknete sich das Gesicht. Sie schämte sich und würdigte Toni daher mit keinem einzigen Blick mehr. Heimlich schalt sie sich: Wie hab ich bloß glauben können, dass er mich vielleicht doch ein bissl gern haben könnt? Er fliegt nur auf die Raffinierten; aus Mädchen wie mir macht er sich nichts! – Sie schniefte noch einmal heftig, dann leerte sie den nur noch lauwarmen Jagertee in langen, durstigen Zügen. Von dem stark alkoholhaltigen Gebräu wurde ihr warm und sie begann sich sofort wieder besser zu fühlen.

»Magst noch einen?«, fragte der Toni aufmunternd.

Wortlos schob Sylvie ihm ihre Tasse hinüber.

Mit einem inwendigen Grinsen stellte er fest: Grad wie ein gescholtenes Schuldirndl schaut sie drein. – Aber arg nett … Teufel, das wär schon ein Dirndl …, für später …

Zwischen den beiden herrschte ein beklemmendes Schweigen und selbst dem sonst nie verlegenen Toni wollte nichts einfallen, was er zu einer Unterhaltung beisteuern konnte. Schließlich stand er auf und sagte: »Ich kann ja derweil was arbeiten.«

»Von mir aus gern! Mich stört's nicht«, erwiderte sie ebenso einsilbig.

Draußen wurde es rasch dunkel, ein scharfer Wind pfiff um die Hütte und es hatte wieder zu schneien begonnen.

Der Toni schnitzte, dass die Späne nur so flogen. Unter seinen Händen entstand ein besonders grimmiges Gesicht, das ihn hinterhältig anzugrinsen schien.

Niedergeschlagen starrte Sylvie in die Dunkelheit. Die Wärme und die Anstrengung des Tages machten sie müde. Der ungewohnte Jagertee hatte das seinige dazugetan und nun kämpfte sie gegen die Müdigkeit. Wenn doch nur der Hanns endlich kommen würde, sagte sie sich ein ums andere Mal. Und dann sank ihr Kopf vornüber und sie war eingeschlafen.

Als der Toni das bemerkte, schmunzelte er: Jetzt schläft sie. Das ist mir auch noch nie passiert! Dabei stieg wieder dieses seltsam warme Gefühl in seinem Herzen auf, dem er jedoch nicht viel Bedeutung beimaß.

»Du kannst nicht liegen bleiben, verrenkst dir ja das Kreuz!«, sagte er laut, aber er bekam keine Antwort. Ich tät sie ja gern auf's Kanapee tragen, sinnierte er, wenn sie aber aufwacht, dann fährt sie mir garantiert mit allen zehn Fingern ins Gesicht und schreit Zeter und Mordio.

Schließlich überwand er doch seine Bedenken und hob sie auf. Sylvie rührte sich nicht, sie schlief weiter.

»Das muss der Tee sein«, sagte sich der Toni. »Sie schläft ja wie ein Murmeltier!« Er spürte ihr Gewicht kaum, als er sie in die hinterste Stubenecke trug und behutsam aufs Kanapee legte. »Grad so muss einem Jagdhund zumut sein, wenn er ein hilfloses Rehkitz aufstöbert«, dachte Toni. Er stand vor dem schlafenden Mädchen und konnte seinen Blick nicht abwenden. Vorsichtig strich er ihr das dichte Haar aus dem Gesicht, das vom Schlaf leicht gerötet war. Er sah, dass seine Hand zitterte, und sofort stieß er seine beiden Fäuste tief in die Hosentaschen und wandte sich wieder seiner Arbeit zu.

Aber er war ein junger Mann und sein innerer Lumpen-
hund, wie er es nannte, zwang ihn immer öfter, dass er
hinüber zum Kanapee schaute. Die Arbeit wollte ihm
nun nicht mehr von der Hand gehen. Um sich anderwei-
tig abzulenken, machte er sich daran, ein Abendessen zu
kochen. So laut er auch herumfuhrwerkte und das Ofen-
türchen zuschmiss, sie rührte sich nicht.

Der Hanns hatte sich in der Finsternis die Skiabfahrt he-
raufgemüht. Als er das Gerlossteinhaus endlich erreichte, war er völlig durchnässt und schweißgebadet.
»Ich zieh mich rasch um, nachher geh ich noch auf einen Sprung zum Toni rüber«, nahm er sich vor.
Aber als er sich dann trockene Sachen angezogen und
etwas gegessen hatte, überfiel ihn die Müdigkeit. »Ach
was, morgen ist auch noch ein Tag! – Und heut wird er
eh nichts mehr brauchen«, sagte er sich.
Er holte noch einmal den Brief hervor, den er heute
von der Post mitgebracht hatte, und begann zu lesen.
Es war ein Brief von Gerda Lohmann. Ziemlich
schwülstig und wortreich teilte sie ihm mit, wie sehr sie
ihn liebte und wie sehr sie sich darauf freute, ihn endlich
ganz für sich zu haben. Vom Geschäft schrieb sie, und
dass dieses einen starken Mann nötig habe. Diese Stelle
las der Hanns gleich dreimal und er schmunzelte selbst-
zufrieden. Den Schluss, der wie immer von Sehnsucht
und vielen Küssen überfloss, schenkte er sich diesmal.
Mit einem gedankenverlorenen Gesicht faltete er den
Brief zusammen und schob ihn in seine Hosentasche. Im
Geist sah er sich hinter einer blitzblanken Theke, diesmal
seiner eigenen, stehen und er beaufsichtigte sein zahlrei-
ches Personal, das nur so hin und her flitzte. Und mit
diesen Gedanken ging er hinauf in sein Zimmer um sie
mit in den Schlaf zu nehmen und davon zu träumen.

Als der Toni den letzten Teig verbacken hatte und nun
ein ganzer Stapel duftender, brauner Pfannkuchen auf
dem Herd warm gestellt war, schaute er auf die Uhr.
»Sakra, gleich neun! – Der Hanns ist sicher unten irgend-

wo hängen geblieben; der kommt heut nicht mehr! – Was fang ich denn grad mit der Sylvie an?« Hatte er sich zuerst gewünscht, sie möge wach werden, so hoffte er nun, sie sollte bis morgen in der Früh weiterschlafen. – Er selbst wollte sich baldigst in seine Schlafkammer verziehen und hoffte, dass auch bei ihm der Schlaf recht bald kommen möge.

Aber zuvor wollte er doch noch einmal, zu seiner eigenen Sicherheit, hinüber zum Gerlossteinhaus sehen.

Leise, jeden Lärm vermeidend, zog er sich Schuhe an. Vorsichtig öffnete er die Tür und verschwand in der Nacht. Ein eiskalter Wind sprang ihn an, so dass er den Kopf tief einzog und sich mit hochgezogenen Schultern vorwärtskämpfte.

Als er die Mulde hinaufgestiegen war, lag das Haus wie ein riesiger Schatten vor ihm. Kein einziges der vielen Fenster war erleuchtet.

»Da hab ich mir ja was Schönes eingebrockt!«, stieß Toni zwischen den Zähnen hervor und machte wieder kehrt.

»Es wär ja alles halb so schlimm, wenn sie nicht so verteufelt unschuldig wär! Wenn sie nicht grad eine von uns wär! Wenn sie ein wenig älter wär! Wenn ich ein alter Loder wär! Wenn …, wenn …«

Als der Toni seine Hütte wieder betrat, saß die Sylvie auf dem Kanapee und schaute ihm mit großen, erstaunten Augen entgegen. »Ah, ausgeschlafen?«, kam es mit gezwungener Lustigkeit von dem Burschen.

»Wo ist denn der Hanns? Wie spät ist es denn?«, fragte die Sylvie zaghaft.

Grimmig erwiderte der Toni: »Neun vobei! Und der Hanns kommt gewiss nicht mehr heute. Draußen ist ein ordentliches Sauwetter.«

»Jesses, was soll ich denn jetzt tun?«, entfuhr es dem Mädchen erschrocken.

Ratlos mit den breiten Schultern zuckend, meinte der Toni: »Wirst halt doch hier bleiben müssen.« Er betrachtete dabei interessiert seinen Pfannkuchenstapel.

»Nein! Aber das geht doch nicht. Ich kann doch

wirklich nicht … Wenn das die Tante erfährt …«, stotterte sie verlegen.

»Wenn das deine größte Sorge ist?«, lachte der Toni plötzlich belustigt auf. »Sie muss es ja nicht erfahren. Und wer soll's ihr denn sagen? Ich bestimmt nicht!«

Nun war Sylvie über und über rot geworden. Fast unhörbar fragte sie: »Und was wirst bloß du von mir denken?«

»Dass ich die Sünde nicht auf mich nehmen könnt, wenn ich dich draußen im Schnee erfrieren lassen tät!«, erwiderte er ungerührt. »Komm, jetzt wird erst einmal gegessen! Ich hab schon gekocht! – Verhungern musst also bei mir auch nicht, Sylvie.« Erleichtert, wieder etwas zu tun zu haben, holte er Teller und Besteck hervor.

In schöner Zweisamkeit saßen sie am Tisch und verzehrten einen Pfannkuchen nach dem anderen, die sie mit Apfelmus bestrichen.

»Heut hätte es ja bei mir eigentlich einen Braten geben sollen, aber der Hanns …« Toni verstummte. Nach einem raschen Seitenblick auf Sylvie konnte er jedoch feststellen, dass sie sich damit abgefunden hatte, bei ihm zu bleiben.

Etwas später dann wuschen sie gemeinsam das Geschirr ab und brachten die Küche in Ordnung.

Danach hatte sich der Toni seine Pfeife angezündet und ihm schossen die sonderbarsten Gedanken durch den Kopf. Freilich, gemütlicher wäre es schon, wenn dies jeden Abend so sein könnte. Wenn er eine Frau hätte, die ihn verwöhnte. Plötzlich wurde er unwillig. Zuerst möcht ich mein Häusl haben, eher wird nicht an so was gedacht; basta! Das tät meine ganzen Pläne über den Haufen schmeißen! – Ich kann noch keine Frau brauchen! Unvermittelt erhob er sich und rannte in seine Schlafkammer. Mit einigen Decken und einem bunt gewürfelten Kopfkissen kam er wieder. »Es ist wärmer, wenn du hier schläfst, Sylvie. Ich hab schon noch eine zweite Schlafkammer, aber da tätest mir erfrieren!« Damit warf er das Bettzeug auf das Kanapee.

Die Sylvie nickte stumm.

»Ich geh jetzt schlafen. Gute Nacht, Sylvie!« Wieder war in seiner Stimme deutlicher Unmut.

»Schon?«, entfuhr es dem Mädchen. Aber schnell fuhr sie fort: »Gute Nacht, Toni!«

Und schon war sie allein in der warmen, gemütlichen Wohnküche. Bitter dachte sie: Nicht einmal reden mag er mit mir! Ich muss ihm schon arg lästig und unsympathisch sein!

Als die Sylvie in der dunklen Stube auf dem Kanapee lag und nur noch das Krachen der Scheite im Ofen zu hören war und der Wind, der um die Hütte heulte, fühlte sie sich einsamer als je zuvor. Denn nun wusste sie, dass sie ihre Hoffnungen auf ihn endgültig begraben musste. Ein trockenes Schluchzen schüttelte sie, denn sie liebte ihn mehr als je zuvor.

Was war es nur, was sie an ihm so unwiderstehlich fand? Ein ganzes Jahr quälte sie sich nun schon mit dieser hoffnungslosen Liebe. Sie hatte sie blind und taub anderen Burschen gegenüber gemacht. Nie würde es ohne Toni ein Glück für sie geben. Sicher wird er sich eine Frau suchen, die viel Geld hat, dachte sie und wieder wurde sie von Schluchzen geschlüttelt.

Mit weit geöffneten Augen starrte indessen der Toni in die Finsternis; er lauschte angestrengt. Was konnte dieses seltsame Geräusch nur bedeuten?

Plötzlich sprang er mit einem fast lautlosen, katzengleichen Satz aus seinem Bett. Mit angehaltenem Atem drückte er vorsichtig die Tür auf. Und nun hörte er es ganz deutlich: Sylvie weinte. Auf nackten Sohlen schlich er sich näher.

Sylvies Gesicht war fest in das Kissen gedrückt, ihre Schultern zuckten vor verhaltenem Weinen.

»Was hast denn, Sylvie? Du wirst dich doch nicht fürchten?«

Seine dunkle, weiche Stimme, die aus der Dunkelheit zu ihr kam, ließ sie unvermittelt verstummen. Sie wagte sich nicht zu rühren. »Soll ich Licht machen, hast du Angst?«

»Nein!«, kam es erschrocken von ihr. Sie wollte nicht,

dass er sie so sah. Dann spürte sie seine Hände, die sie mit sanfter Gewalt herumdrehten; ihr Herz klopfte zum Zerspringen. Seine Stimme war ganz nahe, so dass sie seinen Atem spüren konnte, als er sie ganz sanft beruhigte: »Musst dich nicht fürchten, Sylvie! Es geschieht dir doch nichts. Oder hast du Sorge, dass deine Tante was erfährt?«

Toni hatte sich auf das Kanapee gesetzt und das Mädchen in seine Arme gezogen. Er roch den Duft ihres Haares und ihrer Haut, die erregende Wärme ihres Körpers; seine Beherrschung war vergessen. Seine Lippen streiften über ihr Gesicht und fanden ihren Mund, der sich ihm scheu öffnete. Zärtlich und behutsam glitt seine erfahrene Hand über ihren schlanken Körper und spürte ihr Erschauern. Seine Küsse wurden heißer, fordernder; das Mädchen in seinen Armen setzte ihm keinen Widerstand entgegen.

Für Sylvie wurde es eine lange Nacht voller Zärtlichkeit und Liebe und sie glaubte sich nun am Ziel ihrer Wünsche.

Mit bang klopfendem Herzen betrat Sylvie das Häusl ihrer Tante. Der Toni hatte sie noch bis herunter nach Hainzenberg begleitet und nach einem liebevollen Abschied hatte sie gerade noch den Sechs-Uhr-Bus erreicht. Ja, er war liebevoll und zärtlich gewesen und alles war viel schöner, als sie es je in ihren kühnsten Träumen erhofft hatte. – Aber nun war sie wieder hier unten, und die Angst vor den scharfen Augen der Tante legte sich ihr kalt ums Herz.

Sylvies Gesicht war ungewöhnlich blass, als sie zaghaft die Wohnstube betrat, einen Hagel von Vorwürfen erwartend.

»Servus, bist du auch wieder einmal daheim?«, begrüßte sie die Traudl, die allein in der Stube saß, herzlich.

»Grüß dich, Traudl! – Wo ist denn die Tante?« Verlegen schaute sich die Sylvie um.

Mit einem Kichern erwiderte die Traudl: »Grad vorhin ist sie in die Abendmesse gegangen, um für dein Seelenheil zu beten. – Ich hab mir's schon gedacht, dass du mit dem Sechs-Uhr-Bus kommen wirst, und drum hab ich gewartet.«

Müde und erleichtert zugleich, denn nun hatte sie ja noch einen kleinen Aufschub, ließ sich Sylvie auf einen Stuhl fallen.

»Na, wie war's? Liegt schon viel Schnee oben?«, erkundigte sich die Traudl.

Sylvie bückte sich um sich die Skistiefel auszuziehen, dabei erwiderte sie mit abgewandtem Gesicht: »Vom Arbiser herunter liegt der Schnee; die Abfahrt ist noch arg steinig!«

Neugierig, doch auch gleichzeitig besorgt, forschte die Traudl weiter: »Na und sonst? Wer ist denn noch oben gewesen?«

»Niemand, bloß ich.«

»Menschenskind, Sylvie, du kannst mir doch nicht erzählen, dass sonst nichts gewesen ist!«, behauptete die Traudl. »Mir kannst du nichts vormachen. Ich seh dir's doch an! Gell, es war was mit dem Toni?«

Nun nickte die Sylvie und der Traudl blieb das glückliche Strahlen in Sylvies Augen nicht verborgen, doch sie seufzte besorgt: »Du heiliger Strohsack!«

»Er ist gar nicht so, wie du immer meinst«, begehrte die Sylvie auf. Ihn mit begeisterten Worten verteidigend, erzählte sie der Freundin, dass sie in Tonis Hütte übernachtet habe, und wie es dazu gekommen war. Das Wesentlichste schien sie allerdings dabei vergessen zu haben.

Aber die Traudl wusste auch so, was es geschlagen hatte. Aufrichtig meinte sie: »Ich tät mir wünschen, dass alles recht wird, Sylvie! Aber ich fürcht, du hast eine Riesendummheit gemacht.«

»Er hat mich gern; er hat's mir gesagt«, wandte die Sylvie fast beleidigt ein und ein nicht gerade freundlicher Blick streifte die Traudl.

»Du heilige Unschuld!«, rief die Traudl. »Was meinst du, was er den anderen erzählt, die er bei sich hat? So einer wie er weiß genau, was ein Mädchen hören will, wenn er ... – Mir wär's ja lieber, wenn ich mich täuschen würde, aber ich glaub's einfach nicht. Einen Burschen wie den Toni krempelt man nicht in einer Nacht um! – Und pass bloß auf, dass deine Tante nichts merkt. Sie ist imstande und lässt dich nicht mehr zu ihm!«

»Dann geh ich halt und such mir irgendwo ein Zimmer, bis ...«

»Jesses, ich glaub, du bist ganz übergeschnappt! Du glaubst doch nicht im Ernst, dass dich der Toni wegen einer einzigen Nacht gleich heiratet? Herrgott, Sylvie, wach doch endlich auf und fang 's Denken an! Wenn er wirklich so wär, wie du ihn gern sehen möchtest, dann müsst er doch schon längst verheiratet sein!«

Plötzlich begann die Sylvie zu weinen. »Und wenn er mich nicht heiratet, dann ist es mir auch egal. Andere tun auch nicht immer nur das, was erlaubt ist!«

»Da hast schon Recht, Sylvie«, gab die Traudl zu. »Von mir aus kannst mit ihm bandeln, so lang du willst. Aber was ist, wenn was schief geht? Wenn er dich sitzen lässt und alle über dich reden? Du hast nichts und drum wär's besser, wenn du ein bissl vorsichtiger wärst!«

Niedergeschlagen musste die Sylvie einsehen, dass ihre Freundin Recht hatte. Die Traudl war ein liebes, aufrichtiges Mädchen und hatte die Sylvie, ihre einzige Freundin, sehr gern. Und gerade deshalb machte sie sich die größten Sorgen um sie. Mädchen wie Sylvie kamen nicht unbeschadet aus einem solchen Abenteuer heraus.

»Ich hab ihn so gern, Traudl, und ich will eh nichts mehr vom Leben, wenn's mit ihm aus wär«, gestand die Sylvie mit zitternder Stimme.

Resolut erwiderte die Traudl: »Sei nicht dumm! – Das Leben ist lang und ich kenne niemanden, der schon an gebrochenem Herzen gestorben ist. – Vielleicht irre ich mich auch und es wird alles so, wie du dir das vorstellst. – Jetzt denk zuerst einmal an die Tante und wasch dir das Gesicht ab.«

Die Sylvie nickte und verließ die Stube.

»Herrgott, ich könnt den Kerl erwürgen«, stieß die Traudl erbittert hervor. »Wie wenn er die paar Wochen nicht noch hätt warten können, bis ihm die Weiber von allein die Tür einrennen! Jetzt ist es natürlich um die Sylvie restlos geschehen. Na ja, bei seiner Erfahrung …« Traudls Verlobter war ein Gastwirtssohn, der nur Augen für sie hatte und sie war glücklich mit ihm. Ein solches Glück hätte sie ihrer Freundin auch gewünscht.

Endlich hatte sich der Hanns ein Herz gefasst und berichtete Herrn Binder von seinem Vorhaben.

»Bist narrisch?«, war die erste Reaktion des Wirts.

»Du musst mich auch verstehen, Wilfried. Das ist für mich doch eine einmalige Chance!«

»Das ist es freilich, wenn einer eine Frau heiratet, von der er nichts weiß und die er kaum kennt!«, spöttelte der Wirt. »Weißt du überhaupt, wie alt die Gerda ist?«

Etwas verlegen erwiderte der Hanns: »Ich geb ja zu, sie ist ein bissl älter als ich. Aber mich stört's nicht!«

»Ein bissl ist gut. Ich hätt's ja nie gesagt, aber in dem Fall … Sie ist genau Fünfzig!«

Unmerklich zuckte der Hanns zusammen, doch starrsinnig stieß er hervor: »Na ja, die paar Jahre …«

»Stell dir einmal vor du bist zehn Jahre älter, dann bist du zweiundfünfzig und deine Frau ist sechzig!«

Das schluckte der Hanns schon wesentlich schwerer. Aber nun hatte er sich einmal in diese Idee verrannt und war auch so leicht nicht davon abzubringen. Er versuchte es lieber einmal von der anderen Seite und er erklärte: »Dein Bub ist jetzt schon zwölf. In zehn Jahren ist er so weit, dass er den Arbiser oben selber übernehmen kann oder eine von deinen Töchtern. Und was wird nachher aus mir? Mit fünfzig Jahren kann ich mir nichts mehr aussuchen, da muss ich nehmen, was ich krieg!«

Missbilligend schüttelte nun der Wilfried seinen Kopf. »Du weißt, Hanns, dass du immer bei mir bleiben kannst. Du gehörst doch eh schon zur Familie. Und Arbeit wird's in so einem Betrieb immer geben.«

»Ich weiß, du meinst es gut, Wilfried. Aber mein Entschluss steht fest!«

»Ich kann dich nicht halten, Hanns, du bist dein eigener Herr. – Aber überleg es dir gut und überstürz nichts! Warum fährst du denn nicht einmal hin und schaust dir alles an? Kein Mensch kauft die Katz im Sack …«

»Wann hätt ich denn dazu Zeit? Morgen geht's oben wieder auf …«

»Warum hast du das denn nicht schon längst gemacht?«

Der Hanns zögerte, schließlich gab er zu: »Davon hat sie nie was gesagt …«

Der Wirt unterdrückte ein Schmunzeln, dann sagte er: »Wenn's im Januar ein bissl stiller wird, dann holst du das nach. Dann kannst ja immer noch tun, was du für richtig hältst.«

»Und wer soll oben am Arbiser sein derweil?«, fragte der Hanns argwöhnisch.

Gelassen kam es vom Wirt: »Die Arbeit oben wird von Winter zu Winter immer mehr und wir haben uns gedacht, wir geben dir eine Hilfe mit hinauf. Jemand, der dir das Geschirr abwäscht und in der Küche hilft, Brotzeiten herrichten und …«

»Das müsste nicht sein«, fiel ihm der Hanns rasch ins Wort. Einerseits wollte er oben gern sein eigener Herr sein, und andererseits musste er zugeben, dass er die Arbeit kaum noch ohne Hilfe schaffte. Widerwillig fuhr er fort: »Musst halt gleich nach jemandem schauen, der weitermachen kann, wenn ich nicht mehr da bin.«

Der Wirt erhob sich und bemerkte schmunzelnd: »Deswegen werden wir schon noch mal miteinander reden!«

Der Hanns war nach dieser Unterredung nicht so ganz zufrieden. Erstens ärgerte es ihn, dass ihn der Wilfried doch so ohne Weiteres fortlassen würde. Und zweitens sorgte er sich jetzt bereits um das Geschäft auf dem Arbiser, das doch er, mehr oder weniger allein, aufgebaut hatte. Der Himmel mochte wissen, welcher Person nun der Wilfried das Liftstüberl anvertraute! Vor seinem inneren Auge sah er bereits die fürchterlichsten Zustände in seinem geliebten Liftstüberl. Doch plötzlich stieß er ein hartes Lachen aus und murmelte: »Was mach ich mir denn Sorgen? Bis dahin bin ich längst mein eigener Wirt mit einem eigenen Geschäft!« Aber ein ungutes, fast schmerzliches Gefühl blieb trotzdem zurück.

Die Waidauer Margitta war eine auffallende Erscheinung und sie tat alles, um diesen Eindruck noch zu unterstreichen. Sie war groß und schlank und hatte ein Gesicht, nach dem Männer sich umdrehten. Sie hatte grüne, weit auseinanderliegende Augen und einen üppigen, viel versprechenden Mund.

Sie war die verwöhnte Tochter des bekannten Skifabrikanten und Sportmodenherstellers Andreas Waidauer. Ja, er hatte es weit gebracht, der Waidauer! Aus dem einstigen Wagnermeister, der seine Produkte in mühsamer Handarbeit verfertigt hatte, war ein weltweit bekannter Fabrikant geworden. Und seine Tochter hatte seinen Geschäftssinn geerbt. Was man auch von ihr sagen oder denken mochte, dass sie tüchtig war, musste jeder zugeben. So war es auch zu verstehen, dass ihr Vater ihr ihre Extravaganzen nachsah und über ihren ungezwungenen Umgang mit Männern hinwegschaute. Schließlich war sie sechsundzwanzig und musste wissen, was sie tat.

Die Margitta parkte ihren teuren Sportwagen direkt am Eingang zur Talstation. Kein Mensch würde ihr deswegen Vorhaltungen machen, sie war hier bekannt.

In einem orangeroten Skidress, der ihre wohlproportionierte Figur vorteilhaft zur Geltung brachte, stieg sie aus ihrem Wagen. Den herrlichen Nerzmantel warf sie sich lässig über die Schultern und mit raschen, energischen Schritten betrat sie die Station.

Ohne zu zögern ging sie auf den nächstbesten Mann, der die Montur eines Angestellten der Bergbahn trug, zu und sagte sehr freundlich, doch mit unüberhörbarem Nachdruck in der dunklen Stimme: »Grüß Gott! Geh, sei so gut und schick mir jemanden hinunter. Ich hab einen Packen Skier auf meinem Wagen!«

Sofort kannte sich der Angesprochene aus und versicherte: » Ja, klar, gleich wird einer kommen!« Er hastete davon, während Margitta zu ihrem Wagen zurückging.

Sie holte eine Tasche und einen Koffer aus dem Auto und versperrte die Türen. Nun machte sie sich daran, die vier Skisäcke aus der Halterung zu lösen.

Jedermann wusste, dass Skifabrikanten Rennläufer und auch bekannte Skilehrer mit ihren Erzeugnissen ausstatteten. Der so belieferte Skilehrer war dafür natürlich gern bereit, dieses Fabrikat seinen Schülern besonders zu empfehlen.

Als die Waidauer-Margitta mit ihrem kleinen Gepäck in der Gondel aufwärtsschwebte, fragte sie den Führer: »Ist schon viel los bei euch?«

»Nein, es liegt noch zu wenig Schnee. Erst am zwanzigsten geht es so richtig los, dann kommen die ersten Urlauber.«

»Haben die Skikurse noch nicht angefangen?«, wollte sie weiter wissen.

»Einige schon, aber nicht viele«, war die Antwort, während in diesem Augenblick die talwärts schwebende Gondel an ihnen vorüberglitt.

Margitta wies auf die Skisäcke, die alle das Firmenzeichen ihres Vaters aufgedruckt hatten und sagte: »Das ist für den Toni! Ich lass sie in der Station oben stehen, er wird sie sich nachher schon abholen!«

Er nickte und wusste, dass dies eine Aufforderung zum Ausladen war. Begeistert war er zwar davon nicht, schließlich war er nicht dazu hier, um fremdes Gepäck herumzutragen. Aber abschlagen wollte er es ihr auch nicht. Außerdem gefiel es ihm, dass sie freundlich und gar nicht überspannt war.

Gerade das war Margittas Methode. Mit ihrem Charme erreichte sie meistens alles, auch im Geschäft. Freundlichsein kostet auch nicht mehr und macht sich gut, war ihre Devise und der Erfolg gab ihr Recht.

Es war ein trüber Dezembermorgen und der Himmel war grau verhangen, als Margitta die Bergstation verließ. Ein schneidender Wind blies ihr ins Gesicht, als sie den Weg zu Tonis Hütte einschlug.

Der Braunecker-Toni hatte seit jener Nacht mit Sylvie viel an dieses Mädchen gedacht. Doch noch immer war er weit davon entfernt, an eine engere Bindung mit ihr zu denken. Gewiss, er fand sie anziehender als viele andere Mädchen und er freute sich darauf sie wieder zu sehen; aber mehr nicht! Sein Gewissen hatte er nach jener Nacht längst wieder beruhigt. Schließlich hatte er ihr nichts vorgemacht und auch nichts versprochen und erwachsen war sie ja immerhin auch. Nein, auch Sylvie konnte ihn nicht von seinem fest gesteckten Ziel abbringen oder ihn einfangen.

Schon seit dem frühen Morgen war der Toni heut auf den Beinen. Und er war bester Laune, ganz so, als sollte dies ein besonderer Tag werden.

Den Gedanken, der ihm dabei durch den Kopf schoss, schob er allerdings schnell von sich. Denn es konnte doch nicht angehen, dass er so froh war, weil heute die Sylvie ihren ersten Skikurs hier oben abhalten würde. Blödsinn, wies er sich selber zurecht, bloß so was nicht einreißen lassen!

Er schaute auf die Uhr. »Erst neun«, murmelte er. Und um zehn Uhr wurde er von einem Gast, der sich für eine Privatstunde angemeldet hatte, drüben im Gerlossteinhaus erwartet. »Macht nichts! Inzwischen kann ich mit den anderen noch ein wenig plaudern!« Er freute sich schon darauf, mit seinen Kollegen, von denen heute die meisten heraufkommen würden, wieder beisammenzusein. Sie bildeten eine echte Gemeinschaft und eine Gaudi gab es immer. Er wollte sich gerade den roten Anorak, wie ihn jeder Skilehrer trug, überziehen, als es an der Hüttentür klopfte.

Plötzlich erschien ein Lächeln in seinem Gesicht, seine Stimme klang übermütig, als er rief: »Komm nur rein ...« Doch dann verstummte er, deutlich war ihm die Enttäuschung anzumerken.

»Grüß dich, Toni«, sagte die Margitta heiter. »Mir scheint, du sähest lieber wen anders?!«

»Nein, ich ..., wie kommst da drauf?«, stotterte er einigermaßen verlegen, was bei ihm allerhand heißen wollte. Aber sofort hatte er sich gefasst und nun nahm er das Mädchen in die Arme und gab ihr einen mehr gut gemeinten, als leidenschaftlichen Begrüßungskuss.

»Toni, Toni«, witzelte Margitta, »du wirst doch nicht nachlassen? Oder wirst du alt?«

»Mach mir keine Angst, Mädl«, entgegnete er trocken. »Seit wann bist denn du schon unterwegs?«

Margitta waf ihren Mantel achtlos auf das Kanapee und nahm auf einem Stuhl Platz. In ihrem Blick stand ehrliche Bewunderung, während ihre Stimme scherzhaft klang, als sie, nachdem sie ihn eingehend betrachtet hatte, sagte: »Bei dir könnt ich es eine Zeit lang aushalten!«

Mit einem Grinsen blinzelte er ihr zu und erwiderte: »Mach mich nicht schwach, Margitta!«

Noch allweil einen heiligen Respekt vorm Heiraten?«, spöttelte sie. Ernster werdend fuhr sie fort: »Ich kann dich verstehen. Ich könnt mir's auch nicht vorstellen, immer ein und denselben … Der Mensch braucht doch auch ein bissl eine Freud. Hab ich nicht Recht, Toni?«

Der Toni kannte Margittas Einstellung, doch sonderbarerweise störte sie ihn nun, während er ihr früher beigepflichtet hatte. Überhaupt wäre es ihm plötzlich viel lieber gewesen, wenn sie nicht gekommen wäre. Natürlich konnte er ihr das nicht sagen, obgleich man ihr einiges anvertrauen und erklären konnte, sie war ein prächtiger Kamerad.

»Du machst ein Gesicht wie drei Tage Regenwetter«, bemerkte sie sachlich. »Bin ich denn gar so ungelegen gekommen?«

Er stieß ein gezwungenes Lachen aus und widersprach: »Nein, das nicht! Aber ich muss jetzt los, ich hab Kurs um zehn.« Nach kurzem Zögern fuhr er fort: »Bleibst beim Wilfried oder wartest du hier auf mich?«

Sie hatte sich schon erhoben. »Ich geh mit. Hast du heute noch mehr Stunden? Übrigens, deine Skier stehen noch in der Station! – Du, da wirst Augen machen … Ich hätt da ohnehin noch einen Vorschlag zu machen, Toni.

Aber das besprechen wir lieber, wenn wir wieder zurück sind!«

Der nickte, während sie die Hütte verließen. »Um was handelt's sich denn?«, fragte er mit leichtem Argwohn.

»Was Geschäftliches, bloß so eine Idee von mir!«

Die Rautter Sylvie und die Traudl, beide in den roten Skilehrer-Anoraks, schoben ihre Schützlinge in die Gondel. Beide waren sie aufgeregt, denn heute begann für sie der Winter. Besonders Sylvie war völlig durcheinander; sie konnte es kaum noch erwarten, endlich den Toni wieder zu sehen.

Jedem Mädchen waren sechs Kinder von fünf bis acht Jahrenn anvertraut worden, die schon darauf brannten, auf Skiern zu stehen.

Kaum hatten sie die Bergstation verlassen, als die Kinder auch schon auseinanderstoben.

»Halt, hier bleiben, meine Herrschaften!«, rief die Traudl barsch und laut. »Ein jeder nimmt seine Skier und die Stöcke und wartet, bis ich ihm helf!« Nachdem sie Sylvies tadelnden Blick bemerkt hatte, verteidigte sie sich: »Wenn du nicht gleich hart durchgreifst, dann glauben's, sie könnten mit dir Hanswurst spielen. – Wo kämst denn da hin, wenn ein jedes tun könnt, was ihm einfällt? – Schließlich wollen die Eltern ihre Kinder am Abend mit heilen Knochen wiederhaben.«

Sylvie wusste, dass ihre resolute Kollegin nicht so ganz Unrecht hatte. Sie jedoch versuchte es immer zuerst mit der sanften Tour und meistens ging das auch sehr gut. Nur hie und da war so ein kleiner Querkopf dabei, der sich nichts sagen lassen wollte. Erst dann wurde sie streng.

»Jetzt will ich keinen mehr ohne Mütze erwischen und schnell die Handschuh angezogen«, mahnte sie, während sie bereits damit beschäftigt war, so einem kleinen Wicht die Skier anzuschnallen.

Endlich konnte es losgehen. Im Gänsemarsch, voneweg die Skilehrerin, dahinter die kleinen, vermummten

Leutchen, ging es tapsend und rutschend zum Übungshang.

Als sie den sanften Buckel, der nur für Anfänger gedacht war, erreicht hatten, fing auch schon ein fünfjähriges Bürschchen – er war übrigens der Kleinste aus der Schar – jämmerlich zu schreien und zu protestieren an: »Ich will hier nicht fahren! Ich will auf den Lift! – Ich will mit dem Sessellift fahren ...«

Sofort war Sylvie bei ihm. Nun musste rasch gehandelt werden, ehe die anderen auf dieselbe Idee kamen. »Pass einmal auf, Matthias«, redete sie den rot wattierten Giftzwerg sanft an. »Zuerst musst du mir einmal zeigen, wie gut du schon fahren kannst. Später gehen wir dann zum Lift.«

»Ich will zum Lift«, heulte er unverdrossen weiter. Er versuchte zornig mit dem Fuß aufzustampfen, dabei vergaß er, dass er auf Skiern stand, und ehe er sich versah, lag er auch schon im Schnee, hilflos mit Händen und Beinen zappelnd.

Mit einem leicht überlegenen Grinsen stand die Traudl abwartend dabei, während Sylvie dem Kleinen wieder auf die Beine half.

Ein sechsjähriges Mädchen machte dieser Demonstration ein schnelles Ende, als sie dem heulenden Matthias spöttisch zurief: »Mann, biste doof? Wat willste denn uff'm Lift, wenn du nich mal ordentlich auf Skiern loofen kannst!« Als sie das zustimmende Grinsen der anderen sah, schwang sie sich blitzschnell zum Anführer der Skibabys auf und sagte: »Lassen wir doch diesen Blödmann! Gehen wir endlich Skiloofen, wa?«

Sdylvie und Traudl überhörten diskret dieses kleine, vorwitzige Lästermäulchen und verbissen sich das Lachen. Aber die Situation war gerettet. Denn mit grimmigem Gesicht und tapfer unterdrückten Tränen stapfte Matthias hinter den anderen her. Und es war gewiss, dass man von ihm so schnell keine Widerspenstigkeiten mehr zu erwarten hatte.

Nun verlief der Vormittag mit viel Lachen und Spaß, mit Hinfallen und Aufrappeln und wiederum Hinfallen.

Die Kinder hatten einen Mordsspaß und zeigten sich allesamt enttäuscht, als es hieß: »Es ist Mittag, jetzt gehen wir zum Essen!«

»Dem Herrn sei Dank«, stöhnte die Traudl erleichtert. »Ich versteh nicht, Sylvie, wie du das den ganzen Winter über aushältst. – Ich bin froh, wenn ich von diesen kleinen Nervensägen erlöst bin!« Sie hatte in ihren Kursen meist nur Fortgeschrittene.

Verwundert schaute Sylvie ihre Freundin an. »Ich weiß nicht, was du hast? Sie sind doch alle so drollig. Mir machen sie Freud!«

»Das versteh ich nicht«, gab die Traudl unumwunden zu. »Wenn ich so Ski fahren könnt wie du, dann gäb ich mich mit kleinen Anfängern nicht mehr ab! Menschenskind, du kommst doch so kaum zum Fahren! Ist dir das nicht zu langweilig?«

»Nein, gar nicht! Mit einem Schüler kannst doch eh nie so fahren, wie du willst, und dann ist es doch einerlei, vor wem du deine Bögerl machst! Außerdem sind mir die Kleinen lieber als die Großen!«

Kurz und bündig, wie es ihrer resoluten Art entsprach, konstatierte die Traudl: »Weißt du was, Sylvie? Du müsstest eigentlich so bald wie möglich selbst Kinder haben, eine ganze Schar Kinder, deine eigenen, versteht sich, die du versorgen kannst!«

Sylvies Antwort bestand aus einem sehnsüchtigen Blick, den sie hinüber zu Tonis Hütte warf.

»Nein das ist zum Kindererziehen nicht der richtige Ort«, kam es vorschnell von der Traudl. Geringschätzig setzte sie hinzu, wobei sie mit ihrem Skistock zur Hütte wies: »Das da ist höchstens zum …« Unvermittelt verstummte sie und vermied es ihrer Freundin in die Augen zu sehen.

Doch auch so wusste Sylvie, was die Traudl gedacht hatte. Der Traudl fiel es halt schwer nicht sagen zu dürfen, was sie dachte. Und über den Toni hätte sie allerhand zu sagen gehabt, vor allem, dass er ihre beste Freundin, für die sie so etwas wie mütterliche Fürsorge hegte, ganz gewiss sterbensunglücklich machen würde.

»Langsam, schön abrutschen lassen«, rief die Traudl den Kleinen zu, als sie ihnen zum Gerlossteinhaus hinunter vorausfuhr.

Vor dem Gasthaus mussten die Mädchen den meisten Kindern wiederum helfen, die Bindungen zu lösen und Skier und Stöcke ordentlich abzustellen.

Traudl, die mit den Jungsportlern, wie sie die Kleinen nannte, weniger Federlesens machte, stürmte schon ins Haus. »Ich such uns einen schönen Platz!«, rief sie ihrer Freundin zu.

Sylvie nickte nur, sie war gerade vollauf damit beschäftigt, einem kessen Persönchen die Nase zu putzen, das ihr bei dieser Gelegenheit auch gleich anvertraute, dass sie ihre Hilfe an einem anderen Örtchen auch noch dringend nötig hätte. »Ein bissl musst noch warten. Wir suchen uns drinnen einen Platz und nachher verschwinden wir zwei schnell. Geht's noch?«

Unterdessen hatte die Traudl schon ein halbes Dutzend Bekannte begrüßt und sich auch noch ganz nebenbei nach einigen Tischen, die groß genug waren, umgesehen. Draußen, im großen Speisesaal, gab es genug Platz, doch da schien es ihr zu laut zu sein. Sie kehrte um und betrat das Stübl.

Unwillkürlich blieb sie in der Tür stehen; ihre haselnussbraunen Augen schossen zornige Blitze, um ihren Mund erschien ein verächtlicher Zug. Denn dort, allein an einem Tisch, saßen der Toni und die Margitta – ausgerechnet diese Person, von der man schon allerhand gehört hatte.

Als der Toni Traudls vorwurfsvolles Gesicht sah, zuckte er zusammen. »Grüß dich, Traudl! Bist allein?«, rief er ihr zu.

Die Traudl schüttelte nur verneinend den Kopf und verschwand wieder.

Gerade kam die Sylvie mit ihrer Kinderschar ins Haus. »Ist im Stübl kein Platz?«

»Nein, alles voll«, log die Traudl kaltblütig. »Komm, gehen wir in den Speisesaal!« Und schon stapfte sie in ihren schweren Skischuhen voran. Geschickt dirigierte sie die ganze Gesellschaft in die verstecteste Ecke.

Traudl hatte sich so gesetzt, dass sie die Tür zum Stübl in ihrem Blickfeld hatte, während Sylvie in der Ecke verborgen blieb. Schon nach wenigen Minuten sah sie den Toni auftauchen. Suchend blickte er sich um. Sie musste zugeben, er schaute schon verteufelt gut aus, in den hautengen, schwarzen Hosen, die seine schmalen Hüften umspannten, und dem roten Pullover. Jetzt hatten seine Augen sie entdeckt, in seinem dunklen Gesicht zuckte es.

Rasch wandte sich die Traudl ihrer Freundin zu und übersah den Toni geflissentlich.

»Grüß dich, Sylvie.« Tonis Stimme klang warm und erfreut, seine Augen schienen sich an dem Mädchen festzusaugen.

»Grüß dich, Toni!« Mehr brachte die Sylvie nicht heraus, doch sie strahlte ihn an.

Auch er kam ein wenig ins Stottern, als er verlegen erklärte: »Ich hätt dich ja schon gesucht …, aber ich hab Kurs gehabt. Jetzt sitz ich mit einem Besuch im Stübl …«

Sylvie lachte ungezwungen und meinte: »Das macht doch nichts, Toni! – Ich hab ja jetzt eh mit meinen Kindern zu tun. – Vielleicht komm ich um vier, wenn mein Kurs aus ist, ein bissl zu dir hinüber. Die Traudl kann ja einstweilen auf die Kinder …«

»Nein, Sylvie, das wird nicht gehen«, fiel ihr der Toni rasch ins Wort. »Ich weiß nicht, ob ich daheim bin, ich muss heut unbedingt ins Dorf.«

»Soll ich dir morgen was mit hochbringen? Musst mir nur sagen, was du brauchst …«, erbot sie sich sofort.

»Nein, nein«, wehrte er ab. Er war sichtlich verlegen und fühlte sich unbehaglich in seiner Haut. »Wir sehen uns ja gewiss morgen einmal! Servus einstweilen, Sylvie! Pfüet dich, Traudl!« Damit ging er davon.

Als die Traudl sah, mit welchen Augen ihm die Sylvie nachblickte, gestand sie sich: Ich brauch mir mein Mundwerk nicht mehr verbrennen. Sie ist dem Hallodri restlos verfallen!

»Schad, dass er keine Zeit hat«, bedauerte die Sylvie.

»Aber es macht ja nichts. Morgen dann …« Traudls unergründlicher Blick ließ sie verstummen.

Gerade im rechten Augenblick kam die Kellnerin mit dem Essen. Und nun waren die beiden Mädchen vollauf damit beschäftigt, den Kindern ihre Teller zurechtzurücken und den kleineren das Fleisch in Stücke zu schneiden. Über Toni wurde kein Wort mehr gesprochen, auch am Nachmittag nicht.

Um vier Uhr, als der Kurs zu Ende war, wurde es langsam dunkel und Sylvie brachte ihre Schützlinge zur Bergstation.

»Warum ziehst denn deine Skier nicht aus?«, fragte die Traudl argwöhnisch.

»Ich bitt dich, Traudl, sei so gut und pass ein bissl auf die Kleinen auf«, sagte Sylvie rasch und wies auf die Kinder. »Ich komm gleich wieder!« Und schon glitt sie davon.

»Nein, bleib hier, Sylvie!«, rief ihr die Traudl erschrocken nach. Aber ihre Freundin wollte sie nicht hören. »Jesses, jetzt ist's passiert! Aber vielleicht ganz gut so. Lieber ein Ende mit Schrecken als ein Schrecken ohne Ende!«

Er ist doch nicht hinuntergefahren, sagte sich die Sylvie, als sie dicke Rauchwolken aus dem Kamin aufsteigen sah. Sicher wartete er schon.

Es hatte keinen Zweck, die Skier erst aufzustellen, sie musste ja gleich wieder fort. Mit einem erwartungsvollen Lächeln klopfte sie und öffnete auch schon die Tür.

Wie angewurzelt blieb sie stehen. Mit schreckensbleichem Gesicht starrte sie auf das Paar, das eng nebeneinander auf dem Kanapee saß, wobei Tonis Arm die Schultern der Waidauer-Margitta umfasst hielt. Auf ihren Knien lag ein aufgeschlagenes Heft oder Buch. Wortlos zog Sylvie die Tür wieder zu und stürzte davon. Mit zitternden Fingern nestelte sie an ihrer Bindung herum, die vereist war, dabei liefen ihr die Tränen übers Gesicht.

»Sylvie, wart doch…«, hörte sie Tonis Stimme, aber schon fuhr sie die Mulde hinunter.

Bestürzt schaute ihr der Toni nach, ein ungutes Gefühl beschlich ihn. Plötzlich zuckte er jedoch resignierend mit den Schultern und ging wieder hinein.

Margittas Augen blieben ernst, doch um ihren üppigen Mund spielte ein Lächeln, als sie ihn leichthin fragte: »Du hast eine Freundin?«

Er fuhr sich mit der Hand durch das dichte schwarze Haar, als er gedehnt erwiderte: »Nein ...! Wie kommst denn darauf?« Dabei vermied er es, ihr in die Augen zu sehen.

»Sie hat mir aber ein wenig arg unglücklich ausgeschaut, wie sie ...«, wollte die Margitta einwenden, doch vorschnell fiel er ihr ins Wort:

»Lass gut sein! Es war bloß eine Kollegin!« Nun, am Ende war es wirklich besser, wenn Sylvie wusste, wie sie dran war und sich keine übertriebenen Hoffnungen machte. Er war nun einmal kein Mann, der sich festbinden ließ. Schon allein diese Vorstellung jagte ihm einen kalten Schauer über den Rücken. Mit einem harten Lachen sagte er: »Können wir jetzt weitermachen?«

Margitta unterdrückte ihre Neugier und erwiderte gelassen: »Von mir aus gern. Also, zurück zum Geschäft!« Sie blätterte in ihrem Katalog, während sich ihre Gedanken mit etwas völlig anderem beschäftigten. Burschen wie der Toni konnten ein Mädchen schon um den Verstand bringen. Zum Glück verlor sie selbst nie die Kontrolle über ihre Gefühle. Sie war nie oder doch nur selten so unvorsichtig, sich einem Mann völlig auszuliefern. Aber war das wirklich ein solches Glück? War sie vielleicht nicht eben deshalb so rastlos und wechselte ihre Begleiter wie ihre Taschentücher? Schon möglich, gestand sie sich ein. – Jedenfalls würde sie, Margitta Waidauer, nie einem Mann Gelegenheit geben, sie mit solch einem vor Liebe und Schmerz verzerrtem Gesicht zu sehen; so wie eben dieses bildschöne Mädchen.

Margitta zwang sich in die Wirklichkeit zurück und sagte sachlich: »Den kleinen Umbau in deiner Hütte täten wir dir selbstverständlich vorfinanzieren. Und es müsst ja auch bloß ein kleiner Verkaufsraum werden. Es tät schon genügen, wenn du bloß die Skier und Stöck verkaufen würdest. Du könntest ein gutes Geschäft damit machen.«

Der Toni starrte vor sich hin; es war unklar, ob er überhaupt zugehört hatte.

»Und du weißt selber, wie viele Menschen unsere Skier fahren«, wandte sie ein.

Nun schien auch der Toni aufzuwachen. Gelassen erklärte er: »Der Vorschlag ist nicht schlecht. Aber du weißt, dass ich nicht mehr allzu lang hier oben bleiben will, ich möcht mich unten nach was umschauen. Und ich hab einfach das Geld nicht, dass ich auch noch hier einen Batzen investiere. Außerdem müsst dann den ganzen Tag einer im Laden sein.«

»Hast denn niemand, der das für dich machen könnt?«

Er schüttelte den Kopf. »Dann würde es sich auch gar nicht mehr rentieren, wenn ich jemanden den ganzen Tag zahlen muss«, argumentierte er nachdenklich.

Mit einem viel sagenden Lächeln bemerkte Margitta: »Das Gescheiteste wär halt, wenn du eine Frau hättest …«

»Ich heirate nicht, bloß weil's vorteilhaft wär«, fuhr Toni auf. »Wenn ich einmal heirate, dann muss es schon aus …« Ärgerlich winkte er ab.

»Aus Liebe sein«, vervollständigte Margitta seinen Satz lachend. »Und das glaub ich dir sogar, Toni, obgleich ich sonst vorsichtig bin mit dem, was ein Mann erzählt. Berechnend bist du nicht! Sonst wärst schon lang nicht mehr oben, sondern der Mann von einer verrückten Millionärin!« Sie zögerte, dann fuhr sie fort: »Schad, dass ich die letzte Gondel nicht mehr erwisch, denn sehr gemütlich wird's heut nicht werden mit dir!«

Unvermittelt gab er sich einen gewaltsamen Ruck und ging hin zum Wandschränkchen. Eine Flasche und Gläser in der Hand, erwiderte er entschlossen: »Das wär doch gelacht!«

Margitta schaute ihn mit einem rätselhaften Lächeln an, als sie das gefüllte Glas entgegennahm. »Gesundheit!«

Nach einigen Gläsern gab es für ihn keinerlei Probleme mehr. Und es wurde für beide ein gemütlicher Abend, der sich fast bis in den Morgen hinziehen sollte.

Mit verschlossenem Gesicht war Sylvie zurückgekommen. Sie sagte auch nichts, als sie den Bus nach Zell bestiegen.

Erst nachdem sie die Kinder im Reisebüro abgeliefert hatten und sie mit der Traudl allein war, schimpfte sie, wütend und beschämt zugleich: »Was glaubt denn der von mir? Erzählt mir, er hätt keine Zeit, derweil bandelt er schon wieder mit einer anderen …«

Heißes Mitleid mit der unglücklichen Freundin stieg in der Traudl auf, so dass sie beruhigend einwandte: »Er hat doch gesagt, dass er Besuch hat! – Du weißt ja, dass die Margitta ihn öfter aufsucht, doch schon wegen seiner Skier.«

»Und wegen was anderem auch noch, das weiß doch jeder«, empörte sich die Sylvie.

»Er kann sie doch nicht hinausschmeißen. Sie ist immerhin die Waidauerin.«

Plötzlich huschte ein hoffnungsvolles Lächeln über Sylvies Gesicht. Sie war ja allzu gern bereit, zu glauben, dass der Toni keine andere lieb hatte. »Meinst wirklich, Traudl? Freilich, wenn man es sich recht überlegt, dann hat er gar nicht anders können! – Und ich hab mich so blöd angestellt.«

Heiliger Strohsack, da hab ich ja was Schönes angerichtet, dachte die Traudl ärgerlich. Jetzt geht das Theater wieder von vorn los! Vorsichtig bemerkte sie: »Wissen kann man's natürlich nie, ob nicht vielleicht doch was dran ist …«

»Bei dir kennt sich auch keiner aus«, fuhr Sylvie nun ihre Freundin an. »Einmal redest du so und nachher wieder ganz anders. Du kannst halt kein gutes Haar am Toni lassen und denkst immer gleich das Schlechteste!«

Die Traudl verzichtete auf eine Rechtfertigung. Schweigend setzten sie ihren Weg fort und mit einem knappen Gruß trennten sie sich.

Vom Gerlossteinhaus zum Liftstüberl hinauf gab es einen Lastenaufzug. Damit wurde so ziemlich alles transportiert, vom fertig gekochten Gulasch bis zu den Knödeln. Oben wurden die fertigen Speisen im Wasserbad heiß gehalten.

Menschen durften allerdings mit diesem Lastenaufzug nicht befördert werden. Und so fuhr der Hanns jeden Morgen, seinen Skibob unter den Arm geklemmt, mit dem Sessellift hinauf zum Liftstüberl. Und abends, wenn der Lift den Betrieb längst eingestellt hatte, bestieg der Hanns seinen Bob und sauste durch die Finsternis, über die fest gefahrene Piste herunter zum Gasthaus.

»Bin gespannt, was heut wieder für eine gekommen ist«, überlegte er brummig, während er sein Gefährt in den Schuppen stellte. Aber gespannt wie ein alter Regenschirm war er doch, als er mit langen, gewichtigen Schritten ins Haus eilte.

Dort war es ruhig, aber das würde sich schon in wenigen Tagen ändern; ab dem Zwanzigsten war ausgebucht!

Als erstes suchte der Hanns die große Küche auf, in der sein Freund Sepp das Regiment führte. Auch hier herrschte noch die große Ruhe vor dem Sturm.

Der Sepp, ein gemütlicher Vorarlberger, war erst vor wenigen Tagen von seinem Heimaturlaub zurückgekommen. In Schruns hatte er Frau und Tochter. Er war sehr beleibt und etwa im gleichen Alter wie der Hanns. Die beiden waren dicke Freunde, dabei lagen sie sich andauernd in den Haaren.

»Ist sie gekommen?«, fragte der Hanns mit Verschwörerstimme.

»Mensch, du wirst Augen machen. Da wirst nichts mehr zum Lachen haben! Ein richtiger Feldwebel!«, kam es gelassen vom Sepp.

»Was dir nicht einfällt«, begehrte der Hanns sogleich heftig auf und tippte sich mit dem Zeigefinger an die Stirn, die sich jedoch merklich gerötet hatte.

»Wirst es schon sehen! Schau sie dir nur an! Draußen

sitzt sie in der Stube«, meinte der Sepp; dabei blieb er völlig ernst.

Eigentlich hätte es der Hanns besser wissen müssen, aber er ging dem Sepp immer wieder auf den Leim. Er warf sich in die Brust und sagte angriffslustig: »Sagen brauch ich mir von dera rein gar nichts lassen; das merkst du dir!«

Still vergnügt rührte der Sepp in einem riesigen Topf. Ohne aufzusehen wandte er ein: »Sie wird dich bald auf die Seiten geschoben haben, aber es ist ja gleich. Wenn sie eh bald übernimmt, oben ...«

»Noch bin ich da!«

Seinen Einwand überhörend, meinte der Sepp mit einem gemütlichen Schmunzeln: »Froh bin ich, dann hat's endlich einmal ein End mit dem Verschwinden der besten Brocken. Da fällt mir grad ein: Du hast mir schon wieder den besten Speck abgezweigt.«

»Ich?«, tat der Hanns entrüstet. »Fällt mir gar nicht ein!«

Dies war ein stetiger Kampf zwischen den beiden, wer wem den magersten Speck oder den saftigsten Käse und Schinken wegschnappte, um sie seinen Gästen vorzusetzen. Die Wirtsleute hielten sich wohlweislich heraus aus diesem Geplänkel, denn im Endeffekt wollte nur ein jeder das Beste für den Gast.

»Ich weiß schon bald nicht mehr, was ich den Gästen hinausschicken soll, weil du alles auf den Arbiser räumst, was dir nur grad in die Finger kommt, Mensch!« Letzteres war das Lieblingswort des Kochs.

»Bald bist mich ja los«, sagte Hanns und es klang melancholisch. Er wandte sich zum Gehen. »Für übermogen brauch ich eine frische Gulaschsuppe«, rief er zurück. »Aber nicht wieder so eine, an der du das Fleisch bloß einmal vorbeigetragen hast«, setzte er noch hinzu.

»Mensch, verschwind bloß«, grinste der Sepp. »Schau dir lieber den Feldwebel an, mit dem du von morgen an arbeiten musst! Und vergiss nicht! Stillgestanden, die Hand an die Hosennaht!«

Diese Sticheleien, obschon nicht ernst gemeint, wirkten nicht gerade erbaulich, und Hanns' Laune wurde davon nicht besser. So war es nicht weiter verwunderlich, dass er mit entschlossenem, grimmigen Gesicht in die Wohnstube trat, wo Herr und Frau Binder mit einer etwa dreißigjährigen Frau saßen.

Der Hanns brummte einen Gruß und nach einem raschen Blick auf die Fremde wusste er, dass ihn der Sepp wieder einmal hereingelegt hatte, was aber an seiner Abwehr nichts änderte.

»So, Hanns, jetzt werden wir dir gleich die Rosl vorstellen«, sagte der Wirt aufmunternd. »Ihr werdet schon auskommen miteinander!«

Der Hanns reichte der Rosl die Hand und warf ihr einen giftigen Blick zu, so dass sie verärgert woandershin sah.

In ihrer netten, entwaffnenden Art bemerkte die Herma: »Weißt, Rosl, zum Fürchten ist er nicht, unser Hanns, wenn er sich das auch manchmal gern einbildet. Er ist doch unser bestes Stück!«

Sofort begann sich Hanns' Stirn zu glätten, denn ein Lob von der Wirtin wog viel.

»Ich glaub's schon, Frau Binder«, ließ sich nun die Rosl schüchtern vernehmen.

»Nein, nein«, wehrte die sogleich ab. »Ich bin die Herma und mein Mann ist der Wilfried. Bei uns geht's halt ein bissl familiär zu! Das wirst schon noch merken!« Oh ja, sie hatte schon eine gewinnende, charmante Art, die Gerlosstein-Wirtin; dabei war sie von einer mädchenhaften Natürlichkeit.

»Und jetzt ist es Zeit für einen Schnaps! Auf einen guten Einstand!«, sagte der Wirt, wobei ein unergründliches Schmunzeln über sein Gesicht glitt.

»Jetzt wirst dich wohl einmal niedersetzen«, sagte die Herma zum Hanns, der noch immer ziemlich unschlüssig dastand.

Nun, da er ihr gegenübersaß, konnte er seine aufgedrängte oder besser: zugeteilte Hilfe eingehender betrachten. Eifersüchtig und misstrauisch zugleich, stellte er abschließend bei sich fest: Na ja, so schlecht sieht sie ja gar nicht aus!

Die Rosl spürte Hanns' Ablehnung und bereute plötzlich diese Stellung angenommen zu haben. Dieser Hanns konnte ihr ganz schön zusetzen, wenn er wollte; und dass er es wollte, das sah ein Blinder. Da würden ihr auch die freundlichen Wirtsleute nicht beistehen können.

Der Toni saß noch beim Frühstück, während Margitta etwas Ordnung machte und ihre Sachen zusammenpackte.

Plötzlich beschlich Margitta ein eigenartiges Gefühl und sie wusste, es war das letzte Mal gewesen, dass sie hier mit Toni gemeinsam die Nacht verbracht hatte!

Irgendetwas war diesmal anders gewesen. Sie konnte nicht einmal mit Sicherheit sagen, ob es an ihr oder an Toni gelegen hatte, aber etwas war unwiederbringlich verloren gegangen. Dabei war von Liebe nie die Rede gewesen. Sie waren Freunde und manchmal auch etwas mehr, aber zu etwas, das wirklich zählte, hatte es nie gereicht. Freunde würden sie wohl immer bleiben, denn sie verstanden sich. Aber mehr? Nein, bestimmt nicht. Ob er es auch spürte?

»Ich bin fertig, Toni«, bemerkte sie leichthin.

»Ja, dann können wir gehen«, erwiderte er gelassen. Keinen Versuch machte er sie zum Bleiben zu bitten.

»Du überlegst dir das mit meinem Vorschlag noch? Es wär bestimmt nicht schlecht, sonst hätt ich dir auch gar nicht geraten dazu«, setzte sie lächelnd hinzu.

»Ich lass es mir noch einmal durch den Kopf gehen. Du wirst dich ja wieder blicken lassen?«

»Klar!«, stimmte Margitta burschikos zu. »Zum Abfahrtsrennen, wie jedes Jahr halt!« Nur dass sie diesmal beim Wilfried drüben ein Zimmer bestellen würde.

»Können wir gehen?«, fragte er.

Margitta nickte und hängte sich ihren Mantel um die Schultern. Trotz der warmen Stube und des Pelzes fröstelte sie. Ob es daran liegt, dass wir älter werden, nicht mehr gar so unbeschwert in den Tag hineinleben wie früher?, fragte sie sich nachdenklich.

Dann verließen sie zusammen die Hütte.

Als sie die Bergstation betraten, kam soeben eine Gondel heraufgeschwebt.

Toni stellte Margittas Koffer ab. »Du, ich muss mich beeilen; ich hab eine Privatstunde …«

Mit einem etwas wehmütigen Lächeln schmiegte sich Margitta an ihn und drückte ihm einen Kuss auf die Wange. Ihre Stimme klang gepresst, als sie ihm zuflüsterte: »Leb wohl, Toni! Ich wünsch dir alles Gute und denk manchmal an mich!«

Nun hatte auch er sie verstanden. »Mach's gut, Margitta!«, rief er ihr nach, aber sie war schon zwischen den Ankommenden verschwunden. Nachdenklich verließ er die Station. Als er bereits draußen im Freien war, drehte er sich noch einmal um. Und dann sah er wieder dieses Gesicht, genauso hilflos und schmerzzerrissen wie gestern. Schon wollte er auf Sylvie zueilen, aber etwas war in ihren übergroßen, unergründlich blauen Augen, das ihn warnte und ihn zurückhielt.

Für einen kurzen Moment waren die vielen Menschen um sie her vergessen und sie schauten sich an. Doch dann wandte er sich um und ging davon, hinüber zu seiner Hütte.

Nun wusste sie es also ganz bestimmt: Er hatte die Nacht mit diesem Mädchen verbracht! Bei dieser Vorstellung wurde ihr plötzlich schlecht; alles begann sich um sie zu drehen.

Traudls scharfen Blicken war nichts verborgen geblieben. »Was hast du denn, Sylvie? Du bist ja ganz blass«, bemerkte sie verstört.

Nach einigen tiefen Atemzügen fühlte sich Sylvie besser. »Es muss die schlechte Luft gewesen sein, es war so eng in der Gondel …«

Ernsthaft, ganz so, als ob sie der Freundin glaubte, nickte die Traudl. »Ist es schon wieder vorbei?«, fragte sie besorgt.

»Ja, jetzt ist alles vorbei!« Sylvies Stimme hatte einen ungewohnt harten Klang. Sie schaute sich nach ihren Schülern um und tat, als wäre nichts geschehen. Es kostete sie zwar eine ungeheuere Anstrengung, aber niemand konnte ihr ansehen, wie es in ihr aussah.

Der Vormittag schien sich endlos lange hinzuziehen. Endlich wurde es aber doch Mittag.

Die beiden Mädchen hatten sich nur mit den Kindern befasst, mit keinem Wort hatten sie den Vorfall beim Lift erwähnt.

Als die Skier der Kleinen ordentlich an die Hauswand gelehnt waren, bat Sylvie die Freundin: »Ich hätt eine Bitte, Traudl ... Bist du so gut und passt beim Essen auch auf meine Kinder auf? – Ich kann eh nichts essen. – Ich möchte gern ein paar Mal den Arbiser fahren«

Die Traudl hatte schon verstanden. Sylvie wollte allein sein, außerdem wollte sie gewiss dem Toni nicht begegnen. Sofort willigte sie ein: »Klar, ich pass schon auf!«

Noch einer verspürte heute Mittag keinen Appetit; der Braunecker-Toni.

Eigentlich war es Margitta, ausgerechnet die leichtsinnige Margitta, gewesen, die ihn zum Nachdenken gebracht hatte. Er war gern bereit, sich ehrlich einzugestehen, dass ein solches Abenteuer, wie das der letzten Nacht, nichts anderes hinterließ als ein leeres, schales Gefühl. Dabei war er jedoch weit davon entfernt, die Sache vom moralischen Standpunkt aus zu betrachten. Aber es gab ja auch noch etwas anderes als Abenteuer, die sich doch mehr oder weniger immer glichen. Liebe und Treue hatten damit nichts zu tun. Das waren Dinge, die bisher nicht für ihn existiert haben.

Wie sollte er zum Beispiel wissen, ob er die Sylvie morgen oder in einem Jahr auch noch gern hatte? Ja, nun hatte er es sich zum ersten Mal eingestanden, dass er dieses Mädchen gern hatte! – Was aber, wenn dieses Gefühl trog? War es nicht doch besser, sich erst gar nicht auf so etwas einzulassen? Man gibt doch immerhin eine ganze Menge dafür auf, man müsste sein Leben völlig umkrempeln.

Plötzlich stand er hastig auf, hinter ihm fiel sein Stuhl krachend zu Boden, er machte sich nicht die Mühe ihn wieder aufzustellen. Nach wenigen Minuten verließ er seine Hütte völlig überstürzt, so als fürchtete er sich vor seinen kühlen, berechnenden Überlegungen, und er schoss davon.

»Wo ist denn die Sylvie?«, fragte der Toni die Traudl, die inmitten einer Kinderschar saß.

Kalt erwiderte die Traudl: »Sie ist nicht da. Außerdem sollst du sie in Ruh lassen!«

»Ich muss mit ihr reden, unbedingt«, stieß der Toni hastig hervor, Traudls Vorwurf überhörend.

Nun aber wurde diese giftig. Ärgerlich sagte sie: »Jetzt wär sie dir wieder recht, weil die andere fort ist.«

»Was verstehst denn du davon?«, unterbrach er sie ungehalten und stürmte davon.

Draußen an der Theke rannte er dem Wirt in die Arme. »Servus, Wilfried! Hast du die Sylvie gesehen?«

»Nein, ich mein, sie ist gar nicht hier oben. Die Traudl ist mit den Kindern gekommen«, erwiderte der Wirt.

»Gib mir rasch einen Schnaps«, bat der Toni und lehnte sich an die Theke.

»Es wird doch nichts passiert sein?«, fragte Wilfried Binder und schob Toni das gefüllte Glas zu.

Der Toni schüttelte nur den Kopf und mit einem einzigen Zug leerte er das Glas. »Noch einen, Wilfried!«

»Hast du was Besonderes vor?«, wollte der Wirt schmunzelnd wissen, denn es war ungewöhnlich, dass der Toni so hektisch trank.

Nachdem er auch das zweite Glas hinuntergestürzt hatte, antwortete der Toni gepresst: »Ja, das kann man wohl sagen!«

»Aber das Leben nimmst du dir nicht?«, witzelte der Wirt.

»Könnt schon sein«, grinste der Toni unfroh. »Gieß noch einen nach!«

Also dieser Bursche war ihm heute zu verdreht; wortlos goss der Wirt nach, dann musste er sich um die anderen Gäste kümmern.

Nach dem dritten Schnaps war der Toni schon ziemlich angeschlagen. Seit dem Frühstück hatte er nichts mehr gegessen und der hastig hinuntergestürzte Alkohol machte sich bemerkbar. Aber vor einer so wichtigen Lebensentscheidung war das verzeihlich. Plötzlich hatte er es wieder sehr eilig. »Ich zahle nachher«, rief er dem Wirt zu und schon rannte er aus der Tür.

Kopfschüttelnd schaute ihm Wilfried nach. »Ich fürchte, den hat's irgendwie erwischt!«

Während der Toni auf seine Skier stieg, überlegte er: »Heim kann sie nicht gegangen sein; sie hat ja ihren Kurs hier oben! – Der Schlepplift steht …, also wird sie oben beim Hanns sein!« Wie eine Rakete schoss er hinunter zum Sessellift, der zum Arbiser hinaufführte.

Der Huber Sepp, der nach diversen Vierteln kühn von sich behauptete, er sei der schönste Mensch vom Zillertal, bediente die Sessel. Seine blitzblauen Augen strahlten in dem wettergegerbten Gesicht, als er den Skilehrer begrüßte: »Servus, Toni! Kommst mich ablösen? Dann könnte ich ein bissl Ski fahren!« Er war ein ausgezeichneter, eleganter Fahrer, der Huber Sepp.

»Das musst du nicht glauben«, grinste der Toni. »Hast du die Sylvie gesehn?«

»Ja, sie ist hochgefahren!«, erwiderte der Sepp.

Als der Toni auf dem Sessel saß und ein schneidender Wind ihm ins Gesicht blies, musste er sich eingestehen: »Sakra, mich hat's ganz schön erwischt!« Und das bezog sich sowohl auf seine physische, wie auch auf seine psychische Verfassung. Lautlos glitt er aufwärts, über tief verschneite Tannen und Fichten; über tückische, mit hohen Schneehauben überzogene Felsen. Zaghaft kam die fahle, blasse Dezembersonne hinter hochziehendem Gewölk hervor, immer bereit, sich sofort wieder zu verkriechen.

Immer höher trug ihn der Lift. Vor ihm wurde das gigantische Rund der glitzernden Gipfel überschaubar: das Kreuzjoch im Nordwesten, das Heimjoch, der Brendberger Kolben, das Hochfeld, die Ahornspitze, der Riffler, sogar das Marchkopfmassiv.

Breitbeinig, die Hände tief in den Hosentaschen vergraben, eine blütenweiße Schürze umgebunden, so stand der Hanns in der Tür des Liftstüberls. »Servus, Toni! Kommst du rein?«

»Ist die Sylvie drinnen?«, rief der Toni zurück.

»Nein, ich hab sie nicht gesehen!«

Mit dem erhobenen Skistock einen Gruß winkend, fuhr der Toni sogleich weiter.

Sylvies tiefer, brennender Schmerz verwandelte sich langsam aber stetig in Zorn. Und das war gut so, denn das brachte ihr einige Erleichterung. Endlich hatte sie ihre Enttäuschung so weit überwunden, dass sie nicht mehr glaubte, daran ersticken zu müssen. Schließlich dankte sie ihrem Schicksal, dass sie heute mit eigenen Augen gesehen hatte, wie Toni es trieb. Er war ein Hallodri und würde es immer bleiben. – Und sie musste versuchen ihn zu vergessen … Es würde ihr schon gelingen, wenn sie sich nur seinen Leichtsinn und seine Verantwortungslosigkeit immer wieder vor Augen hielt.

Sylvie verließ den Sessel, glitt den kleinen Buckel hinunter und ihre ganze Aufmerksamkeit galt ihren Skistöcken, deren Schlaufen sie sich über die Handgelenke streifte. Plötzlich stellte sich ihr jemand in den Weg und sie landete direkt in Tonis Armen.

»Ich renn schon die ganze Zeit hinter dir her, aber du fährst ja wie der Teufel!«, sagte er.

Sie wehrte sich ziemlich temperamentvoll, dabei stieß sie erregt hervor: »Lass mich los! Mit dir will nich nichts mehr zu tun haben …«

Wie ein Schraubstock hielt seine Rechte ihren linken Oberarm umfasst, seine Stimme klang eindringlich, als er erwiderte: »Ich muss mit dir reden, Sylvie.«

»Da gibt's nichts mehr zu reden! Lass mich in Ruhe«, entgegnete Sylvie eisig.

»Es tut mir ja Leid, das mit der Margitta, Sylvie«, gestand er zerknirscht. »Aber du musst verstehen, sie ist eine alte Bekannte und …«

»Hör auf! Ich kann's nicht mehr hören!«, fiel sie ihm ins Wort. Kalt setzte sie hinzu: »Es geht mich ja auch gar nichts an, was du mit der hast!«

»Du musst mir glauben, wenn ich dir sag, dass sie mir nicht wichtig ist! – Sie zählt nicht, Sylvie. Aber du, du zählst … Sylvie …, ich …« er brach ab und brauchte eine Weile, bis er gestand: »Sylvie, ich hab dich gern!«

Es kostete sie einige Mühe, aber sie hielt ihm scharf entgegen: »Was du so Gernhaben nennst! Nein, Toni, lass …«

»So glaub es mir doch! Mir ist es bitter ernst, ich mein's ehrlich … Ich brauch dich, für immer, Sylvie! Ich bitt dich, gib mir noch eine Chance, ich will dir beweisen …«

»Nein, einer wie du ändert sich nicht! – Such dir eine von deinen Bekanntschaften, aber lass mich in Ruh!« Sie riss sich los und fuhr davon. Plötzlich konnte sie die Tränen nicht länger zurückhalten, es war ihr aber einerlei. Sie konnte nicht erkennen, wohin sie eigentlich fuhr; all ihr Denken konzentrierte sich auf sein reuevolles Geständnis. Doch alles in ihr wehrte sich ihm zu glauben. Zu schwer hatte er sie beleidigt. Blindlings hatte sie sich ihm anvertraut, sich ihm ausgeliefert mit all ihrer Liebe und er hatte sie achtlos beiseite geschoben.

Betroffen schaute ihr der Toni nach. Mit einer solchen Abfuhr hatte er nicht gerechnet. An Mädchen, die nein sagten, war er nicht gewöhnt.

»Herrgottsakrament«, begann er plötzlich leise zu fluchen, »nachrennen tu ich auch keiner! Wer weiß, wozu es gut ist!«

Er ging hinauf zum Hanns um seine Niederlage und seinen überstürzten Entschluss, ein neues Leben anzufangen, mit einigen Schnäpsen hinunterzuspülen.

»Du, Sylvie, stell dir vor, der Toni hat dich gesucht!«, berichtete die Traudl aufgeregt. »Aber ich hab ihm natürlich gleich hingerieben, dass du deinen Frieden haben willst.«

»Ich hab ihn auch getroffen, oben …«, entgegnete Sylvie.

Die Traudl riss vor Verwunderung Mund und Augen auf. »Was? Und was hat er gewollt? – Du hast dich doch nicht …«

»Er hat gesagt, dass es ihm Leid tut und dass er die Margitta doch schon so lang kennt …«

»Darauf kannst du pfeifen«, fiel ihr die Traudl kurz und bündig ins Wort. Nachdenklich erkundigte sie sich nach einer Weile: »Hat er wirklich wieder anbandeln wollen?«

Ungewiss zuckte die Sylvie mit den Schultern. »Ich hab gar nicht so genau zugehört, was er gesagt hat. – Ich will endlich meine Ruhe wieder finden!«

Nach einem forschenden, scharfen Seitenblick fragte die Traudl zögernd: »Hast ihn denn jetzt nicht mehr gern?«

Sofort schwammen Sylvies Augen in Tränen, aber energisch stieß sie hervor: »Ich hab jetzt gesehen, was er für einer ist! Und ich werd schon drüber hinwegkommen!«

»Wenn's ihm wirklich ernst ist, dann kommt er schon wieder. Verlass dich drauf! Und wenn nicht, dann ist's auch nicht schad«, argumentierte die Traudl sachlich und mit der ihr eigenen Nüchternheit.

Es war indessen zwei Uhr geworden und sie mussten mit den Kindern wieder auf die Piste.

Mit den Weihnachtsfeiertagen begann oben auf dem Gerlosstein ein turbulenter, hektischer Betrieb. Unablässig transportierte die Bergbahn Scharen von Skiläufern und Urlaubern hinauf in die weiße, verschneite Bergwelt. Alle Skilehrer waren von morgens bis abends auf den Beinen, beziehungsweise auf den Bretteln; ihre Saison hatte begonnen.

Sylvies bange Erwartungen hatten sich nicht erfüllt; kein einziges Wort hatte der Toni wieder an sie gerichtet. Nur seine Augen folgten ihr unablässig, so oft er sie nur erspähen konnte. Sie merkte das und es trug keineswegs zu ihrer Herzensruhe bei.

»Warum hab ich nur damals nicht nachgegeben?«, fragte sie sich immer wieder verzweifelt. Aber nun kamen alle Selbstanklagen zu spät. Nein, sie hatte ihm nie etwas bedeutet, er hatte sich nie ernstlich etwas aus ihr gemacht. Sonst hätte er nicht so schnell aufgegeben. Er hätte doch verstehen müssen, wie sehr er sie beleidigt und gekränkt hatte.

Widerwillig musste sich indessen der Hanns eingestehen, dass ihm die Rosl doch eine große Hilfe war. Allein hätte er das Feiertagsgeschäft nicht bewältigen können.

In ihrer umsichtigen Art legte sie überall mit Hand an, wo es nötig war. Man musste ihr nichts anschaffen, sie sah selbst, wo es Arbeit gab.

Und nachdem sie sich etwas aneinander gewöhnt hatten, wurde auch ihr Verhalten zueinander lockerer und war nicht mehr so angespannt wie zu Anfang. Die Rosl ging mehr aus sich heraus und man merkte, dass sie gern lachte und lustig war. Nur von den Burschen hielt sie nicht viel. Sie hatte einmal eine herbe Enttäuschung erlebt und seitdem ging sie ihnen lieber aus dem Weg. »Es lügt sich doch bloß ein jeder in die eigene Tasche!«, pflegte sie zu sagen und blieb misstrauisch. Sie war mit ihren dreißig Jahren eine hübsche, stattliche Erscheinung: groß, mit einer guten Figur und einem frischen Gesicht. Ihr haselnussbraunes Haar hatte sie aufgesteckt und ihre Augen waren von einem sanften Rehbraun. Wenn sie lachte, sah man ihre ebenmäßigen, weißen Zähne und zwei Grübchen in den runden Wangen.

Es war der Abend vor Silvester. Der Hanns und die Rosl waren gerade dabei, sauberzumachen und aufzuräumen. Unvermittelt fragte der Hanns.

»Wirst es allein schaffen, wenn ich für einige Tage nicht da bin, Rosl?«

»Wird schon gehen!«, antwortete sie, dabei polierte sie die Glasscheiben der Theke, dass sie nur so funkelten.

»Nach dem Dreikönigstag wird's eh wieder leichter«, bemerkte der Hanns. »Im Februar geht's dann wieder auf!«

»Bleibst länger fort?«, erkundigte sich die Rosl leichthin.

Vorschnell antwortete der Hanns: »Nein, wo denkst hin! – Bloß zwei, drei Tage; einen Besuch machen!«

Ohne von ihrer Arbeit aufzusehen, meinte die Rosl: »Du sollst ja ganz fortgehen, nach der Saison, hab ich gehört?«

Der Hanns räusperte sich, schließlich erwiderte er ungewiss: »Kann schon sein! – Es ist nie gut, wenn man zu lange am gleichen Fleck bleibt!«

»Mir gefällt's recht gut hier! Aber ein bissl viel Arbeit ist es halt für einen allein …«

»Ja, das Geschäft wird immer lebhafter!«

»Warum gehst du denn?«

Mit einem Seufzer stieß der Hanns hervor: »Weil's beschlossene Sache ist!«

Und die Rosl hatte keine weiteren Fragen mehr.

Endlich konnte die Sylvie wieder einmal einen ganzen Tag so skilaufen, wie es ihr passte. Ihr Kurs war gestern zu Ende gegangen und der neue fing erst übermorgen, am zweiten Januar an.

Die Traudl war im Tal geblieben. Sie hatte Vorbereitungen für den heutigen Silvesterabend zu treffen. Sylvie war von ihrer Freundin eingeladen worden, aber sie hatte abgelehnt. Wenn auch der Abend mit der Tante nicht besonders gemütlich werden würde, so wollte sie doch kein lästiges Anhängsel bei Traudl und ihrem Verlobten sein.

Bereits gegen drei Uhr fuhren die meisten ab ins Tal. Aber Sylvie wollte noch einmal ganz hinauf und dann wollte auch sie nach Hause gehen. Doch vorher musste sie sich noch beim Hanns ein bissl aufwärmen.

Kaum hatte sie jedoch das Liftstüberl betreten, als sie Toni erblickte.

Der Hanns kam sofort auf Sylvie zu und war hocherfreut: »Setz dich nur gleich her an den warmen Ofen! Schaust ja ganz erfroren aus! – Was soll ich dir denn bringen? Einen Glühwein oder einen Jagertee?«

Ohne den Toni eines weiteren Blickes zu würdigen, setzte sich Sylvie allein an einen Tisch. »Sei so gut, Hanns, und bring mir einen Glühwein!«

»Magst auch was essen, Sylvie?«, erkundigte sich der

Hanns besorgt, während er schon dabei war, ihren Glühwein zu bereiten.

»Nein, Hunger hab ich keinen!«, erwiderte die Sylvie. Nachdem der Hanns ihr das heiße Getränk hingestellt hatte, setzte er sich zu ihr. »Was tust denn heut Abend?«

»Nichts, ich bleib daheim!«

»Was?«, wunderte sich der Hanns. »Bei deiner schlecht gelaunten Tante? – Eine junge Frau wie du gehört doch nicht heim! Warum gehst denn nicht aus?«

Ungewiss zuckte die Sylvie mit den Schultern. Dann erwiderte sie: »Ich mag halt nicht!« Sie meinte Tonis Blicke nicht länger ertragen zu können und stand plötzlich auf. »Ich glaub, ich ess doch ein bissl was!« Damit ging sie an die Theke um sich etwas auszusuchen. »Mach mir ein Speckbrot, Hanns«, bat sie schließlich.

Als der Hanns in die kleine Küche kam, empfing ihn die Rosl mit einem bitterbösen Blick. Ärgerlich sagte sie: »Soll ich was herrichten oder machst es selber für das junge Fräulein?«

Verdutzt fragte der Hanns: »Was meinst du denn damit?«

»Na ja, weil du es gar so süß kannst mit dem jungen Mädl; ein Mann in deinem Alter …«

Nun lachte der Hanns laut auf und er wandte scherzhaft ein: »Wirst doch nicht eifersüchtig sein, Rosl?«

»Blödsinn!«, fuhr sie ihn an. »Wie käm ich denn dazu?!«

»Hätt sich auch nicht gelohnt«, grinste er breit. »Weil nämlich die Sylvie meine Cousine ist! Ihre Mutter und die meinige waren Schwestern.«

»Ja so«, sagte die Rosl und es klang erleichtert.

Als die Sylvie gegessen hatte, zahlte sie und ging. Erst als sie wieder draußen war, merkte sie, wie verstört sie war. Allein Tonis Anwesenheit hatte genügt um sie völlig aus der Fassung zu bringen.

Ihre Skier hatte sie schon angezogen und sie war eben dabei in die Handschuhe zu schlüpfen, als der Toni aus dem Liftstüberl kam. Ostentativ blickte Sylvie in eine andere Richtung, dabei klopfte ihr Herz bis zum Hals hinauf. Mit angehaltenem Atem hörte sie, wie er näher kam. Und dann spürte sie seine Hände auf ihren Schultern; ganz tief und weich klang seine Stimme, als er bat: »Sylvie, sei wieder gut! Ich weiß erst jetzt, wie gern ich dich hab. Ich brauch dich …«

Langsam wandte sie ihm ihr Gesicht zu und schaute ihm in die Augen. Ihre Stimme war nur noch ein Flüstern, als sie fragte: »Ist das auch wahr, Toni?«

»Ja! Und es tut mir Leid, dass ich nicht schon eher draufgekommen bin!« Er zog sie an sich und sie ließ es geschehen. Als seine Lippen ihren Mund berührten, erwiderte sie seinen Kuss leidenschaftlich.

»Ich bin ja so froh, Toni«, gestand sie. Zögernd setzte sie hinzu: »Warum hat das denn sein müssen? – Das mit der …«

Mit einem zärtlichen Kuss hinderte er sie am Weiterreden. »Nicht jetzt, Sylvie«, sagte er sanft. »Komm zu mir und ich werd versuchen, es dir zu erklären.«

»Aber das geht doch nicht!«, widersprach sie rasch. »Ich muss heim!- Die Tante tät mir schön was erzäh …«

»Ich bitt dich, lass mich heute nicht allein. Grad heute möcht ich dich bei mir haben«, bat er eindringlich. »Du kannst doch deiner Tante Bescheid geben, dass du hier bleibst!«

Plötzlich schob sie alle Bedenken beiseite und nickte. Sollte die Tante doch Krach machen, es war ihr einerlei. Für sie war nur Toni wichtig. Sie wollte ihn nicht wieder verlieren.

Die Scheite krachten im Ofen, eine Lampe erhellte die Stube nur spärlich. Aber die beiden brauchten kein Licht.

Eng an ihn geschmiegt lag Sylvie in Tonis Armen. Seine Stimme klang heiser vor Zärtlichkeit, als er gestand: »Du, das wird das schönste Silvester, das ich je erlebt hab!«

Sylvie meinte vor Glück und Liebe fast vergehen zu müssen. Sie fragte sich immer wieder, ob das auch alles wirklich war.

»Du wolltest mir doch noch was erklären«, mahnte sie zaghaft.

»Muss das noch heut sein?«, fragte er.

»Ja, Toni! Das gehört noch ins alte Jahr!«

Nun musste er zuerst nach den richtigen Worten suchen. Dann begann er zögernd: »Es ist nicht so leicht, dir das verständlich zu machen … Also, na ja, dass ich kein Heiliger gewesen bin …«

»Gewesen!«, kam es lachend von der Sylvie.

»Wie …? Ach so, ja du hast Recht. Gut, ich bin kein Heiliger und deswegen hat sich auch noch nie eine Frau bei mir beschwert. Ich hab mir nie so recht vorstellen können, dass ich es einmal bei einer einzigen aushalten könnt … Bis … na ja, halt bis damals, wo du bei mir gewesen bist! – Aber da hab ich's auch nicht wahrhaben wollen – um ehrlich zu sein, ich hab Angst um meine Freiheit gekriegt!«

»Und bei einer wie der Margitta musst nicht um deine Freiheit fürchten?«

»Schau, ich kenn die Margitta schon jahrelang und wir sind wie zwei Kameraden … freilich … na ja, wir mögen uns halt auch so.« Beteuernd setzte er jedoch rasch hinzu: »Aber mit dir ist das ganz was anders! – Aber du brauchst keine Angst zu haben, jetzt ist's ganz aus zwischen uns und sie hat das auch selber gemerkt!«

Sylvie spürte, dass er es ehrlich meinte. »Dann ist ja alles gut, Toni!«

Einschränkend fügte er jedoch hinzu: »Du wirst dich mit ihr anfreunden müssen, denn geschäftlich werd ich sie immer noch brauchen!«

»Nein, Toni, das kannst du nicht verlangen«, rief Sylvie erschrocken aus.

Ein Schatten schien über sein Gesicht zu gleiten, als er einwandte: »Du wirst dich damit abfinden müssen, Sylvie, dass ich zu vielen Leuten freundlich sein muss. Ich kann es nicht ablehnen, wenn eine …«, unvermittelt brach er ab. Nach einigem Zögern stieß er hervor: »Das war's auch, warum ich mich vor einer festen Bindung immer gescheut hab! Eine Frau wird's mit mir nicht leicht haben! Du weißt ja, mein Beruf …! Und ich könnt's nicht aushalten, wenn ich jedesmal einen Fragebogen ausfüllen müsste. – Du musst schon Vertrauen zu mir haben! Wenn du das nicht hast, Sylvie, dann gäb das einen ewigen Krieg zwischen uns. Siehst du das ein?«

Sylvie schluckte krampfhaft, ihre Augen schimmerten, aber sie nickte.

»Ich weiß, du hörst das alles nicht gern, aber ich bin ehrlich. – Und du weißt, wie's hier zugeht!«

»Drum lass ich dich ja auch nicht gern allein«, gestand sie vorsichtig.

Toni schmunzelte. »Ich schau keine mehr an, außer beim Skifahren! – Du wirst mich noch für zwei Jahre allein lassen müssen, Sylvie, denn eher können wir nicht heiraten!«

Er sah ihren erschrockenen Blick und erklärte: »Niemand soll sagen, der Braunecker hat in eine Hütte hineingeheiratet! – In zwei Jahren haben wir unten unser Häusl und dann ist Hochzeit. Und nicht früher!« Seine Stimme hatte bestimmt und stolz zugleich geklungen.

Sylvie konnte ihn schon verstehen, trotzdem sagte sie: »Mir würde es nichts ausmachen!«

»Aber mir! – Was sind schon zwei Jahre, Sylvie? Wirst sehen, die vergehen schnell!«

Nachdenklich starrte Sylvie vor sich hin. Besonders feinfühlig war er nicht mit ihr umgegangen, aber besser er war ehrlich zu ihr, als wenn er bloß Süßholz raspeln würde, tröstete sie sich. Und dass sie es mit ihm nicht gerade leicht haben würde, hatte sie ohnehin geahnt. Aber sie liebte ihn, und zwar genau so, wie er nun einmal war; mit all seinen Fehlern und Schwächen!

Plötzlich schlang sie ihre Arme um ihn und flüsterte: »Es wird schon alles werden! Wenn wir nur zusammenhalten, Toni!«

»Ja, Schatzl! Und vergiss nie, ich hab dich gern, nur dich!«

Sylvie erschauerte unter seinen heißen, fordernden Küssen. Seine Hände ließen Flammen auf ihrer Haut aufzucken, überall dort, wo er sie liebkoste. Sein leidenschaftliches Begehren riss sie mit fort und ließ sie alles vergessen.

Es war Feierabend; die Rosl saß in der Wohnstube und schrieb einen Brief.

Im Lokal drüben und im Stüberl ging es noch hoch her, niemandem fiel es ein, schlafen zu gehen.

Als die Rosl mit ihrer Schreiberei fertig war, sagte sie gähnend: »Ich werd mich niederlegen!«

Frau Binder wickelte den Faden um einen Knopf, den sie gerade angenäht hatte und bemerkte: »Die nächste Woche will der Hanns ein paar Tage Urlaub machen. Er will einen Besuch machen. Meinst du, dass du allein fertig wirst oben?«

Plötzlich wurde Rosls Gesicht verdrossen, ihre rehbraunen Augen schauten die Wirtin fast flehend an, als sie einwandte: »Muss das denn sein? Ich weiß zwar nicht genau, was es mit diesem Besuch auf sich hat, aber wenn's nicht gar so wichtig wär, wär's mir schon lieber, wenn er ihn noch verschieben könnt!«

Man konnte Frau Binders Lächeln nicht sehen, weil sie sich besonders tief über ihre Flickarbeit beugte. Gelassen erklärte sie: »Grad jetzt ist die ruhigste Zeit. Nach dem Rennen, Ende Januar, kommt man eh nicht mehr zum Verschnaufen. Er soll nur jetzt fahren!« Viel sagend setzte sie hinzu: »Er muss fahren, Rosl! – Er soll sich nur selber alles anschauen! – Er kann ja immer wiederkommen! Aber wir möchten nicht, dass er das Gefühl hat, er hätt was versäumt.«

Ohne die Wirtin anzusehen, wandte die Rosl leise ein: »Ich glaub, ihn freut's eh nicht mehr recht. Wenigstens hat er schon längere Zeit nicht mehr vom Fortfahren geredet!«

»Nein, nein, das gibt's nicht!«, kam es bestimmt von Frau Binder, wobei ihre enzianblauen Augen die Rosl eindringlich anblickten.

Nach einer ganzen Weile erst rückte die Rosl mit ihrer Frage heraus: »Gelt, Herma, er besucht eine Frau?«

Mit einem amüsierten Schmunzeln erwiderte die Herma: »Da hast schon Recht!«

Damit verriet sie kein Geheimnis, denn der Hanns hatte es ja jedem erzählt. Nur während der letzten Zeit war er in dieser Hinsicht recht einsilbig geworden.

»Na ja, da kann man halt nichts dran ändern«, kam es niedergeschlagen von der Rosl.

»Abwarten, Rosl«, meinte Frau Binder. »Aber ich will sicher sein – und du solltest das auch -, dass er nachher nicht sagen kann, wegen uns hätt er sein Glück im Stich gelassen!«

Die Rosl wusste schon, was Frau Binder damit meinte, aber so richtig klar war ihr die Sache nicht. Sie getraute sich jedoch nicht nach den näheren Umständen zu fragen; schließlich ging das nur den Hanns etwas an. Außerdem wollte sie vermeiden, dass jemand ihre eigenen Gefühle erraten konnte.

Frau Binder stand auf und bemerkte: »Jetzt muss ich mich umziehen und mich noch drüben bei den Gästen ein bissl sehen lassen!« Damit verließ sie die Wohnstube.

Für die Rautter Sylvie schien es nur noch Sonnentage zu geben. Sie liebte ihren Toni, konnte ihn jeden Tag sehen und das Glück war für sie vollkommen.

Im Stillen tat die Traudl dem Toni heimlich Abbitte für alles, was sie ihm in ihrem Zorn nachgesagt hatte. Sie konnte sich mit eigenen Augen überzeugen, dass auch er Sylvie liebte. Sie gönnte ihrer Freundin das Glück von ganzem Herzen und hoffte nur, dass es immer so bleiben möge.

Mitte Januar fand jedes Jahr das Gerlosstein-Rennen, ein großer Abfahrtslauf vom Arbiser bis hinunter nach Hainzenberg, statt. Und bei allen Interessierten, besonders aber bei den Skilehrern, war dies nun das Gesprächsthema Nummer eins.

Eine ganze Schar dieser schneidigen Bruschen mit den roten Anoraks hatte sich um Herrn Binder, der hinter der Theke stand, versammelt und es wurde heftig debattiert.

Eine große Sorge hatten sie alle und sie wurde auch immer wieder ausgesprochen: »Kein Bröserl Schnee seit Weihnachten! – Wenn's nur bald schneien würde!«

Der Bruno, der bedächtigste und älteste Skilehrer, vergaß für einen Augenblick sein Magenleiden und ereiferte sich: »Wenn's nicht bald schneit, muss abgesagt

werden! Die Abfahrt kannst eh kaum noch fahren, überall schauen die Steine raus! – Die Skier kratzen, dass die
Funken nur so fliegen!«

Es gab ein wildes Durcheinander, denn noch nie war
das Gerlosstein-Rennen abgesagt worden.

»Also mir machen die paar Steine nichts«, ließ sich
die Sylvie vernehmen.

»Du lässt es heuer überhaupt sein«, kam es mit Be-
stimmtheit vom Toni. »Du fährst nicht mehr!«

Sofort fielen die anderen über den Toni her. Einstim-
mig bedrängten sie ihn: »Was dir nicht einfällt! Sie muss
fahren! Sie war immer eine der Besten! Schließlich gehört
sie zu uns und es ist eine gute Werbung für unsere Schule!« – »Sie muss selber wissen, ob sie fährt«, ließ sich einer vernehmen. »Du hast gar kein Recht, ihr das zu ver-
bieten, Toni!« – »Wir brauchen sie unbedingt!«

Als die Sylvie dann mit dem Toni allein war, fragte
sie: »Warum willst du nicht, dass ich fahre?«

»Weil ich nicht will, dass dir was passiert! Ich weiß
doch, wie narrisch du rennst, wenn's um was geht! –
Nein, nein, ich hätt keine ruhige Minute mehr!«, sagte
der Toni.l

»Er hat schon Recht, Sylvie«, mischte sich nun die
Traudl beschwichtigend ein. »Warum starten denn immer so wenig Frauen? Weil's so gefährlich ist. Ich möcht
auch nicht fahren.«

Gerade darum wäre es für die Sylvie ja so interessant
gewesen, aber sie gab sich zufrieden. Was galt schon so
ein Sieg, wenn sie damit Toni erzürnte? Nein, das lohnte
sich nicht.

Herr und Frau Binder hatten ihn so lange gedrängt und
nun war es so weit. Heute noch wollte der Hanns hinunter ins Tal um morgen, gleich in aller Herrgottsfrühe, ab-
zureisen.

»Ist eh ein Blödsinn«, hatte er hundertfünfundzwan-
zig Mal erklärt. »Wenn ich doch sowieso nach Ostern …«
Dieser Einwand wurde jedoch nicht anerkannt.

Jede Schublade zog der Hanns heraus und bei jeder

hatte er etwas zu sagen: »Dass ja morgen Zigaretten heraufkommen!«

»Ja, Hanns«, antwortete die Rosl.

»Und mit dem Brot wird nicht gespart. Und die leeren Flaschen müssen auch immer gleich wieder in die Kisten!«

»Ja, Hanns! Du musst jetzt aber gehen, sonst versäumst du die letzte Gondel!«, mahnte die Rosl und es fiel ihr schwer genug.

»Euch kann ich wohl nicht schnell genug verschwinden?«, begehrte er beleidigt auf. »Wenn ich unbedingt weiter muss, dann geh ich halt!«

Das hatte sich angehört, als würde er in den Krieg geschickt. Es ärgerte ihn bis ins Innerste, dass ihn kein Mensch zurückhielt.

»Acht mir schön auf alles, Rosl, und Behüt Gott!«, sagte er wehleidig und gerade so, als müsse er fünf Jahre und nicht nur fünf Tage fortbleiben.

Dicht aneinandergedrängt, jeder seine Skier und Stöcke haltend, standen die Menschen in der Gondel.

Besorgt beobachtete die Traudl ihre Freundin, deren Gesicht unter der Bräune erblasste, während sie krampfhaft bemüht war, gleichmäßig zu atmen. So ging das nun schon seit etlichen Tagen.

Als sie die Gondel verließen, zog die Traudl das wankende Mädchen beiseite. »Also, wenn du mich fragst«, begann sie in ihrer direkten Art, »dann sage ich dir, du kriegst ein Kind.«

Sylvies Augen waren schreckgeweitet, heftig schüttelte sie den Kopf. »Nein, nein, das kann nicht sein!«, stieß sie hervor. »Es ist sicher bloß eine Magenverstimmung!«

»Du, eine solche Magenverstimmung kann kein Doktor kurieren!«, kam es trocken von der Traudl. »Du musst es dem Toni sagen!«, mahnte sie.

»Nein!«, schrie die Sylvie beinahe entsetzt auf. »Es ist bestimmt morgen schon wieder vorbei!«

Seit Tagen schon quälte sich Sylvie heimlich; sie war allein mit ihrer Angst und den Sorgen. Sie wusste, sie würde ein Kind bekommen! Doch immer wieder klangen ihr Tonis Worte in den Ohren, als er ihr seinen unabänderlichen Entschluss, nicht vor zwei Jahren zu heiraten, mitgeteilt hatte. Gewiss würde er denken, sie wollte ihn nun erpressen, ihn einfangen! – Was sollte sie nur tun? Ihre Tante würde kein Verständnis für sie aufbringen, sie würde das Haus verlassen müssen. Und der Toni? Würde er es ihr je verzeihen, ganz gegen seinen Willen und gegen seinen Stolz, nun doch als Verheirateter in seiner Hütte leben zu müssen?

Nein, sie hatte nicht den Mut, ihm die Wahrheit zu gestehen. Am Ende hatte sie sich vielleicht doch geirrt! Sie wollte noch abwarten, wenigstens noch ein paar Tage.

»Traudl«, begann sie mit bittender Stimme, »wenn du bloß ein Sterbenswort verlauten lässt, dann …, dann sind wir die längste Zeit Freundinnen gewesen!«

»Von mir erfährt keiner was«, versprach die Traudl. »Aber ich seh nicht recht ein, warum du es ihm nicht sagst? Er lässt dich doch nicht sitzen!« Mit einem vagen Schmunzeln setzte sie hinzu: »Und schließlich ist er ja nicht ganz unbeteiligt an der Sache! – Du wirst doch hoffentlich keine Angst vor ihm haben?«

Sylvie schüttelte den Kopf, dann gab sie zögernd zu: »Es ist, weil er mir gleich gesagt hat, dass er erst heiratet, wenn er sein Haus hat.«

»Dann wird er halt seine Meinung ändern müssen!«, erwiderte die Traudl resolut.

»Darum allein geht's nicht! Aber das verstehst du nicht.«

»Kann schon sein. Aber so viel versteh ich auch, dass du dich sorgst und kränkst, bloß weil du ihn nicht aufregen willst! – Also ich tät da anders …«

»Sei so gut, Traudl, und hör auf«, fiel ihr die Sylvie ins Wort. »Bis nach dem Rennen möcht ich noch warten, dann sag ich's ihm.«

Nun ja, das waren ohnehin nur noch ein paar Tage. Heimlich schimpfte die Traudl, denn wenn der Toni Augen im Kopf hätte, dann hätt er eh schon merken müssen, dass mit der Sylvie was nicht stimmt!

Es ging schon auf Mitternacht zu, im Haus war es still, die Gäste waren bereits schlafen gegangen. Herr Binder, der Wirt, wollte gerade die Lichter löschen, als an die Haustür geklopft wurde.

»Komm schon«, rief er laut und schloss auf. Aber er glaubte seinen Augen nicht zu trauen, als er den Hanns vor sich stehen sah.

»Wo kommst denn du her?«, fragte er verblüfft.

»Ich bin die Abfahrt hochgegangen! Viel Schnee liegt eh nicht mehr«, erwiderte der Hanns, wobei sein Gesicht nicht gerade freudestrahlend wirkte.

»Du bist gar nicht gefahren?«, fragte der Wirt.

Doch der Hanns nickte. Zusammen betraten sie die Wohnstube, wo sich der Hanns sofort müde in einen Stuhl fallen ließ.

»Na, wie ist es gewesen?«

Plötzlich wurde der Hanns sichtlich verlegen. Kleinlaut erwiderte er: »Nicht gut, sonst wär ich ja noch nicht wieder zurück!«

Wilfrieds Gesicht blieb völlig ernst, als er wissen wollte: »Bleibt's also dabei, dass du nach Ostern gehst?« Und obgleich er die Antwort schon im Voraus wusste, blieb er gespannt.

»Wenn ich unbedingt gehen soll, dann geh ich halt«, fuhr der Hanns beleidigt auf. »Brauchen tut ihr mich ja eh nicht mehr, jetzt wo die Rosl da ist!«

»Kein Mensch hat je gesagt, dass du gehen sollst! – Du bist ja auf die Schnapsidee gekommen!«, entgegnete mit einiger Schärfe der Wirt. »Du weißt, dass du jederzeit bleiben kannst!«

Niedergeschlagen und auch einigermaßen beschämt gab der Hanns nun zu: »Ich bleib, Wilfried! Ich bin froh, dass du mich hochgeschickt hast.«

Der Wilfried sagte kein Wort, er wartete, bis der Hanns von allein zu reden anfing.

»Da hätt ich mich auf was Sauberes eingelassen ...«, gestand der Hanns. »Aber gelt, Wilfried, das bleibt jetzt unter uns?«

Der Wirt nickte, doch um seinen Mund zuckte es.

»Also stell dir vor: Die Witwe war noch nicht einmal geschieden! Drum wollte sie nicht, dass ich eher komm. – Aber sie hat sich gedacht, wenn ich erst einmal mit Sack und Pack da bin, dann würde ich schon bleiben! – Und ihr Mann, ein junger Kerl, war auch noch da in dem Beisel, denn anders kann man den Laden nicht nennen. – Er hat mir gleich ins Gesicht gesagt, dass ich die Gerda ruhig haben könnt, aber er kriegt bei der Scheidung die Hälfte vom Lokal! Aber das Schlimmste war, dass sie noch gemeint hat, ich soll mich nicht so anstellen, denn für einen Gebirgskerl – hast es gehört, Gebirgskerl hat's mich genannt – wär's eh ein Mordsglück, wenn er sich so verbessern könnte. Verbessern!«

Längst war aus Wilfrieds verhaltenem Schmunzeln ein breites Grinsen geworden, aber er vermied es, dem Hanns Vorhaltungen zu machen. Er bemerkte nur: »Es ist immer gut, wenn man nichts überstürzt! – Du, morgen musst in der Früh rasch Bier hochbringen!«

Und damit war dieses Thema abgeschlossen.

Der Lastenaufzug rumpelte und ächzte viele Male den Arbiskopf hinauf und hinunter. Der Hanns rüstete sich für das Gerlosstein-Rennen, das viele Besucher anlocken würde.

Oben, im Liftstüberl, rannte die Rosl aufgeregt hin und her. Seit der Hanns wieder hier war, hatten sie noch kein Wort miteinander reden können. ›Also, recht gut kann's ihm nicht gefallen haben‹, überlegte sie sich, ›sonst wär er nicht so rasch wiedergekommen!‹

Als der Hanns dann erschien, grüßte er nur knapp. Dafür machte er sich sofort daran, alles genauestens in Augenschein zu nehmen. Erst als er absolut nichts entdecken konnte, was zu bemängeln gewesen wäre, wurde er umgänglicher. »Es ist ja eh alles ganz sauber beieinander!«, bemerkte er, ganz so, als wäre er ja schon immer davon überzeugt gewesen, dass sie eine ganz brauchbare Person wäre.

Die Rosl wurde ein bisschen rot im Gesicht, doch ihre Augen strahlten. »Das Liegestuhlgeschäft ist ganz gut gegangen bei dem schönen Wetter«, berichtete sie.

Nun war er wieder ganz in seinem Element, der Hanns. Eindringlich erklärte er ihr: »Das kannnst dir gleich merken: Die wärmsten Plätze, an der Hauswand draußen, werden für unsere Hausgäste reserviert!«

Sie nickte. Endlich wagte sie schüchtern zu fragen: »Bleibst jetzt wieder da?«

Unwillig stieß er hervor: »Wo soll ich denn sonst bleiben? Dumme Frage!« Dabei wickelte er sich die weiße Schürze sorgfältig und umständlich um den Bauch.

»Und ich? Soll ich jetzt auch noch hier oben bleiben?«

»Allein werd ich mit dem Geschäft nicht fertig! Ich hab's ja schon immer gesagt, das braucht zwei!«, kam es wie selbstverständlich vom Hanns.

Erfreut und erleichtert zugleich atmete die Rosl auf.

Der Hanns ließ einige Zeit vergehen, dann fragte er leichthin: »Was wird denn dein Spezi dazu sagen, wenn du hier oben bleibst?«

Verschämt gestand die Rosl: »Da gibt's keinen, der was zu sagen hätt!«

Und nun war es der Hanns, der erleichtert aufatmete.

Schweigend arbeiteten sie weiter, dabei geschah es jedoch immer öfter, dass sich ihre Blicke, rein zufällig, kreuzten.

Am Tag vor dem Abfahrtsrennen herrschte wieder strahlender Sonnenschein; nicht das kleinste Schneewölkchen war zu sehen.

Die Strecke war mit viel Mühe präpariert worden und sie durfte von niemandem mehr befahren werden. Sie musste für den morgigen Tag geschont werden.

Sylvie wartete mit ihren Kindern vor der Bergstation; für heute war ihr Kurs zu Ende. Endlich kam die Traudl mit ihrem Trüppchen daher.

Sofort rückte Sylvie mit ihrem Anliegen heraus und bat: »Nimmst meine Kinder mit hinunter, Traudl! Ich möcht noch zum Toni. – Morgen ist kein Kurs und ich seh ihn vor dem Rennen sonst nicht mehr.«

»Sagst es ihm endlich?«, fragte die Traudl und schaute die Freundin dabei viel sagend an.

»Nein, nicht vor dem Rennen«, kam es leise von der Sylvie.

Während die Traudel ihre Skier abschnallte und zusammenband, meinte sie: »Du musst ja wissen, was du tust! Aber geh nur, ich nehm deine Kinder schon mit und liefere sie ordnungsgemäß ab!«

Sylvie bedankte sich und verabschiedete sich von ihren Schützlingen, dann machte sie sich auf den Weg zu Tonis Hütte hinüber.

»Servus, Schatzl«, begrüßte wenig später der Toni seine Freundin erfreut. »Du, heut darfst du die letzte Gondel nicht versäumen; die Abfahrt ist gesperrt! – Sonst musst bei mir bleiben. Und morgen ist das Rennen …«, mit einem viel sagenden Schmunzeln brach er ab.

»Keine Angst, Toni, ich bleib nicht! – Ich wollt dich nur vorher noch sehen und dich bitten, vorsichtig zu sein und nicht …«

»Du tust ja grad, als wenn's ums Leben gehen würde«, fiel er ihr unbekümmert lachend ins Wort.

Ernst hielt sie ihm entgegen: »Es liegt so wenig Schnee und die Strecke ist gefährlich; überall am Rand schauen die Steine heraus! Nach der Waldabfahrt und den ganzen Rissbichl runter ist es steinig und vereist.« Plötzlich stürzte sie auf ihn zu und schlang ihm die Arme um den Hals. Sie barg ihr Gesicht an seiner Schulter und fuhr bittend fort: »Pass auf, Toni! Du darfst nicht riskieren, dass du dir was brichst!«

Beruhigend strich er ihr übers Haar, seine Stimme klang sanft, als er versprach: »Ich fahr nicht unüberlegt, Schatzl! Musst dir nichts denken!« Nach einem zärtlichen Kuss schob er sie von sich: »Du musst gehen, Sylvie! Ich bring dich zur Bahn!«

»So eilt es doch gar nicht«, wunderte sie sich.

»Es werden eine Menge Leute anstehen und du wirst warten müssen«, meinte er daraufhin.

»Ich komm morgen vor dem Rennen nicht herauf; ich kann's Warten nicht vertragen«, sagte sie, als sie die Hütte verließen. »Ich geh die Abfahrt ein Stück hoch und warte, bis du kommst. Mir ist es lieber, wenn ich die gefährlichen

Stellen nicht sehe. Nachher fahren wir miteinander hinauf. – Hoffentlich kriegst eine gute Startnummer!«

»Herrgott, Dirndl, wenn man dich so reden hört, möcht man nicht glauben, dass du selbst schon Rennen gefahren bist und bessere als das unsrige!« In seiner Stimme war ein leiser Vorwurf, als er fortfuhr: »Du kannst einen richtig vervös machen!«

Sylvie wusste, wie Recht er damit hatte und ärgerte sich über ihre Gedankenlosigkeit.

Als die Sylvie in der Gondel stand, konnte sie sich eines unguten Gefühls nicht erwehren. Irgendetwas stimmte nicht.

Sie stand dicht an das Kabinenfenster gedrückt und ihr wurde wieder schlecht. Morgen muss ich es ihm sagen, dachte sie.

In diesem Augenblick schwebte die aufwärts fahrende Gondel vorüber, sehr rasch und lautlos. Trotzdem hatte Sylvie Margittas Gesicht erkannt.

Sofort bestürmten sie die schrecklichsten Vorstellungen, sie wurde von quälender Eifersucht erfasst. Es half auch nichts, dass sie sich Tonis Worte ins Gedächtnis zurückrief: Du musst mir vertrauen!

Darum also hatte er es so eilig gehabt, sie wieder loszuwerden! Verzweifelt kämpfte sie mit den aufsteigenden Tränen; Zorn und Enttäuschung ließen keinen vernünftigen Gedanken mehr in ihr aufkommen.

Aber diesmal wollte sie sich rächen. Diesmal sollte er nicht ungestraft davonkommen. Einerlei, was aus ihr selbst wurde. Und blitzschnell schoss es ihr durch den Kopf: Das Rennen! – Ihr Plan stand fest. Wenn er sich an seine Versprechungen nicht gebunden fühlte, dann brauchte sie es auch nicht zu tun.

Margitta war ein klein wenig enttäuscht darüber, dass der Toni sichtlich zusammenzuckte, als sie in der Tür stand. Ihre Stimme klang jedoch so wie immer, als sie ihn begrüßte: »Servus, Toni! – Wie schaut's aus? Gewinnst was morgen beim Rennen?«

Sie schüttelten sich die Hand, während er lachend erwiderte: »Das kommt ganz drauf an, was du für Preise mitgebracht hast!«

Die Firma von Margittas Vater war für die großzügigen Preise bekannt, die sie spendete.

Margitta wusste, dass sie in ihrem Leopardenmantel gut aussah, trotzdem schien sie jede Wirkung auf Toni verloren zu haben. Dafür hatte sie einen geschulten Blick. Sie bemerkte leichthin: »Ich weiß, wie einem vor einem Rennen zumute ist und ich geh auch gleich wieder. Ich hab mein Gepäck schon zum Wilfried gebracht, aber alle Skier stehen noch in der Station!«

Sichtlich erleichtert atmete der Toni auf. Und erst jetzt stellte sich bei ihm die alte Herzlichkeit ein. Unbefangen lachte er sie an: »Ich freu mich, Margitta, dass du wieder da bist!« Dann stieß er aufgeregt hervor: »Du, ich muss dir was erzählen: Ich …«

»…hab mich verliebt!«, vervollständigte sie seinen Satz heiter.

»Woher weißt denn das?«, wunderte er sich.

»Man sieht's dir an! Kenn ich sie?«

Er nickte. »Die Rautter Sylvie, eine Skilehrerin!«

»Dann kann's nur das Dirndl mit den großen blauen Augen sein! – Ich gratuliere dir, Toni! – Ein feines Mädl, aber einfach zu schad für einen Hallodri wie dich!«

Er lachte laut, dann gestand er: »Aus ist's, jetzt wird's ernst! – Einmal muss ja das Junggesellenleben ein Ende haben!«

»Du hast es eh lange genug genossen! Wann ist denn die Hochzeit?«

Nun wurde er ernst. Mit weit ausholender Beredsamkeit versuchte er ihr auseinanderzusetzen, warum eine Heirat noch nicht in Frage kam.

Margitta ließ ihn ausreden. Doch dann lächelte sie und tippte sich an die Stirn; gelassen kam es von ihr: »Verrückt und überheblich wie alle Männer! Menschenskind, Toni, wenn du schon ein Mädl hast, das du gern hast, dann greif doch zu! Worauf willst du denn noch warten? Hol sie herauf und seid glücklich! – Oder hat sie was gegen das da?« Sie deutete in die Runde.

»Nein, das nicht!«, gab er zu. So ganz unrecht hatte Margitta mit ihrer Auffassung nicht, das hatte er auch schon halbwegs selbst eingesehen.

Beinahe fröhlich kam es von Margitta: »Die Hütte lässt du ausbauen.« Und mit einem Augenzwinkern fuhr sie fort: »Mit einem netten kleinen Laden für unsere Skier! – Herrgott, das ist doch genau das Richtige für dich! – Warum sind denn alle Mannsbilder nur so schwer von Begriff und ohne jeden Sinn für die Wirklichkeit? Wenn wir Frauen nicht wären, dann, so fürchte ich, würdet ihr heute noch auf den Bäumen hocken!«

»Du bist vielleicht frech! Da ist es ja gar ein Wunder, dass es bei dir keiner aushält!«, grinste der Toni amüsiert.

»Ich tät mich schön bedanken, wenn ich für zwei denken müsst!«, kam es überlegen von Margitta. Plötzlich erhob sie sich. »Ich geh jetzt und überlass dich deinem Rennfieber! Und überleg dir, was ich gesagt hab! Heiraten und Rodeln müssen schnell gehen!«

»Ich begleite dich«, erbot er sich rasch. Aber sie lehnte entschieden ab: »Nein, du bleibst schön daheim! – Aber morgen in der Früh hol ich dich ab! – Oder kommt dein Dirndl?« Plötzlich stutzte sie, dann erinnerte sie sich: »Oha, ist das nicht die Sylvie Rautter, die so viel versprechend angefangen hat und dann, glaub ich, einen schweren Sturz gehabt hat?«

Glücklich und stolz zugleich antwortete er: »Ja, das ist sie! – Und sie fährt immer noch wie der Teufel!«

»Ist sie morgen auch am Start?«

»Nein, ich hab's ihr verboten! Ich brauch' sie ja schließlich noch länger«, gestand er schmunzelnd.

Als der Toni wieder allein war, gingen ihm Margittas Worte nicht mehr aus dem Kopf. Und je länger er darüber nachdachte, um so einleuchtender erschien ihm alles. Warum eigentlich nicht?

Morgen, nach dem Rennen, würde es eine Verlobung geben und bald darauf eine Hochzeit!

In einem hautengen, himmelblauen Skianzug erschien Sylvie bei der Rennleitung. Es war noch sehr früh, sie war mit der ersten Gondel heraufgekommen.

»Ich hätt gern noch eine Startnummer«, sagte sie forsch, dabei war in ihren Augen ein unruhiges Glitzern.

»Deine Meldung kommt ein bissl arg spät, Sylvie! Hab gemeint, du willst nicht …«, erwiderte der Bursche.

»Es soll der Toni nicht erfahren, dass ich doch mitmache«, sagte sie mit Verschwörerstimme, dabei schaute sie sich erregt um. Aber von Toni war weit und breit nichts zu sehen.

»Wir haben schon ausgelost; musst halt jetzt die letzte Nummer von den Damen nehmen und als Letzte starten!«

»Macht nichts!«, kam es erleichtert von der Sylvie. Sie erkundigte sich noch nach Tonis Startnummer und erfuhr, dass er zu seinem Pech eine sehr hohe Zahl erwischt hatte. Nun, bis er sich am Start sehen lassen würde, war ihr Rennen schon längst gelaufen.

Sie nahm ihre Nummer und faltete den Stoff ganz klein zusammen. Hastig schob sie das Päckchen in ihre Jacke. Sie zog sich ihre Skier an und glitt davon.

Als sie auf dem Hügel stand, von dem aus sie Tonis Hütte sehen konnte, blieb sie wartend und mit wild klopfendem Herzen stehen.

»Wenn er allein herauskommt, dann kann ich meine Nummer immer noch zurückgeben und absagen«, nahm sie sich vor.

Sie musste nicht lange warten. Zusammen mit Margitta verließ der Toni seine Hütte. Als er seine Skier geschultert hatte, hängte sich das Mädchen in seinen freien Arm ein.

Heiße Eifersucht nahm Sylvie beinahe den Atem. Hastig stieß sie sich ab und fuhr hinunter zum Sessellift.

Es waren nur einige Damen gemeldet, der Start begann um zehn Uhr. Es war unwahrscheinlich, dass Toni so früh zum Start hinaufkommen würde, zumal er nicht vor Mittag an die Reihe kommen konnte.

Oben auf dem Arbiskopf herrschte bereits eine nervös gespannte Rennatmosphäre. Mädchen mit umgebundenen Startnummern standen wie teilnahmslos herum, was jedoch bedeutete, dass sie bis aufs Äußerste gespannt und konzentriert waren. Pistenwachen in ihren orangefarbigen Anoraks rannten hin und her, einige Leute vom Skiverein gaben sich sehr geschäftig.

»Servus, Sylvie!«, rief die Traudl laut und überrascht. »Hast es unten doch nicht ausgehalten?«

Sylvie fuhr zusammen. Mit Traudls Erscheinen hatte sie nicht gerechnet. »Jaaa!«, erwiderte sie gedehnt. Sie überlegte, wie sie die Freundin loswerden könnte. Aber die Traudl wich keine Sekunde von ihrer Seite, dabei immer fröhlich plaudernd.

Durch einen Lautsprecher wurden die Mädchen an den Start gerufen; in fünf Minuten ging es los.

Nervös rutschte Sylvie hin und her, sie stützte sich mit beiden Händen schwer auf ihre Stöcke.

»Was hast du denn? Ist dir wieder nicht gut?«, erkundigte sich die Traudl besorgt.

Sylvie zwang sich zu einem Lächeln. »Mir fehlt nichts! Bloß ein bissl schlecht ist mir, aber nicht schlimm!«

»Du, jetzt startet die Erste!«, stieß die Traudl erregt hervor. »Komm, fahren wir weiter runter! Von hier oben sehen wir ja nichts!«

»Ja, fahr nur zu, ich komm gleich«, erwiderte Sylvie schnell, die ihre Chance sofort wahrnahm.

Arglos machte sich die Traudl auf den Weg. Sie fuhr weit neben der abgesperrten Strecke, hinter den Zuschauern, ein gutes Stück hinunter. Plötzlich entdeckte sie einige Bekannte, hielt an und unterhielt sich mit ihnen.

Kaum war die Traudl verschwunden, als die Sylvie auch schon ihre Nummer hervorzerrte und sich umband. Als sie zum Start fuhr, merkte sie, wie nervös und fahrig sie war. »Mir ist es einerlei, wenn's schief geht!«, sagte sie sich trotzig.

Vor ihr standen noch zwei Läuferinnen.

Nachdem die Traudl ihre Unterhaltung beendet hatte, schaute sie sich suchend nach der Freundin um.

Vielleicht ist sie schon weiter hinuntergefahren, überlegte sie.

Hier standen die Zuschauer schon dichter, denn von hier aus konnte man den oberen Teil der Strecke gut überblicken.

Plötzlich erspähte die Traudl den Toni und mit ein paar eleganten Schwüngen fuhr sie zu ihm. Aber sie staunte nicht schlecht, als sie Margitta neben ihm stehen sah. Und nun ging ihr ein Licht auf, wie sie meinte. Klar, dass die Sylvie sauer war und sich dort oben herumdrückte. »Servus, Toni«, rief sie ihm herausfordernd zu. »Hast du die Sylvie nicht gesehen?«

»Sie ist gar nicht hier oben. Sie wollte unten auf mich warten«, rief der Toni zurück.

»Irrtum«, schrie die Traudl ihm ungeniert laut zu. »Grad hab ich sie oben getroffen, deine Sylvie!« Hoffentlich hat das die andere auch gehört! Sofort kam der Toni im Laufschritt, woran ihn seine Skier nicht zu hindern schienen, zur Traudl. »Das ist doch nicht möglich ...«, wunderte er sich. »Warum hätt sie sich denn nicht sehen lassen?«

Mit dem ausgestreckten Skistock wies die Traudl auf Margitta. »Vielleicht wegen der da neben dir!«

Aus dem Lautsprecher ertönte plötzlich die Stimme des Ansagers: »Als letzte Läuferin in der Damenklasse startet Sylvie Rautter, Skischule Gerlosstein!«

Die erste Reaktion von Traudl und Toni war Verständnislosigkeit, und als sie richtig begriffen hatten, schoss die schlanke himmelblaue Gestalt schon wie eine Rakete an ihnen vorbei.

»Nein!«, schrie die Traudl unbeherrscht auf. »Toni, wenn ihr was passiert ..., sie erwartet doch das Kind!«

Toni war es, als hätte ihn der Schlag gerührt. Sein Gesicht gefror zu einer Maske. »Ist das wahr?«, stieß er zwischen den Zähnen hervor.

Die Traudl konnte nur noch nicken, sie spürte, wie ihre Knie weich wurden.

Nun überlegte der Toni nicht mehr länger. Er wusste nur eines: Er musste Sylvie nach, sie einholen oder irgendetwas unternehmen. Mit einem einzigen Satz sprang er hoch, machte eine halbe Körperdrehung und stand auf der Piste. Er hörte die erschreckten und schimpfenden Zurufe der Zuschauer, nahm ihre drohend gestreckten Arme und Fäuste nur im Vorübersausen wahr und konnte doch nur eines denken: Die eine Minute muss ich aufholen.

Sylvie fuhr mit vollem Einsatz, Denken und Fühlen waren ausgeschaltet, nur die Markierungen waren noch wichtig, darauf war ihre ganze Aufmerksammkeit gerichtet.

Sie schoss an der Sonnalm vorbei und hinein in die schmale, dunkle Waldabfahrt. Nach dem Waldstück, an der scharfen Linksbiegung, hinüber zum Rissbichl, passierte es dann. »Jetzt ist es aus!«, durchzuckte es sie und schon schien sie in Stücke gerissen zu werden. Sie hatte sich mehrmals überschlagen, wobei sich die Sicherheitsbindungen gelöst hatten und rutschte noch ein gutes Stück auf dem glatten, harten Hang hinunter, ehe sie liegen blieb.

Um ein Haar hätte es ein zweites Unglück gegeben, denn die ersten hilfsbereiten Zuschauer stürzten auf die Piste, als der Toni mit einem ungeheueren Tempo aus der Waldabfahrt herausgeschossen kam. Er reagierte mit einer enormen Schnelligkeit und konnte sich noch abfangen. Aber dann musste er sich verkantet haben, denn auch er überschlug sich, ohne dabei jedoch jemanden zu verletzen. Er riss sich seine Skier von den Füßen und stürzte auf die Menschengruppe zu. Grob schob er die Leute mit beiden Armen zur Seite und erreichte Sylvie im gleichen Augenblick wie die beiden Rettungsmänner.

Wie ein Irrsinniger schrie Toni Sylvies Namen, er war sich dessen nicht einmal bewusst, dann fiel er neben ihr nieder.

Sylvies Gesicht war totenblass, ein feiner, glitzernder Blutfaden lief ihr aus dem rechten Mundwinkel, auf dem Schnee begann sich der rote Fleck rasch auszubreiten, an den Rändern hell zerfließend. Vorsichtig begann man ihre Arme und Beine abzutasten und sie in eine natürliche Stellung zu bringen. Plötzlich entrang sich ein qualvolles Aufstöhnen ihrer Brust.

Schaudernd wichen die Neugierigen zurück.

Toni war unfähig mit Hand anzulegen, als man sie in den Rettungsschlitten hob. Er zitterte am ganzen Körper, der Schweiß rann ihm in die Augen, er spürte es nicht. Erst als sich der eine der Helfer anschickte, sich die Haltegurte des Schlittens überzustreifen, sprang er auf. »Nein, das mach ich!« Seine Stimme ließ keinen Zweifel darüber zu, wie ernst es ihm damit war.

Schon rannte er zu seinen Skiern, die Stöcke ließ er achtlos liegen, er brauchte sie nicht mehr. Und dann machte er den Vordermann beim Rettungsschlitten, und langsam ging die traurige Fahrt talab. Toni fuhr, als wäre unter seinen Skiern keine feste Schneedecke, sondern zerbrechliche Eierschalen. Jedem Buckel wich er aus, Sylvie durfte nicht unnötig erschüttert werden.

So, wie bei jedem Rennen, stand auch hier ein Rettungswagen an der Talstation bereit. Man hatte die Türen bereits weit geöffnet und die weiße Bahre ausgefahren. Ein Arzt und eine Schwester warteten.

Die Verschnürung wurde vom Schlitten gelöst. Wie eine Tote lag Sylvie da, der Blutfaden war auf ihrer Wange festgefroren.

Als man sie in der groben Wolldecke vom Schlitten auf die Bahre hob, weiteten sich Tonis Augen vor Schreck. Er hatte den dunklen Blutfleck gesehen, der unter Sylvie die Decke durchnässt hatte. Ein gequältes Aufschluchzen entrang sich seiner Kehle. »Rasch, sie verblutet!«, stöhnte er und musste sich an einem, der neben ihm stand, aufstützen.

Die Bahre wurde in den Wagen geschoben und die Türen geschlossen. »Kann ich mitfahren?«, stieß der Toni tonlos hervor.

Nach einem forschenden Blick fragte der Arzt: »Sind Sie ein Verwandter?«

Der Toni nickte stumm.

»Steigen Sie vorn ein!«

Dann fuhr der Rettungswagen an, Blaulicht und Sirene wurden eingeschaltet.

Zusammengesunken saß der Toni auf einer Bank, die in dem langen, tristen Krankenhauskorridor stand. Die Angst und die Sorge um Sylvie brachten ihn fast um den Verstand. Selbstquälerisch machte er sich immer wieder Vorwürfe, machte sich selbst für das Unglück verantwortlich.

Ich bin schuld mit meiner Rücksichtslosigkeit! – Ich hab gesagt, dass ich sie nicht gleich heirate, und drum hat sie es mir nicht gesagt!

Er wusste nicht, wie lange er hier schon gesessen hatte, als plötzlich Margitta vor ihm stand. Auch ihrem Gesicht war die Angst anzusehen. Vorsichtig sagte sie: »Ich hab mir gedacht, dass du vielleicht jetzt einen Freund brauchst, Toni.«

Dankbar schaute er sie an und nickte. Er fasste nach ihrer Hand, als suchte er nach einem Halt.

Margitta setzte sich neben ihn. »Weißt du schon was?«

Er schüttelte den Kopf und starrte wieder vor sich hin ohne etwas wahrzunehmen.

Zaghaft begann sie erneut: »Toni, es tut mir Leid … Wenn ich gewusst hätt …« Sie konnte nicht weitersprechen.

»Ich könnt's nicht ertragen, wenn sie …, wenn sie sterben müsst«, stöhnte er und schlug die Hände vors Gesicht.

»Du darfst dich nicht gehen lassen, Toni«, mahnte Margitta und mit Gewalt zog sie seine Hände herunter. Als sie aber in sein schmerzverzerrtes Gesicht blickte, erschauerte sie.

Ein Arzt kam den Gang entlang und schaute den Toni fragend an. »Sind Sie mit dem verunglückten Mädchen gekommen?«

Toni erhob sich und ging dem Arzt entgegen. Zusammen gingen sie außer Margittas Hörweite.

Ziemlich streng erkundigte sich der Arzt: »Sind Sie der Mann oder der Freund?«

Toni nickte.

»Dann haben Sie gewusst, dass sie schwanger war, und Sie haben ...«

»Nein, nein, Herr Doktor! – Ich hab's nicht gewusst! – Nie hätt ich ihr erlaubt ... Wie geht's ihr denn?«

Um vieles freundlicher, ja mitfühlend, erklärte nun der Arzt: »Sie hat einige Rippen gebrochen! – Innere Verletzungen konnten wir nicht feststellen! – Aber wir mussten einen Schwangerschaftsabbruch vornehmen.«

»Wird sie jetzt nie mehr ..., ich mein ... können wir jetzt keine Kinder haben?«, stotterte der Toni.

Über das Gesicht des Arztes huschte ein Lächeln. »Oh doch, so viele Sie wollen! – Nur nicht so bald! In einem Jahr vielleicht!«

»Dann wird sie also wieder gesund?«, fragte Toni und ein Hoffnungsschimmer erwachte in seinen Augen.

»Ja, sie hat Glück gehabt! – Sie ist jetzt noch unter Narkose, aber wenn sie aufwacht, können Sie sie sehen!« Damit drehte sich der Arzt um und verschwand hinter einer der vielen Türen.

Margitta hielt es nun nicht länger aus, sie stürzte auf Toni zu. »Was ist?«

Plötzlich schlang er seine Arme um sie und begann zu weinen. »Sie wird wieder gesund!«, stieß er ein ums andere Mal hervor.

Erleichtert atmete Margitta auf. Ein Gedanke durchzuckte sie unvermittelt: Ob es für mich auch einen Mann gibt, der sich so um mich sorgen würde und der mich genau so gern haben könnt, wie der Toni die Sylvie?

Margitta blieb bei Toni. »Ich wart gern, Toni! – Einer muss sich ja auch um dich kümmern!«, versuchte sie ihn aufzumuntern. »Ich muss dich doch auch noch zurückfahren!«

»Ich dank dir, Margitta!«

Sylvie verspürte keinen Schmerz, nur die Bandagen beengten sie. Als die Tür sich öffnete und der Toni das

Zimmer betrat, glitt ein zaghaftes Lächeln über ihr Gesicht. »Toni …«

»Schatzl! Schatzl …«, war alles, was er herausbrachte. Er beugte sich über Sylvie und legte vorsichtig sein Gesicht an ihre Wange. Nun war nichts mehr wichtig, weder Rechtfertigungen, Fragen noch Berichtigungen.

»Schick dich mit dem Gesundwerden, damit wir bald heiraten können!«, flüsterte er ihr zu.

Sylvies Vergissmeinnichtaugen begannen zu schimmern, ebenso leise erwiderte sie: »So rasch, wie's nur geht!«

Barbaras
innere Stimme

Im vergangenen Herbst hatte es in dem kleinen Dorf, das weltvergessen und eingezwängt zwischen hohen Bergriesen lag, eine Mordsaufregung gegeben. Sogar Kriminalbeamte aus der Stadt waren erschienen um bei den wortkargen, verschlossenen Bauern Nachforschungen anzustellen. Doch hier begegnete man Fremden ohnehin misstrauisch, außerdem hatte es jeder Bauer und Dörfler als persönliche Beleidigung angesehen, verhört worden zu sein, schließlich war man kein Räuber und ein Mörder schon gar nicht! – Und so war die Sache im Sande verlaufen. Ohne den geringsten Anhaltspunkt hatten die Kripobeamten wieder abziehen müssen. Sie wussten genauso viel wie vorher, nämlich dass hier der Verschollene zum letzten Mal lebend gesehen worden war, ehe er den Weg über das Gebirge, hinüber ins Österreichische, angetreten hatte. Keiner weiß, ob er drüben auch ankam.

Seit diesem Tag hatte man von dem reichen Bauernsohn, der aus irgendeinem Dorf im Flachland gekommen war, um drüben im Pinzgau Zuchtvieh zu kaufen, nichts mehr gehört und gesehen. Natürlich hätte es einen anderen, weit bequemeren Weg als über das Felsmassiv der Hörndlwand gegeben. Doch immer wieder hatte es den jungen Gruber Hans zu den Bergen gezogen, die von seinem Dorf aus nur als ferne blaue Schatten zu sehen waren. Er war kein unerfahrener Bergsteiger gewesen, denn er hatte manch gefahrvolle Hochgebirgsroute begangen; das Klettern war seine große Leidenschaft gewesen. Und ausgerechnet er sollte in den Bergen umgekommen sein? – Daran glaubten weder die Kriminalbeamten noch seine Eltern, zumal er sehr viel Geld bei sich gehabt hatte. Aber man hatte seine Leiche bis heute, über ein halbes Jahr danach, nicht gefunden!

An den langen Winterabenden hatte man oft von dem

rätselhaften Verschwinden des jungen Burschen gesprochen, der im Wirtshaus noch mit den Einheimischen ge-
zecht hatte, ehe er sich auf den Weg machte. Keiner
konnte sich erklären, wo er geblieben sein mochte, denn
allzu gefährlich war dieser Weg über die Grenze nicht.
Alle waren sich einig, dass er irgendwo im Österreichischen verunglückt sein musste: ob gewaltsam oder nicht,
wusste keiner zu sagen.

Wieder war es Sommer geworden und über die Geschichte wuchs Gras, kaum dass man sich noch an diesen
Vorfall erinnerte.

Es war wie ein Ausschnitt aus dem Paradies, das maleri-
sche Fleckchen, auf dem die drei Hörndlwand-Almen lagen. Drei Kaser, jeder einen knappen Steinwurf vom anderen entfernt, lagen in einer grünen Grasmulde
eingebettet. Es waren gemauerte Steinkaser, deren Holz-
schindeldächer, von Wind und Wetter ausgebleicht, wie
Silber glitzerten.

Die Almen lagen in einem Kar, so dass es keinen Blick
hinunter ins Tal gab, man sah nur den Kranz der Berge
und den Himmel.

Im Süden bildete der lang gestreckte Grat der
Hörndlwand die Grenze und im Norden versperrte der
bewaldete Buckel des Saurüssels den Blick ins Tal.

Hier oben gab es kaum noch Bäume, nur wetterzerzauste Fichten krallten sich hie und da auf dem Almboden fest. Doch die genügsamen Krüppelkiefern und Latschen zogen sich an den Steilhängen in dunkelgrünen
Feldern hinauf, dazwischen die holzigen Almrauschstauden, an denen die Knospen noch fest geschlossen
waren.

Dafür jedoch blühte es auf den Almwiesen, freilich
nicht so üppig und verschwenderisch bunt wie unten im
Tal. Hier waren die Blumen kleiner, die Farben blasser,
zarter; nur das leuchtende Blau der Enziankelche war
zwischen den saftig grünen Gräsern weithin sichtbar.
Das Zartrosa der Mehlröschen fiel nur auf, wenn sie in
Massen wuchsen, und die Glockenblumen nickten auf

hauchfeinen Stielchen im sanft streichelnden Bergwind. Dazwischen blühten unscheinbare Moose, deren Schönheit nur dem sorgfältigen Betrachter offenbar wurde. Da musste man sich schon bücken, um den Zauber dieser blassen, feinen Blütenteppiche und Blumenpolster zu entdecken und sich an ihrer fast verborgenen Pracht zu erfreuen.

Die drei Sennhütten wurden schon seit vielen, ja fast seit undenklichen Jahren, wollte man einmal von der Finni absehen, von denselben Sennerinnen bewirtschaftet.

Da war die Blickner-Alm zur Linken, unter deren Dach sich ein tragisches Schicksal abgespielt hatte.

In dieser Almhütte hatte die Kathl vor über zwanzig Jahren, allein und ohne Hilfe, einen Sohn geboren. Bis zuletzt hatte sie ihre Schwangerschaft verheimlicht und noch heute war ungewiss, wer der Vater des unglücklichen Buben war, denn die Kathl schwieg beharrlich. Ganz allein erzog sie den stummen Seppi und hütete das bedauernswerte Kind wie ihren Augapfel. Im Winter schickte sie den Buben zur Schule, wo er dem Gespött und den gedankenlosen Grausamkeiten der anderen Kinder preisgegeben war. Doch im Sommer nahm sie ihn mit auf die Alm und das nun schon seit über zwanzig Jahren. So war es nicht weiter verwunderlich, dass aus dem Seppi, der inzwischen zu einem jungen Burschen herangewachsen war, ein stiller, fast unheimlich wirkender Sonderling geworden war. Er war klein und schmächtig und hatte trotz frischer Luft und Sonne eine durchscheinend blasse Hautfarbe. Meist saß er still und in sich gekehrt, wie apathisch herum. Nur wenn er mit seiner Mutter redete, was in der Art der raschen, fahrigen Fingersprache der Stummen geschah, kam Leben in seine ausdruckslosen, dunklen Augen, dann begannen sie zu funkeln, sein Mund bildete unhörbare Worte. Was der Seppi wirklich dachte, was in ihm vorging, wusste keiner, auch seine Mutter nicht.

Die Kathl war eine verbitterte, verhärmte Frau, die bereits wie eine hagere, abgearbeitete Greisin wirkte. Sie tat ihre Arbeit und das zur vollsten Zufriedenheit ihres Bauern, des Blickner, aber ansonsten kümmerte sie sich um nichts. Sie war fromm, anderen gegenüber ablehnend, was sich schon fast ins Boshafte steigerte, und über die Maßen abergläubisch. Eigentlich gab es nur einen Menschen, mit dem sie sich halbwegs gut verstand, das war die Moidl. Die alte Moidl war die Sennerin vom Auracher, sie bewirtschaftete den Kaser zur Rechten. Nun war es noch lange keine Freundschaft, was sie mit der Moidl, die in ihrem Alter war und mit der sie viele Almsommer verbracht hatte, verband. Ihre Beziehung erschöpfte sich in gelegentlichen kurzen Gesprächen über das Vieh und das Wetter.

Der Kaser, der in der Mitte lag, gehörte dem Großklettner und seit einigen Jahren war hier die Finni, seine Tochter, Sennerin.

Die Finni war ein großes, gut aussehendes Mädchen, doch ihr rasches, scharfes Mundwerk und ein kühler, berechnender Ausdruck in ihren grüngrauen Augen mahnten zur Vorsicht. Sie war ziemlich eingebildet, was sich auf die Tatsache, die Tochter des Großklettners zu sein, bezog, wie auch auf ihre Schönheit. Stets trug sie den Kopf, den eine dichte blonde Zopfflut schmückte, hoch erhoben, ihr Mund war eher bereit spöttisch, als freundlich zu lächeln. Sie war eine junge Frau, die mit ihren fünfundzwanzig Jahren schon erstaunlich hart sein konnte, besonders dann, wenn es sich um einen persönlichen Vorteil für sie handelte. Nun hatte die Finni diese Eigenschaft keineswegs gestohlen, denn auch ihr Vater war ein rigoroser, habgieriger Mensch, rücksichtslos und raffgierig.

An diesem Morgen fiel es der alten Moidl recht schwer, ihr Bett zu verlassen. Aber sie musste heraus, denn Sonnenlicht flutete durch das winzige, mit einem Eisenkreuz versehene Fenster in ihre kleine Schlafkammer. »Saxndie!«, stöhnte sie schmerzlich, »nicht einmal auf dem Kreister taugt es mir! – Aber ich muss in den Stall!«

Die Moidl war ein kleines zaundürres Weiblein, ihr

Gesicht war ledrig, von unzähligen Runzeln und Falten durchzogen. Die harte Arbeit in Wind und Sonne ließ die Gesichter schnell altern.

Die Moidl war gewiss nicht wehleidig, das konnte man sich in diesem Beruf, in dieser Bergeinsamkeit auch gar nicht leisten, es gab ja doch niemanden, der einen bedauerte; aber dieser stechende, wühlende Schmerz im Leib setzte ihr arg zu. Nur mit Mühe und äußerster Anstrengung versorgte sie das Milchvieh, molk es und trieb es dann hinaus auf die Weide. Sie stellte noch die frische Milch in die schattig kühle Milchkammer, dann verließ sie ihre Hütte.

Golden überglänzte die Morgensonne die Gipfel und das grüne Kar mit den Almhütten. Kerzengerade kräuselte der feine Rauch aus den Kaminen, um sich rasch in der klaren, blauen Luft aufzulösen. Die feinen, kurzen Berggräser, die unscheinbaren Blumen bogen sich schwer vom Tau, als die Moidl über das Almfeld schritt. Unter jedem Tritt zerbarsten winzige Tautröpfchen, in denen sich das Sonnenlicht brach und die wie Diamanten auseinanderstieben.

Als sie am Großklettner-Kaser vorüberkam, war die Tür noch zu. Missbilligend dachte sie sich: so ein junger Mensch wie die Finni könnt sich schon ein wenig eher ums Vieh kümmern!

Aber es war nicht diese Hütte, zu der sie ihre Schritte lenkte, sie wollte hinüber zur Kathl.

Die Kathl war schon dabei, das Milchgeschirr im bemoosten Brunnentrog, unter dem eisigen Strahl des Bergwassers, das aus der Holzröhre strömte, zu säubern. Als sie die Moidl sah, wie sie auf sie zuging, setzte sie ihre Arbeit ruhig und gelassen fort, obgleich ein Besuch zu dieser frühen Stunde recht ungewöhnlich war.

Der Seppi lehnte am Türstock, beide Hände tief in den Hosentaschen vergraben, und schaute gelangweilt seiner Mutter zu. Von der Moidl schien er keine Notiz zu nehmen.

»Guten Morgen, Kathl«, begann die Moidl schnaufend, dann nickte sie auch einen Gruß in Seppis Richtung. Jammernd erklärte sie: »Ich weiß mir wirklich gar keinen Rat mehr, Kathl, ich hab so einen stechenden Schmerz im Bauch! – Die ganze Nacht hab ich kein Auge zugetan.«

Wie bestätigend nickte die Kathl, dann murmelte sie: »Ja, ja, hab mir's gedacht, dass was kommt! Heut Nacht hat der Uhu arg merkwürdig geschrien, drüben auf der alten Wetterfeichten!«

Die Moidl wusste zwar um den Aberglauben der Kathl, trotzdem wurde sie fahl im Gesicht. Trost war das schließlich auch gerade keiner!

Ungerührt fragte die Kathl: »Hast es schon mit einem Glas Arnika probiert?«

Verneinend schüttelte die Moidl ihren Kopf, ehe sie einwandte: »Ich hab keinen mehr! Und heuer dauert's noch ein paar Wochen, eh' ich mir wieder einen ansetzen kann; er ist ja erst beim Knospen!« Womit sie sagen wollte, dass nur der blühende Arnika Heilwirkung besaß. Etwas kleinlaut fuhr sie fort: »Ich fürcht fast, ich brauch einen Doktor.« Dabei fasste sie sich an den Leib, ihr Gesicht war schmerzverzerrt.

»Was sonst noch«, kam es abweisend von der Kathl. »Eh' ich zu einem Doktor gehen würde, würde ich lieber gleich sterben! – Helfen tät's eh nichts! – Ist ja alles schon vorherbestimmt, da kannst nichts machen!«

Ob dieser tröstlichen Worte wurde die Moidl immer verzagter. Niedergeschlagen druckste sie endlich hervor: »Ich hab mir halt gedacht, ob du mir nicht auf meine Kühe schauen könntest, wenn ich hinuntergeh … Bis morgen bin ich entweder wieder da oder der Auracher schickt jemanden.«

Ziemlich ungnädig kam es von der Kathl und sie trocknete sich ihre nassen, roten Hände an ihrer Schürze ab: »Warum fragst denn nicht die andere?« Und sie deutete mit dem Kinn zum Großklettner-Kaser hinüber. »Sie hat jüngere Füße und weniger Vieh zu versorgen als ich!«

»Na ja«, stotterte die Moidl halb gekränkt, halb verlegen, »dann muss ich halt die Finni fragen!« Und damit wandte sie sich um. Während sie auf die nächstgelegene Alm zuschritt, merkte man es ihr an, wie schwer ihr das Gehen wurde.

Nun ging die Kathl in ihren Kaser. Im Vorübergehen sagte sie zu ihrem Sohn: »Komm, Seppi, jetzt kriegst deine Milchsuppe! – Setz dich hin und warte schön brav!« Noch immer redete sie mit dem Burschen so, als ob er noch ein Kind wäre.

Der Seppi nickte, stieß sich vom Türpfosten ab und folgte seiner Mutter in die Stube, die gleichzeitig als Küche diente. Gehorsam schob er sich hinter den Tisch, dann versank er wieder in Teilnahmslosigkeit.

Die Kathl machte sich daran, das Frühstück zuzubereiten, an die Moidl verschwendete sie keinen weiteren Gedanken mehr. Das traurige Schicksal ihres Buben hatte sie völlig gefühllos gegen andere werden lassen.

Man mochte über die Großklettner-Finni sagen, was man wollte, aber reinlich war sie, das musste man zugeben.

Kaum war sie mit ihrer Stallarbeit fertig, als sie auch schon am Brunnentrog stand und sich mit viel duftender Seife gründlich wusch und schrubbte – und das in dem eiskalten Wasserstrahl.

»Du plantscht ja wie eine Wasseramsel«, bemerkte die Moidl, während sie auf das Mädchen zuging.

»Sauberkeit hat noch keinem geschadet«, schnappte die Finni. »Warst du heut schon beim Ratschen, weil du von der da drüben kommst?«, fragte sie und deutete mit dem Handtuch zur Hütte der Kathl hinüber.

»Nein, nein«, behauptete die Moidl vorschnell. »Wo denkst denn hin … In aller Herrgottsfrühe … Um Hilfe hätt ich sie bitten wollen …« Und nun trug sie ihr Anliegen der Finni vor.

Während sie sich abtrocknete, hörte die Finni schweigend zu. Dann meinte sie anzüglich: »Jetzt siehst es, was du von der unguten Hexe erwarten kannst! – Die kümmert sich doch um niemanden, als ihren depperten Seppi!«

»Du weißt, dass er nicht deppert ist«, widersprach die Moidl sofort. »Er kann halt bloß nicht sprechen, das ist alles!«

Hart wandte die Finni ein: »Nein, nein, bei dem stimmt sonst auch nicht alles, das sieht doch ein Blinder! – Mit seiner Herumschleicherei und dann steht er unvermittelt vor einem da und starrt einen an, dass es durch und durch geht.«

»Was weiter kein Wunder ist, wenn du halb nackert durch die Gegend läufst«, hielt ihr nun die Moidl streng vor, wobei sie einen missbilligenden Blick auf das kaum bekleidete Mädchen warf.

»Waschen wird man sich doch noch dürfen«, verteidigte sich die Finni.

Moidls Ton wurde begütigend, als sie erklärte: »Schau, Finni, der Seppi ist halt doch schon ein ausgewachsenes Mannsbild und da solltest halt du ein bissl verständiger sein und ...«

»Der und ein Mannsbild?«, höhnte die Finni. »Dass ich nicht lache! – Mit dem musst reden wie mit einem Schulbuben.«

»Nein, das ist nicht wahr! – Ich weiß auch nicht, warum die Kathl nicht vernünftig mit dem Buben redet. Es ist halt ein rechtes Kreuz ...« Wieder fasste sie sich mit der Hand an den Leib und verzog dabei schmerzhaft ihr Gesicht.

»Jessas, Moidl«, entfuhr es der Finni erschrocken. »Vor lauter Reden hab ich ganz dich selber vergessen!« Ihre Stimme wurde ungewohnt fürsorglich als sie fortfuhr: »Warum bist denn nicht gleich zu mir gekommen? – Freilich versorg ich deine Küh! – Komm rein, dann kannst du dich hinsetzen, während wir alles besprechen!« Sie nahm ihr Waschzeug und ging voran in die blitzsaubere Wohnküche hinein.

Erleichtert ließ sich die Moidl auf einem Stuhl nieder.

Nun zog sich die Finni ein frisches Dirndlkleid an, dabei sprach sie mitfühlend: »Hoffentlich ist es nichts Ernstes! Wo soll denn der Auracher so schnell eine Sennerin hernehmen? Der Franzl ist doch noch immer bei der

Schwester von der Auracherin, so dass sie auf dem Hof ohnehin jede Hand brauchen.«

»Wer sagt denn, dass ich nicht mehr komm? Und wenn ich wirklich ein paar Tag unten bleiben muss, dann soll halt die Wally solange hochgehen!«

Das Schicksal der Auracherischen schien der Finni besonders am Herzen zu liegen, denn mit viel Anteilnahme sagte sie: »Ich versteh nicht, wie man den Einzigen fortlassen kann, wenn daheim …«

»Was hätt denn die Schwester von der Bäuerin tun sollen, als ihr Mann so plötzlich verunglückt ist und sie mit dem Hof und der Schar heranwachsender Kinder allein dastand? – Da hilft man sich halt aus unter Verwandten«, erwiderte die Moidl.

»Ja, er ist schon ein guter Mensch, der Franzl«, gestand die Finni aufseufzend, dabei schaute sie ganz verträumt vor sich hin. Gleich darauf aber ordnete sie an: »Jetzt gehst du runter, Moidl! – Sagst den Auracherischen, dass ich dir auf das Vieh schau und dass sie sich ganz auf mich verlassen können.«

»Vergelt's Gott, Finni«, fiel ihr die Moidl sogleich erleichtert ins Wort. Sie war so froh, dass es ihr gar nicht auffiel, wie zuvorkommend die Finni mit einemmal war. Sie riss sich doch sonst kein Bein aus um einem anderen zu helfen.

Sie spürte, wie es erneut in ihrem Leib schnitt und zerrte, und die düsteren Worte der Kathl kamen ihr wieder in den Sinn. Etwas kläglich fragte sie: »Hast du heut Nacht auch den Uhu schreien hören, drüben auf der Weitterfeichten?«

Blitzschnell drehte sich die Finni um. Doch als sie im Gesicht der alten Moidl nichts anders als Angst und Schmerz entdecken konnte, antwortete sie mit einem befreiten Aufatmen: »Nein, Uhu hab ich keinen gehört! – Ich hab überhaupt nichts gehört, ich hab geschlafen!«

»Dann wird sich halt auch die Kathl getäuscht haben«, kam es erleichtert von der Moidl und sie erhob sich.

»Wirst doch nicht drauf hören, was die narrische Urschel verzapft«, schalt die Finni mit mildem Nachdruck. »Die hört doch das Gras wachsen und die Flöhe husten!«

»So hart musst nicht sein mit ihr, Finni«, mahnte die Moidl. »Sie ist halt ein wenig verbittert! Es ist ja kein Wunder!«

Groß und stattlich thronte der herrliche Auracher-Hof auf einer Anhöhe, ganz am Fuße des Saurüssels. Hinter dem Saurüssel, einem bewaldeten Vorberg, erhob sich die imposante Hörndlwand. Sie bildete die eindrucksvolle Kulisse zu dem stolzen Hof.

Man sah es auf den ersten Blick, unter diesem weit ausladenden Dach, hinter den vielen, im Sonnenschein funkelnden Fenstern, waren Reichtum und Wohlstand zu Hause. Alles wirkte gepflegt und sauber und man merkte jene Großzügigkeit, die nur dort zu finden war, wo man an Geld und Gut seit jeher gewöhnt war.

In der großen Küche arbeitete die Barbara, sie war bereits mit dem Abendessen beschäftigt, obwohl es erst später Nachmittag war. Aber im Auracher-Hof war es der Brauch, dass pünktlich um sechs Uhr das Nachtmahl auf dem Tisch stand.

Sie war erst seit zwei Wochen auf dem Hof, doch schon am ersten Tag hatte sie gemerkt, dass hier Ordnung und Pünktlichkeit herrschten. Die Barbara war ein ausnehmend schönes Mädchen. Sie hatte kastanienbraunes Haar, ihre Augen waren haselnussbraun und von langen, dichten Wimpern beschattet. Sie war groß und von so schlankem, schmalem Wuchs, dass sie schon fast zerbrechlich wirkte. Sie wich von dem Bild, das man sich gemeinhin von einer Magd machte, so gründlich ab, dass die Auracherin sichtlich gezögert hatte, sie in den Dienst zu nehmen. Doch dann hatte die Bäuerin schon am ersten Tag gemerkt, was für einen guten Griff sie mit der Barbara getan hatte, denn sie war überaus fleißig und tüchtig. Doch etwas fiel auf an dem Mädchen, sie lachte nie oder doch nur ganz selten. Meist verrichtete sie ihre Arbeit ernst und in sich gekehrt. Und immer wenn die Bäuerin versuchte, sie über ihr Zuhause auszufragen, wich sie aus. Sie schien daran nicht gern erinnert zu werden, woraus die Auracherin voller Mitleid schloss, dass es ihr gewiss nicht allzu gut gegangen war.

»Na ja«, sagte die Bäuerin zu ihrem Mann, »gut wird sie's nicht gehabt haben, sonst wär sie doch nicht gar so weit von daheim fort!«

»Kann schon sein«, stimmte ihr der Auracher zu. Mit einem Schmunzeln setzte er hinzu: »Für mich ist die Hauptsach, dass sie gut kocht!« Und man sah es ihm an, dass er auf gutes Essen hielt, denn er wies einen ganz stattlichen Leibesumfang auf.

Die Barbara rührte den Knödelteig an, als die Bäuerin aufgeregt in die Küche geschossen kam. Hastig stieß sie hervor: »Schnell, Madl, koch rasch einen Kamillentee! – Grad ist unsere Moidl krank von der Alm heimkommen! – Sie scheint's im Magen zu haben. Der Hansl ist schon unterwegs zum Doktor.« Sie schlug die Hände über dem Kopf zusammen und fuhr jammernd fort: »Nein, nein, dass man aus der Aufregung nie herauskommt!«

»Hoffentlich ist es nichts Ernstes«, sagte die Barbara pflichtschuldig, denn sie kannte die Moidl nicht.

»Das kannst glauben«, kam es von der Bäuerin. »Umsonst und freiwillig geht die Moidl von der Alm nicht runter!« Damit stürzte sie wieder davon.

Während nun die Barbara den Kamillentee für die kranke Sennerin kochte, gingen ihr so allerhand Gedanken und Überlegungen durch den Kopf. Nun, sie verstand zwar kaum etwas von der Arbeit einer Sennerin, aber, so überlegte sie sich, recht viel anders als die gewöhnliche Stallarbeit würde sie auch nicht sein, und mit dem Vieh konnte sie umgehen.

An diesem Abend geschah es dann tatsächlich, dass der Auracher sein Abendessen anstatt um sechs Uhr erst um sieben bekam.

Als der Doktor gekommen war, hatte es eine Mordsaufregung gegeben, denn er ordnete an, dass die alte Moidl sofort ins Krankenhaus gebracht werden musste.

Das war für alle ein harter Schlag; besonders für die

Moidl. Doch sie sträubte sich nicht lange, sondern ließ sich gleich vom Doktor selber mitnehmen. Er musste ihr zwar zureden wie einem kranken Ross und ihr immer wieder versichern, dass das noch gar nichts Schlimmes zu bedeuten haben musste, trotzdem gingen ihr die unheilvollen Worte der Kathl nicht aus dem Sinn.

Als man dann gemeinsam um den Tisch saß, machten alle, auch die Dienstboten, einen recht niedergeschlagenen Eindruck, allen tat die Moidl zutiefst Leid.

Endlich fasste sich die Barbara ein Herz und fragte zögernd: »Wer versorgt denn jetzt die Alm?«

Die Bäuerin zuckte ratlos die Schultern.

»Muss halt doch die Wally hoch«, wandte der Bauer ein.

Aber sofort protestierte die Stallmagd energisch: »Nein, Bauer, da bringen mich keine zehn Pferde hin! – Ich bin keine Sennerin und ich werd auch keine.«

»Hast Angst, dass dich der Hörndlwand-Loder holt?«, grinste der Simmerl herausfordernd. Er war der jüngste Knecht, erst achtzehn, ein hoch aufgeschossener, magerer Bursche mit kugelrundem Kopf und weit abstehenden Ohren.

Sofort wurde die Barbara aufmerksam und fragte: »Wer ist denn das, der Hörndlwand-Loder?«

»Ein Loder, das ist bei uns ein scheußliches Mannsbild, unappetitlich und schlampig, eben so ein heruntergekommener Kerl«, erklärte die Auracherin mit einem Schmunzeln. »Und der Hörndlwand-Loder, das soll eine alte Sagengestalt sein, die auf dem Berg herumgeistert! – Halt ein alter Aberglaube!«

»Jessas, so was Grausiges«, lachte die Barbara.

»Du«, mischte sich nun der Simmerl wieder ein und vor Eifer riss er seine porzellanblauen Augen weit auf: »Er ist schon Leuten untergekommen und er trägt seinen Kopf unterm Arm … und einen Stecken hat er, so groß wie ein ausgewachsener Baum …«

»Halt, jetzt reicht's, Simmerl«, fiel ihm der Bauer lachend ins Wort. »Ich glaub' fast, du hast ihn schon selber gesehen! – Nein, nein, Madl«, damit wandte er sich zur

Barbara, »den Hörndlwand-Loder gibt's gar nicht! – Oder glaubst du vielleicht an Geister?«

Die Barbara schüttelte ihren Kopf, doch ein ganz leises Frösteln lief ihr über die Schultern.

»Ich glaub schon, dass es ihn gibt«, behauptete der Simmerl trotz allgemeinen Schmunzelns. »Die alte Kathl sagt das auch!«

»Oh mei, die Kathl«, witzelte die Wally. »Die ist doch selber schon ganz verdreht.«

Allen Ernstes behauptete nun der Simmerl: »Und ich sag euch eines: Der Bauernsohn aus dem Flachland, der letzten Herbst so spurlos verschwunden ist, den hat der Hörndlwand-Loder geholt!« Triumphierend schaute er von einem zum andern. Alle lachten ihn spöttisch an, nur im Gesicht der Barbara glaubte er Angst zu erkennen.

»Schmarrn!«, kam es nun abweisend vom Bauern. »Der arme Bursche wird abgestürzt sein! – Letztes Jahr haben wir einen frühen Winter gehabt und drum hat ihn niemand mehr gefunden!«

Aber nun wandte die Wally in sachlichem Ton ein: »Das würde ich nicht sagen, Bauer – Winter oder nicht, irgendwas müsste man doch gefunden haben von ihm! – Und ich hab nichts gehört.«

»Es kann ja im Österreichischen drüben passiert sein«, meinte der Auracher nachdenklich. »Wenn ihn da heuer jemand gefunden hat, dann kriegen wir doch nichts davon zu hören.«

»Es hat ihn aber keiner gefunden«, sagte nun die Barbara bestimmt. »Woher willst denn du das …?«

Den Auracher unterbrechend, antwortete sie zaghaft: »Die Polizei tät's doch wissen! – Bei so was arbeiten die doch zusammen!«

Nun schob der Bauer seinen Teller zurück und bemerkte aufatmend: »Na ja, sei's, wie's mag, jedenfalls ist so was tragisch genug! – Mir als Vater wär auch lieber, ich tät wissen, wie mein Bub umgekommen ist, als die Ungewissheit ertragen zu müssen!«

Schaudernd blickte die Auracherin vor sich hin, denn

sie musste an ihren Sohn denken, und wie es gewesen wäre, wenn ihn dieses Unglück getroffen hätte.

Der Altknecht, er hatte sich bisher aus der Unterhaltung herausgehalten, wandte nun ein: »Und ich sag euch, den Burschen hat einer umgebracht! Er war doch so unvorsichtig und hat's unten im Wirtshaus einem jeden erzählt, dass er zum Viehkaufen in den Pinzgau will! – Da kann man es sich doch ausrechnen, dass er einen Haufen Geld bei sich getragen hat!«

»Nein, nein«, kam es ablehnend vom Bauern. »Ich wüsste keinen aus unserem Dorf, der so was tun könnt! Außerdem sind alle genau verhört worden, die mit ihm zusammen beim Wirt gesessen sind! – Da war nicht einer verdächtig!«

»Und auf dem Weg über die Hörndlwand kann er niemanden mehr getroffen haben, mitten in der Nacht! – Und die Sennerinnen können's auch nicht gut gewesen sein! – Also muss es doch der Hörndlwand-Loder getan haben!«, trumpfte der Simmerl nun auf.

Niemand schenkte ihm nun mehr Beachtung, denn soeben hatte die Barbara mit fester Stimme erklärt: »Ich tät gern auf die Alm gehen, bis die Moidl wieder kommt!«

Überrascht starrten alle das Mädchen an.

»Du?«, fragte die Auracherin erstaunt. »Bist du denn schon einmal auf einer Alm gewesen?«

»Nicht als Sennerin«, gab die Barbara zu. »Aber die Stallarbeit versteh ich! – Es sind ja noch andere Sennerinnen oben, die werden mir schon helfen.«

»Oh je«, kicherte der Simmerl. »Da wirst eine Plage haben! – Gar so hilfsbereit sind die Sennerinnen von den Hörndlwand-Almen nicht! – Ich schau immer, wenn ich zum Abtragen hinauf muss, dass ich keiner unterkomm!«

»Ach woher denn«, beschwichtigte die Auracherin. »Die Kathl ist halt ein bisschen wortkarg, aber die Finni ist ein vernünftiges Mädl! Auf die Finni kann man sich verlassen und die steht dir gern mit Rat und Tat bei!«

»Dann darf ich wirlich …?«, entfuhr es der Barbara.

»Warum denn nicht? Mir wär geholfen, denn ich wüsste nicht, woher wir so schnell einen Ersatz für die Moidl hernehmen sollten! Was meinst denn du, Franz?«

Auch der Bauer schien nichts dagegen zu haben, denn er stimmte zu: »Wär mir schon recht! Wenn sie oben nicht zurechtkommt, dann kann sie ja wieder runterkommen! Soll sie der Simmerl gleich morgen in der Früh hinaufführen!«

Damit war die Sache abgemacht.

Die Barbara war so aufgeregt, dass ihre Hände zitterten, als sie nun den Tisch abräumte, in ihren braunen Augen war ein unstetes Flackern.

Es war noch sehr früh, als die Barbara und der Simmerl den Auracher-Hof verließen. Jeder trug eine hohe, geflochtene Kraxe auf dem Rücken, worin sich Barbaras Kleider, und was sie eben noch so brauchte, befanden.

Als sie den Bergwald betraten, empfing sie schattige Kühle. Der weiche, mit verrottendem Laub bedeckte Waldboden war noch taunass, und es roch nach feuchter, schwerer Erde, nach Moder und Harz. Durch das hohe Blätterdach zeichneten schräg einfallende Sonnenstrahlen goldene Streifen und ließen taubeperlte Spinnennetze am niedrigen Gebüsch wie diamantenfunkelnde, hauchfeine Schleier erschimmern. Von irgendwoher erklang das schrille Lachen eines Eichelhähers.

»Wie lang müssen wir denn gehen?«, erkundigte sich die Barbara.

»In drei Stunden sind wir oben«, antwortete der Simmerl.

Als der Steig immer schmaler wurde, bemerkte das Mädchen nachdenklich: »Wie kommt denn da das Vieh herauf?«

Über so viel Unwissenheit konnte der Simmerl nur mitleidig schmunzeln. »Wenn du da das Almvieh hochtreiben willst, dann bist grad oben, wenn der Sommer vorbei ist«, witzelte er. »Nein, das Vieh wird einen anderen Weg getrieben, um den Saurüssel herum! Da ist eine breite Straße! Aber es ist ein Umweg von über zwei Stunden! Kein Mensch geht der Straße nach, wenn er auf die Hörndlwand will, da nimmt man schon lieber den Steig!«

»Weiß das auch ein Fremder?«

»Herrschaftszeiten, Mädl, du bist gut! Wie soll denn ich das wissen?«, entrüstete sich der Simmerl.

Rasch entgegnete die Barbara: »Ich wollt damit sagen, ob ein Fremder den Weg verfehlen kann, wenn er den Steig geht?«

»Nein, wirklich nicht! Du siehst ja, man braucht bloß dem Weg nachzugehen! Dieser Steig führt gradwegs zu den Almen und von da aus weiter über die Hörndlwand! Aber oberhalb von den Almen wird der Weg schlecht und da geht kaum einer!«

Als sie den Wald hinter sich gelassen hatten, deutete der Simmerl hinauf zu der grünen Mulde. »In einer halben Stunde sind wir oben! – Siehst da oben die drei Kaser liegen?«

Die Sonne blendete und die Barbara musste ihre Augen mit der Hand beschatten. Nun sah auch sie die drei Hütten, deren Dächer silbrig aufschimmerten. Unwillkürlich entfuhr ihr ein begeistertes: »Wie schön! – Da oben muss es herrlich sein!«

»Das kannst du glauben«, stimmte ihr der Simmerl nickend zu. »Aber das sollst du erst sehen, wenn der Almrausch blüht. Mensch, Mädl, da magst gleich gar nicht mehr runter! So viele Blumen auf einem Haufen kannst dir gar nicht vorstellen!«

Simmerls prosaische Ausdrucksweise entlockte ihr ein leises Schmunzeln, dann gestand sie: »Ich hab noch nie einen blühenden Almrausch gesehen, bloß halt auf Bildern!«

»Du, da haut's dich hin«, schwärmte der Simmerl mit verdrehten Augen. »Da sind die ganzen Hänge, da wo jetzt die grünen Stauden sind, nicht das Almfeld dort oben – ja, da ist alles rot, wie wenn einer einen Farbtopf ausgeleert hätt!«

»So rot wie Blut!«, murmelte die Barbara für sich.

»Na ja, wenn du meinst, dann auch wie Blut!«, pflichtete ihr der Simmerl mit einem etwas schiefen Lächeln bei. Vorstellungen haben diese Madeln, dachte er bei sich.

Ehe sie die Almen erreichten, kamen sie an einem Wildbach vorbei, der unter Brausen und Tosen vom Berg herabschoss. Der Bach hatte sich ein tiefes Bett in den Fels gegraben, so dass im Lauf der Jahre eine Klamm entstanden war.

»Da musst aufpassen, dass sich deine Kühe nicht so weit herunterverirren«, klärte der Simmerl die Barbara auf. »Es ist schon öfters passiert, dass so ein dummes Luder in die Klamm fällt!«

Die Barbara schaute zu dem tosenden, brausenden Bächlein hinunter. »Könnt man da unten auch ertrinken?«, fragte sie beiläufig.

»Nein, das nicht«, erwiderte der Simmerl kopfschüttelnd. »Aber beim Hinunterfallen kannst dir alles mögliche brechen, sogar das Genick!«

»Würde man da einen finden, wenn er runtergefallen wäre?«

»Jessas, du kannst aber auch fragen«, wunderte sich der Simmerl. »Freilich würde man ihn finden, denn das Wasser ist ja nicht so tief, dass es einen mitreißen könnt! – Höchstens ein paar Meter! – Bloß im Frühjahr, bei der Schneeschmelze, da möcht ich nicht da rein fallen! Dann wird aus dem kleinen Bach ein …«

»Und im Herbst?«, fiel ihm die Barbara aufgeregt ins Wort.

»Wenn du im Herbst reinfällst, dann kannst du nicht ersaufen, zu der Zeit ist noch weniger Wasser drin als jetzt. – Warum? Willst du vielleicht reinspringen?«

»Blödsinn! Es interessiert mich halt«, erwiderte die Barbara ausweichend.

»Also wenn ein Mensch nur seine fünf Sinne richtig beieinander hat, ist die Klamm keine Gefahr! Bloß auf deine Kühe musst du aufpassen!«, erklärte nun der Simmerl gewichtig und er schritt wieder voran. Die hohe Kraxe auf seinen knochigen, mageren Schultern schwankte leicht hin und her. Betrachtete man ihn von hinten, seinen schaukelnden Gang, seine langen, dünnen Beine, die schlenkernden Arme, so ähnelte er einem großen, gepanzerten Käfer.

Barbaras Gedanken waren allerdings mit Wichtigerem beschäftigt, als dass sie sich über Simmerls Aussehen gewundert hätte. Schweigend stieg sie hinter ihm her.

»Schau, Barbara, der Kaser linker Hand, das ist der unsrige«, rief der Simmerl aus und deutete zur Hütte hinauf. »Unsere Kühe sind auch schon draußen.« Nun wies er auf einen Grasfleck, der von einer Steinmauer eingezäunt war, und erklärte: »Das ist unser Angerl! Das musst du mähen, wenn's so weit ist!«

Ziemlich verdutzt meinte die Barbara: »Warum denn das? – Es sind doch die Kühe auf der Weide, wozu braucht man denn das bissl Heu?«

Über so viel Unwissenheit und Unerfahrenheit, was die Almwirtschaft anbetraf, konnte der Simmerl nur mitleidig schmunzeln. Bereitwillig gab er Auskunft: »In dieser Höhe kann es passieren, dass über Nacht Schnee fällt! Was tust denn dann mit deinem Vieh?«

»So viel wird's ja mitten im Sommer nicht schneien.«

»Das freilich nicht, aber trotzdem musst du deine Kühe im Stall lassen! Was meinst du, was passiert, wenn du sie draußen lässt, und es liegt auch nur ein wenig Schnee?« Hier machte er eine eindrucksvolle Kunstpause. »Auf dem steilen, schneebedeckten Almgrund täten sich deine Kühe binnen einer halben Stunde sämtliche Haxen brechen! Nein, nein, da müssen sie im Stall bleiben und drum braucht man auch auf einer Alm das Heu!«

Staunend hatte die Barbara zugehört, aber seine Erklärung leuchtete ihr durchaus ein. »Was tut man denn, wenn der Winter kommt, bevor man abgetrieben hat?«, wandte sie ein.

Der Simmerl machte ein bedenkliches Gesicht. »Das ist immer das Ärgste! – Es passiert zwar selten, denn um den fünfzehnten September wird ohnehin abgetrieben, aber diesmal hat's um die Zeit schon ordentlich Schnee gegeben! Da hat dann der Bauer ein Mordsglück, wenn

er die Hälfte von seinem Vieh gesund wiedersieht! –
Aber eine erfahrene Sennerin weiß schon, wann sie das
Vieh zum Hof bringen muss!«

Sie hatten die Auracher-Hütte fast erreicht, als ihnen
die Finni entgegengerannt kam. »Bist du zur Ablösung
da?«, schrie sie dem Simmerl zu.

»Die ist gut«, brummte der Simmerl, »als ob ich sonst
nichts zu tun hätt!« Als die Finni herangekommen war,
erwiderte er: »Ich bring bloß die neue Sennerin!«, und er
deutete auf die Barbara.

Nachdem die Finni das Mädchen von oben bis unten
gemustert hatte, sie konnte ihre spontane Abneigung
kaum verbergen, stieß sie missbilligend hervor: »Was
denkt sich denn der Auracher? Hier oben muss man zupacken können!«

»Das hab ich gelernt«, mischte sich nun die Barabara
mit fester Stimme ein.

»Na ja, ich weiß nicht recht«, kam es geringschätzig
von der Finni und ihr Blick glitt halb mitleidig, halb nei-
disch über Barbaras schlanken, grazilen Körper. »Hast
schon einmal gesennt?«

»Nein«, musste die Barbara widerwillig zugeben,
»aber von der Stallarbeit versteh ich was …«

»Kannst ihr doch ein wenig beibringen, Finni«, mischte sich nun der Simmerl ausgleichend ein. »Was hätten
wir denn tun sollen? Die Moidl ist im Spital.«

»Wo kommst du denn her?«, fragte die Finni unumwunden.

»Ich bin draußen im Flachland daheim«, antwortete
die Barbara.

Fast schien es, als wäre die Finni zusammengezuckt.
Kalt stieß sie hervor: »Von mir aus! Da draußen soll's ja
auch Leut geben!« Sie wandte sich an den Simmerl und
setzte hinzu: »Ich hab in eurer Hütte Ordnung geschafft,
denn die alte Moidl war ein geschlampertes Christkindl!
Ich hab ja nicht wissen können, dass so schnell schon eine flotte Ablösung kommt!« Damit drehte sie sich um
und ging davon.

Nun wusste die Barbara, dass sie hier oben eine Feindin hatte. Mehr als Finnis Worte hatten ihr die Blicke verraten, dass sie hier nicht willkommen war.

Mit einem etwas gekünstelten Lachen flüsterte ihr der Simmerl zu: »Ich hab es ja gleich gesagt, dass sie furchtbar sind, die Sennerinnen hier oben! – Aber da musst dir nicht viel denken, Barbara! – Lass die spinnerte Fuchtel einfach in Ruh und denk dir …«

»Ich werd mich auch allein zurechtfinden«, kam es rasch von der Barbara. »Allzu viel Hirn wird ja nicht dazugehören, sonst wär ja die Kratzbürste auch nicht hier oben!«

Simmerls Gesicht verzog sich zu einem breiten, anerkennenden Grinsen. »So ist's recht! – Du musst genau so sein wie die Finni, dann wirst du schon fertig mit ihr! Komm, ich zeig dir den Kaser!«

Als der Simmerl und die Barbara einige Zeit später in der gemütlichen Wohnküche beisammensaßen, begann der Bub seine Erklärungen: »Das Vieh muss in der Früh und am Abend gemolken werden! Sie kommen schon selber, wenn's Zeit zum Melken ist! In der Nacht, wenn's Wetter schön ist, bleiben sie draußen auf der Weide! In den Stall herein musst du sie nur dann lassen, wenn's untertags recht heiß ist, oder wenn ein Gewitter kommt! Mit dem Aufstellen und Abrahmen der Milch wirst du dich ja auskennen und auch mit dem Buttern? Einmal in der Woche kommt einer vom Hof, das bin meistens ich und ich trag die Butter ab! Ich bring dir frische Lebensmittel, und was du halt sonst noch alles brauchst, unsere Bäuerin ist da nicht knausrig! Jeden Sonntag hast ein frisches Stück Fleisch in deiner Bratröhre!«

»Und wie ist das mit dem Käs?«

»Oh je, Barbara«, lachte der Simmerl belustigt. »Da bist du auf dem Holzweg! Käse stellt auf der Alm keiner mehr her. Das macht einen Haufen Arbeit und heut ist jeder Bauer froh, wenn er bloß eine Sennerin hat, die ihm das Vieh versorgt! Ich kenn Almen, da wird nicht einmal noch Milchvieh aufgetrieben; bloß noch Jungvieh! Weil den Sennerinnen die Arbeit zu viel ist! Schau«, er wies zu dem kleinen Eisenherd und erklärte: »Zum Käseherstellen braucht man ein großes, offenes Feuer, über dem der große Käsekessel hängt! In unseren Almhütten findest du keine offene Herdstelle mehr, überall steht ein Ofen drin! Lang wird's nicht mehr dauern, dann kochen auch Sennerinnen bloß noch mit Gas oder mit dem Elektrischen! Unsere Bauern haben eh vor, dass sie einen Generator einbauen, dann gibt's elektrisches Licht! Aber jetzt müsstest du halt noch die Petroleumlampe anzünden!« Plötzlich verstummte er, es schien ihm etwas ungeheur Wichtiges eingefallen zu sein. Eindringlich fragte er sie: »Du kannst doch hoffentlich ein richtiges Muas kochen? Ich meine einen richtigen Holzknechtschmarrn!«

»Ich glaub schon«, erwiderte sie schmunzelnd.

»Du, Barbara, dann koch uns doch eine Pfann voll«, schlug er mit hungrigen Augen vor. »Mit viel Schmalz, dass es schön rösch und bröslig wird, so mag ich's am liebsten!«

Die Barbara ließ sich nicht lange bitten. Diesen bescheidenen Wunsch erfüllte sie dem Simmerl von Herzen gern, die kleine Freude hatte er sich redlich verdient. Und sofort rührte sie den Teig an, wobei ihr der Bub genauestens auf die Finger schaute, ob sie ja alles richtig machte. So ganz schien er ihr nicht zu trauen! Doch als dann die Pfanne auf dem rußigen Dreifuß stand, griff er herzhaft zu. Nach dem ersten Löffel voll gestand er: »Jetzt kann nichts mehr schief gehen! Du bist die geborene Sennerin!«

Die Gipfel im Westen wurden von dem Widerschein der untergehenden Sonne rosenrot angestrahlt, so dass es aussah, als glühte der nackte Fels von innen her. Das leuchtende Blau des Himmels verlor an Glanz, unmerklich wechselte es in ein stumpfes Stahlgrau.

Friedlich weidend zogen die Kühe über das weite Almfeld, das melodische Geläute ihrer Glocken begleitete sie, ganz sanft brach sich der Hall an den steil aufsteigenden Felswänden.

Endlich hatte die Barbara alles getan und sie trat hinaus vor die Hütte. Mit sehnsüchtigen Augen schaute sie zu den beiden andern Kasern hinüber, doch von den Sennerinnen war nichts zu sehen. Plötzlich kam sie sich recht verlassen und auch irgendwie fehl am Platze vor. Ich hätt doch lieber unten bleiben sollen, sagte sie sich mit leisem Bedauern.

Sie setzte sich auf die roh gezimmerte Holzbank und starrte gedankenverloren in den hereinbrechenden Abend. Die Ruhe und das leise Geläut der Glocken legte sich ihr beklemmend aufs Gemüt. Fast war sie schon bereit, sich doch zu einem Besuch in einem der beiden Kaser aufzuraffen, doch dann kamen ihr die kalten, abweisenden Worte der Finni wieder in den Sinn und sie ließ es doch lieber bleiben. Man wollte sie hier nicht, aber man würde sich mit ihr abfinden müssen, denn so leicht ließ sie sich nicht ins Bockshorn jagen.

Plötzlich aber fuhr sie erschrocken zusammen. Ein großer Schwarm schwarzer Bergdohlen fiel mit durchdringend krächzendem Geschrei auf der alten, zerzausten Wetterfichte ein. Diese Vögel vollführten ein so unheimliches Spektakel, ihre Schreie klangen so schaurig, dass es ihr eine Gänsehaut über den Rücken jagte.

Barbara verließ die Bank und ging wieder zurück in ihre Hütte.

Sie hatte sich zwar die Abende auf der Alm anders vorgestellt, gemütlicher, mit den Sennerinnen plaudernd, aber nun war sie froh, dass sie ihr Strickzeug mitgebracht hatte.

Im Schein der Petroleumlampe, deren zuckendes Flämmchen die Stube nur schwach erhellte, begann sie zu stricken.

Neben dem fast erblindeten Spiegel – die alte Moidl hatte gewiss schon jahrelang keinen Blick mehr hineingeworfen – hing eine alte Kuckucksuhr; laut tickend zerhackte sie langsam die Zeit. Der kleine, hölzerne Kuckuck hatte längst seinen Dienst eingestellt, er hatte resigniert, denn es war sinnlos in dieser Bergeinsamkeit, in der die Zeit keine Rolle spielte, jede Stunde anzukünden. Hier wurde nicht nach der Uhr gearbeitet, hier richtete man sich nach der Natur, nach der Länge des Tages und vor allem nach dem Vieh.

Längst war es draußen Nacht geworden und die Gipfel hoben sich als schwarze Silhouetten vom samtblauen Himmel ab, der sterngesprenkelt glitzerte. Ein sanfter Nachtwind hatte sich erhoben, strich flüsternd und raunend um die Hütte, fuhr über die kurzen, saftigen Gräser, über die zarten Bergblumen, so dass sie sich tief auf den Grund niederduckten.

Das metallene Klicken der Stricknadeln und das monotone Ticktack der Uhr waren die einzigen Laute, die in der Stube zu hören waren. Es ging auf zehn Uhr zu, als die Barbara mit einem herzhaften Gähnen ihr Strickzeug aus der Hand legte. Ganz zufällig glitt ihr Blick zum dunklen Viereck des winzigen Fensters und sie erstarrte. Wie versteinert blickte sie auf das bleiche Oval eines Gesichtes, das gegen die Scheiben gepresst war und dessen große Augen sie beobachteten. Sie öffnete den Mund, doch kein Schrei wollte über ihre Lippen kommen. Wozu auch? Es hätte sie ja doch niemand gehört.

Und plötzlich verschwand das Gesicht, es schien wie weggewischt. Allmählich löste sich ihre Verkrampfung, die durch den Schreck ausgelöst worden war, und wie rasend begann nun ihr Herz zu klopfen. Sie fragte sich allen Ernstes, ob sie sich nicht am Ende getäuscht hatte. Sie zwang sich zur Ruhe und sagte sich immer wieder, dass es hier oben doch nur die beiden Sennerinnen gab. Aber was sie so unheimlich fixiert hatte, das war keineswegs ein Frauen- oder Mädchengesicht gewesen. Es war das Gesicht eines Mannes oder eines halbwüchsigen Burschen gewesen. Oder das eines Toten, dachte sie schaudernd, denn es war wachsbleich gewesen.

Sie erinnerte sich an Simmerls Worte vom Hörndlwand-Loder. Jetzt, in der finsteren Einsamkeit fiel es ihr schwer, diese Schauergeschichte so einfach als Aberglaube und Märchen abzutun, nachdem sie dieses Gesicht erblickt hatte. Sie war bisher immer ein furchtloser, vernünftig denkender Mensch gewesen, aber nun hatte sie das Gruseln gelernt. Aber es gab ja auch zu vieles, was an ihren Nerven gezerrt hatte, was ihr zusetzte und sie verwirrte.

Es dauerte eine ganze Weile, ehe sie sich so weit beruhigt hatte, dass sie den Mut fand, hinaus vor die Tür zu treten. Ich muss nachsehen, ob jemand da ist!

Nichts war zu sehen, eine friedliche Stille umgab sie. Sie sah das schwach erhellte Fenster im Großklettner-Kaser, während die andere Hütte bereits dunkel war.

Es kam ganz plötzlich über sie. Ohne zu überlegen begann sie zu laufen und wie von Furien gehetzt rannte sie auf das helle Lichtpünktchen, das Trost und Wärme versprach, zu. Sie musste einen Menschen um sich haben, jetzt war ihr selbst die unfreundliche Finni willkommen. Sollte sie nur schimpfen, es war ihr einerlei, wenn sie nur eine menschliche Stimme hörte!

Ohne erst anzuklopfen stolperte die Barbara in die Tür. Am ganzen Leib zitternd, mit schreckgeweiteten Augen und blutleeren Lippen stand sie in Finnis Stube.

»Jessas, hast du mich erschreckt«, entfuhr es der Finni, doch sie fasste sich schnell wieder. Gelassen fragte sie: »Ist dir vielleicht der Hörndlwand-Loder untergekommen?« Dazu grinste sie ungerührt.

Nun begann die Barbara zu stottern: »Ich … ich weiß nicht! Da war ein Gesicht …«

Langsam fand die Finni Spaß an der Angst des Mädchens. Sie war herzlos genug, diese Angst noch zu steigern, als sie einwandte: »Ja, ja, kann schon sein, dass er wieder umgeht, der Hörndlwand-Loder«, dabei machte sie ein völlig ernstes, fast besorgtes Gesicht.

»Aber … aber … so was gibt's doch nicht«, widersprach die Barbara schwach, und sie musste sich an die Tür anlehnen, so sehr zitterten ihre Knie.

Ungewiss kam es von der Finni, wobei sie ihre Augen zweifelhaft verdrehte: »O mei, Mädl! Hier oben gibt es einiges, wovon die Leute unten sich nicht träumen lassen. Frag nur die Kathl, die könnt dir Geschichten erzählen … Geschichten, sag ich dir, dass dir's kalte Grausen kommt, aber alle wahr!«

Diese Worte verfehlten nicht ihre Wirkung. Der Barbara wurde ganz schlecht vor Angst.

»Hast noch nie was vom Kaser-Manndl gehört?«, fragte die Finni. »Das ist ein Almgeist, der in den Hütten umgeht. Und sobald eine Sennerin mit dem ihr anvertrauten Sach herumschludert oder ihre Arbeit nicht richtig macht, dann kriegt dieser böse Almgeist Gewalt über die Alm. Und dann kannst du tun, was du willst, Glück hast du keines mehr, weder mit dem Vieh noch selbst! – Da hilft nachher bloß noch eines: Ausweichen und Ausräuchern! Da musst den Weichbrunnen gleich literweis verspritzen.«

Leider wurde die schöne Schauergeschichte unterbrochen, denn ein lautes Klopfen ertönte.

Die Barbara glaubte vor Schreck tot umzufallen, aber die Finni schob sie einfach beiseite und öffnete die Tür.

»Jessas, Kathl …«

»Hast du meinen Seppi nicht gesehen?«, stieß die Kathl sofort erregt hervor. Sie schien in großer Angst zu sein. »Ich such ihn schon die ganze Zeit.«

»Nein, ich hab ihn nicht gesehen«, kam es gelassen, fast ein wenig ärgerlich von der Finni, »geh nur wieder heim, er wird schon kommen! In dieser Finsternis ist jedes Suchen umsonst«, meinte sie unwirsch.

Händeringend jammerte die Kathl: »Er könnt ja nicht um Hilfe schreien, wenn ihm was passiert wär!«

»Was soll ihm denn schon passiert sein?«, wandte die Finni nun sehr ungeduldig ein und machte Anstalten, die Tür wieder zu schließen.

Plötzlich zischte ihr die Kathl zornig entgegen: »Herzloses Weibsbild! – Wart nur, über dich wird schon auch noch was kommen! – Der Teufel hilft seinen Leuten, aber holen tut er sie auch, das lass dir gesagt sein!« Damit hastete sie davon und bald war sie in der Dunkelheit verschwunden.

Mit einem nervösen, gekünstelten Lachen stieß die Finni hervor: »So ein narrisches Weiberleut!«

Während sich die Finni mit der Kathl unterhalten hatte, hatte sich die Barbara wieder etwas beruhigt. »Wen sucht sie denn?«, fragte sie interessiert.

»Wen denn schon?«, kam es ungeduldig von der Finni. »Ihren depperten Buben halt, den spinnerten Seppi!«

Von dem hörte die Barbara zum ersten Mal. »Ist er denn oben auf der Alm?«, forschte sie weiter.

»Freilich! Meinst du, sie kann diesen Trottel unten allein lassen!«, erwiderte die Finni mit harter Grausamkeit in der Stimme.

»Dann könnt doch das vorhin dieser Bub gewesen sein, der …«

»Schon möglich, denn er schleicht ja immer umher wie das schlechte Gewissen! Wenn's nach mir ging, dann wär er schon längst in einer Anstalt verschwunden, wohin die Narrischen gehören! Aber seine Mutter will's ja nicht wahrhaben, dass er spinnt!«

Ganz plötzlich erkannte die Barbara, dass es die Finni freute, wenn es einem anderen schlecht ging, wenn er Sorgen hatte. Und nun kehrte auch ihr altes Selbstvertrauen zurück, ihre Angst war vernünftigem Denken gewichen. Sie hat mich angelogen, sie sich über mich lustig gemacht!

Nun hielt sie es bei dieser eiskalten Person nicht länger aus. Hastig verabschiedete sie sich.

Ohne Furcht ging sie hinüber zu ihrem Kaser.

In der Stube brannte noch das Licht. Bei ihrer überstürzten Flucht hatte sie nicht daran gedacht die Lampe auszulöschen. Jetzt konnte sie sogar darüber lächeln.

Plötzlich aber stutzte sie.

Auf dem Tisch, gleich neben ihrem Strickzeug, lag ein schön gebundenes Sträußchen mit Enziankelchen, die von einem Kranz blassroter Mehlröschen eingefasst waren.

Es musste jemand hier gewesen sein! Und da ausgeschlossen war, dass die Kathl diesen Strauß hierhergelegt hatte, so konnte es nur dieser Bub gewesen sein. Er hatte sie also noch länger beobachtet! Nun spürte sie doch wieder Angst in sich aufsteigen. Aber dann sagte sie sich, dass kein wirklich Verrückter eine solche Idee haben konnte. Gewiss hatte die Finni maßlos übertrieben!

Das Ganze hatte etwas Rührendes an sich. Hier lag

ein netter Willkommensgruß – den beiden Sennerinnen war sie alles andere als willkommen – und ausgerechnet der sollte von einem einfältigen Buben sein.

Friedlich weidend zogen die Kühe über das Almfeld, das noch nass war vom Tau der Nacht.

Die Finni wusch am Brunnen ihr Milchgeschirr aus, dann stellte sie es in die warme Morgensonne zum Trocknen. Sie wollte soeben wieder in ihre Hütte gehen, als sie die Barbara erblickte. »Jetzt so was«, wunderte sie sich halblaut, »wo geht denn die hin?«

Aus zusammengekniffenen Augen beobachtete sie das Mädchen, das wie gelangweilt das Almfeld hinunterschlenderte. »Wenn sie nur gleich ganz hinuntergehen tät!«, wünschte sie sich. Dieses Mädchen passte ihr gar nicht. Die alte Moidl war ihr lieber gewesen, denn sie war, so wie die Kathl auch, immer früh schlafen gegangen und so hatte sie nie etwas von den nächtlichen Besuchen gemerkt. Aber dieses junge Mädchen, ob sie auch so leicht hinters Licht zu führen war?

»Wenn ich ihr nur gehörig Angst mach, dann setzt sie nach dem Finsterwerden keinen Fuß mehr vor ihren Kaser!«, sagte sich die Finni mit einem boshaften Schmunzeln. »Möcht wissen, wo sie hin will? Was sie dort unten sucht?« Doch nun verlor sie das Interesse an der Barbara und verschwand in der Tür.

Kurze Zeit später kam ein hoch gewachsener, breitschultriger Bursche auf Finnis Hütte zu. Er hatte eine Kraxe auf dem Buckel, doch er schien ihre Bürde nicht zu spüren, denn er schritt rasch aus. Er sah verwegen aus mit der scharf vorspringenden Nase und den grauen, etwas eng beieinanderliegenden Augen, die dem sonnenverbrannten Gesicht einen verschlagenen Ausdruck verliehen.

Der Loisl, er war Knecht beim Großklettner, kam, um die Almgaben abzutragen.

Als er der Hütte bis auf wenige Schritte nahe gekommen war, riss er den kleinen, verwaschenen Filzhut vom Kopf und stieß einen schrillen Juchzer aus. Nun erst sah man, dass sein volles, schwarzes Haar an den Schläfen bereits stark angegraut war. Er musste die Dreißig längst überschritten haben.

Sofort wurde die Hüttentür aufgerissen und die Finni rief ihm mit gedämpfter Stimme und ärgerlichem Gesicht zu: »Bist narrisch! – Was machst du denn für ein Spektakel!«

Er drängte sie ins Innere des Kasers, dabei legte er ihr vertraulich seinen Arm um die Taille. Mit einem leisen Lachen beschwichtigte er sie: »Ich freu mich halt, dass ich wieder bei dir bin!«

»Und deswegen müssen es die anderen auch wissen!«, schimpfte sie.

Der Loisl stellte seine Kraxe ab und nahm sie in die Arme. »Wenn sie's nur endlich alle wissen täten«, stieß er gepresst hervor. »Wie lang soll ich denn noch auf dich warten, Finni?«

»Du weißt, dass der Vater nicht erlauben würde, dass ich einen, noch dazu seinen, Knecht heirat!«

»Du, Finni, ich hab mir das Lechner-Sach angesehen«, sagte der Loisl mit freudig bewegter Stimme. »Es ist gar nicht so schlecht! Zuerst könnten wir es pachten und nach ein, zwei Jahren könnten wir es kaufen. Das wär doch was …«

»Und wo hast du das Geld her? Könnt ja sein, dass dich einer danach fragt!«, wandte die Finni hart ein.

»Das geht niemand was an«, erwiderte er aufbegehrend. »Außerdem könnt mir ja meine Mutter was vererbt haben?«

»Hast du vorgestern noch was erwischt?«, erkundigte sie sich in fast geschäftsmäßigem Ton.

»Ja, einen guten Bock! Ich hab ihn gut versteckt und heut, wenn ich heimgeh, nehm ich ihn mit!«, erklärte er nicht ohne Stolz. »Es ist wirklich das Einfachste von der Welt: In der Nacht schießen und über einen oder zwei Tage, wenn wieder alles ruhig ist, das Wild am helllichten Tag heimtragen! Der Wirt von Lannersbach ist ein gut zahlender Abnehmer, und das Geschäft lohnt sich! Und das alles nur für dich, Finni!« Als er sie küsste, erwiderte sie seinen Kuss mit heißer Leidenschaft. Seine Hände glitten über ihren warmen, üppigen Körper und das Blut begann ihm zu sieden. So erging es ihm jedesmal. Sobald er sie nur anrührte, brannte er lichterloh. Sie setzte ihm keinen Widerstand entgegen, als er sie in die Schlafkammer drängte.

Dieses leidenschaftliche Verhältnis dauerte nun schon über zwei Jahre. Doch es war Finnis Verdienst und ihrer Vorsicht zu verdanken, dass es noch immer unentdeckt geblieben war. Sie war viel zu berechnend um sich alle Wege zu verbauen, wenn es ruchbar geworden wäre, dass sie ein Verhälttnis mit dem eigenen Knecht unterhalten hatte. Sie liebte den Loisl, aber sie zögerte noch immer ihn zu heiraten, denn es gab einen, für den sie ihn sofort verlassen hätte. Nicht deswegen, weil sie den anderen etwa geliebt hätte, nein, weit gefehlt. Aber es hätte ihrem Stolz und ihrer Eitelkeit unsagbar geschmeichelt, wenn es ihr gelungen wäre, wovon die anderen Mädchen träumten: nämlich Auracherin zu werden!

Barbaras Kleidung war schwer vor Nässe, als sie an einer halbwegs gangbaren Stelle aus der Klamm kletterte. Sie hatte dort unten alles abgesucht, und nun war sie überzeugt davon, dass dort unten kein Mensch spurlos verschwinden konnte, dazu war das Wildwasser zu ungefährlich, die Klamm zu schmal und zu flach.

Ihre Hände griffen über den Rand des Bachbettes, krallten sich an der abbröckelnden Grasnarbe fest und nun zog sie sich hoch. Ihr Oberkörper lag bereits auf dem sicheren Boden, als sie vor sich, keinen Meter entfernt, zwei nackte, dünne Beine erblickte. Als sie ihren Kopf hob, sah sie direkt in die großen, dunklen Augen eines Halbwüchsigen, der sie stumm beobachtete.

Plötzlich trat er einen Schritt vor und streckte ihr hilfsbereit seine Hand entgegen.

Es war nichts in dem ungewöhnlich blassen Gesicht des Buben, was ihr Angst gemacht hätte. Nur der dunkle Flaum, der auf Oberlippe und Kinn wuchs, wollte nicht recht zu dem noch kindlichen Gesichtsausdruck passen.

»Vergelt's Gott«, stieß sie gepresst hervor, als sie die Hand ergriff. Mit überraschend viel Kraft wurde sie emporgezogen. »Gell, du bist der Seppi?«, fragte sie, während sie sich die kleinen Lehmklümpchen vom Kleid klopfte.

Seine Antwort bestand aus einem freundlichen Nicken, wobei er sie arglos anlächelte.

Nun hielt sie ihm ihre Hand entgegen und sagte herzlich: »Ich bin die Barbara und ich möcht mich für deine wunderschönen Blumen bedanken, Seppi!«

Während er ihre Hand drückte, nickte er wieder. Nun deutete er auf seinen Mund und schüttelte wie bedauernd seinen Kopf.

Unvermittelt ernst werdend, fragte die Barbara erschrocken: »Kannst du nicht reden, Seppi?«

Er schüttelte den Kopf, dabei hob er resignierend seine schmalen Schultern.

Sie wollte ihn ihr heftiges Mitleid nicht spüren lassen, deshalb fragte sie rasch: »Aber hören kannst du mich? Wie alt bist du denn?«

Er streckte ihr zweimal beide Hände mit den gespreizten Fingern entgegen und dann noch einmal den rechten Daumen.

»Einundzwanzig?«, fragte sie überrascht. Sie hätte ihn höchstens auf sechzehn Jahre geschätzt.

Plötzlich fasste er sie am Arm und zog sie vom Rand der Klamm fort.

»Na, was hast du denn? Fürchtest du dich vor dem Bach?«

Wieder schüttelte er verneinend seinen Kopf, aber seine Augen funkelten erregt. Er beruhigte sich jedoch zusehends, je weiter sie sich von der Klamm entfernten.

Als nun die Barbara zu ihrem Kaser hinaufging, lief der Seppi wie selbstverständlich neben ihr her. Er folgte ihr auch, als sie ihre Hütte betrat.

In der Stube setzte er sich auf einen Stuhl, so als ob er hier zu Hause wäre.

»Hast du die Moidl auch öfters besucht?«, fragte die Barbara.

Der Seppi nickte. Nun wies er mit der Hand auf die Holzkiste, die neben dem Ofen stand; es lagen nur noch wenige Scheite darin. Er stand auf und verließ die Stube.

»Jammerschad um den Buben«, sagte sich die Barbara. »Alles, was diesem armen Kerl fehlt, ist die Sprache und vor allem eine richtige Erziehung! Er ist grad so normal wie ich und die Finni! – Aber in dieser Einsamkeit, wo sich keiner um ihn kümmert, wo er keine Ansprache hat, muss er ja ein Sonderling werden!«

Nun betrat der Seppi, einen Arm voll Holzscheite vor sich hertragend, wieder die Stube. Sehr sorgfältig schichtete er die Scheite in die Holzkiste. Als sich die Barbara bei ihm bedankte, lächelte er überglücklich.

»Jetzt ist eh gleich Mittag, und ich koch uns was«, schlug die Barbara vor. »Magst auch mithalten?«

Der Seppi nickte übereifrig. Als er sah, dass sie den Wassereimer nahm, sprang er sofort auf sie zu und nahm ihr diese Arbeit ab; er holte das Wasser aus dem Brunnen.

Während die Barbara den Teig für die Pfannkuchen anrührte, unterhielt sie sich mit dem Seppi. Sie fragte und er antwortete mit Nicken oder Kopfschütteln. Manchmal lachten sie zusammen, sie laut und er stumm, und schon nach kurzer Zeit hatte sie den Buben, anders konnte man den Seppi trotz seiner gut zwanzig Jahre nicht nennen, in ihr Herz geschlossen.

Als sie die Sprache jedoch auf die Finni brachte, wurde er ganz plötzlich verstockt. Er schaute starr vor sich hin und tat, als ob er sie nicht verstehen würde.

»Aha«, schmunzelte die Barbara, »du magst sie nicht!«

Er reagierte nicht, doch er sah sie mit einem flehenden Ausdruck an, so als wollte er sie bitten, doch von etwas anderem zu sprechen.

Er fürchtet sich vor ihr, sagte sich die Barbara. Und bei dem scharfen Mundwerk der Finni schien ihr das auch nur zu verständlich.

Dann aßen sie zusammen und der Seppi griff herzhaft zu. Die Barbara bestreute ihm die Pfannkuchen dick mit

Zucker und er tat, als hätte er nie etwas Besseres gegessen; nach jedem Bissen strahlte er sie dankbar an.

Der Bub und die Sennerin waren so sehr in ihre Mahlzeit vertieft, dass sie die Schritte überhörten, die sich näherten. Sie blickten erst zur Tür, als die Kathl bereits in der Stube stand.

Zuerst war sie sprachlos, als sie den Seppi so vergnügt und zufrieden schmausen sah. Dann aber mahnte sie sanft: »Komm jetzt, Bub! Die Mutter hat dich schon gesucht! Geh mit der Mutter heim!« Die Barbara schien sie zu übersehen.

»Warum darf er denn nicht fertig essen?«, fragte die Barbara.

Ziemlich angriffslustig, wie eine bösartige Glucke, erwiderte die Kathl: »Ich mag's nicht, wenn er bei fremden Leuten ist!«

Kathls Schroffheit ärgerte sie. »Lass ihm doch die kleine Freud!«, sagte sie herausfordernd. »Mich freut's, wenn er bei mir ist, dann bin ich wenigstens nicht gar so allein!« Das war nun eine deutliche Anklage.

Aber die Kathl reagierte sauer. Hart wandte sie ein: »Hättest halt unten bleiben müssen, wenn's dir hier oben zu einsam ist! Komm, Bub, gehen wir!«

Nun stand der Seppi gehorsam auf, aber er machte ein trauriges Gesicht.

Die Barbara fühlte heißes Mitleid aufsteigen. »Komm nur wieder, Seppi«, stieß sie rasch hervor.

Die Kathl hatte Seppis Hand gefasst und zog ihn mit sich fort. Im Hinausgehen keifte sie: »Freilich, dass du was hast, über das du dich lustig machen kannst!«

»Kein Mensch macht sich über ihn lustig«, entfuhr es der Barbara verärgert. Sie hörte nur noch, wie die Kathl erwiderte: »Da wärst du die Erste!« Dann war sie allein.

Die Barbara brauchte einige Zeit, ehe sie sich wieder beruhigt hatte. Doch nun musste sie zugeben, dass es die Kathl sicher nur gut gemeint hatte. Doch bei aller Liebe übersah sie, was sie dem Seppi antat. Wenn sie ihn so streng von allen Leuten absonderte, so würde aus dem Burschen nie ein erwachsener Mensch werden. Dachte sie denn nicht daran, was aus dem Seppi werden sollte, wenn sie einmal nicht mehr für ihn sorgen konnte? Anstatt ihn zur Selbstständigkeit zu erziehen, verhätschelte sie ihn.

Als ausgesprochen schönen Burschen konnte man den Auracher Franzl nicht bezeichnen, dazu waren seine Gesichtszüge zu unregelmäßig. Schön waren nur seine strahlend blauen Augen und seine ebenmäßigen weißen Zähne, doch sein Mund war etwas zu groß und seine Nase ein wenig zu kurz. Aber außer einer tadellos gewachsenen Figur – er war groß und schlank – besaß der Franzl einen anderen Vorzug, einen, um den ihn jeder noch so blendend aussehende Bursche beneidete, nämlich einen hinreißenden Charme. Er strahlte einfach so viel Selbstsicherheit und Vitalität aus, sein Lachen war so gewinnend, dass man ihm einfach nicht widerstehen konnte. Bei all seiner so offen zur Schau getragenen Unbekümmertheit merkte man doch den verständigen und stets hilfsbereiten Menschen, Stolz oder gar Überheblichkeit waren ihm fremd. Er gab sich natürlich und gerade das machte ihn so liebenswert.

Als der Auracher-Franzl an diesem schönen Sonntagmorgen die drei Almhütten so friedlich verträumt dort oben liegen sah, wurde ihm das Herz weit. Es war doch eine riesengroße Freude, wieder daheim zu sein, die Berge so greifbar nahe zu sehen. Er stieß einen weithin hallenden, hellklingenden Jodler aus, und die Wände warfen ein vielfältiges Echo zurück.

Er musste nicht lange warten, da antwortete ihm eine helle Stimme. Es war die Finni, die seinen Jodler erwiderte.

Er lachte, dann stieg er weiter.

»Franzl! Franzl!«, rief ihm die Finni entgegen und mit langen Sprüngen rannte sie auf ihn zu. »Franzl, dass du nur endlich wieder daheim bist!«, stieß sie schnaufend und keuchend hervor, als sie mit rotem, erhitztem Gesicht vor ihm stehen blieb.

»Sakra, Madl, du bist ja noch hübscher geworden«,

gestand er mit ehrlicher Bewunderung und er betrachtete sie schmunzelnd von oben bis unten. Dann erzählte er bereitwillig: »Gestern bin ich heimgekommen. Die Tante hat endlich einen Großknecht aufgetrieben, einen, auf den sie sich auch verlassen kann und der ihr hilft! Ich glaub, ich war darüber fast so erleichtert wie sie, denn lange hätt ich's nicht mehr ausgehalten da draußen! Heut früh hat die Mutter schon geschimpft, weil ich gleich am ersten Tag wieder fort bin. Aber die Berge halt ... Ich hab einfach in die Berge gehen müssen!«

Ganz selbstveständlich hängte sich die Finni in Franzls Arm ein und zusammen stiegen sie hinauf. Sie kannten sich von Kindheit an, aber zu mehr als einer herzlichen Freundschaft war es trotz Finnis Verlockungen nie gekommen. »Ich hab schon geglaubt, du hättest da draußen ein Mädl gefunden«, neckte sie herausfordernd.

Mit einem amüsierten Lachen entgegnete er: »Aber nein, da draußen sind die Mädchen grad so fad wie die Landschaft!«

Fast war es, als hätte sie erleichtert aufgeatmet. Eine versteckte Schärfe lag in ihrem Ton, als sie einwandte: »Eure neue Sennerin soll ja auch eine aus dem Flachland sein.«

»Ja, ich hab's gehört! Wie geht's denn mit ihr?«

Abfällig antwortete die Finni: »Ich will ihr ja nichts Schlechtes nachsagen, aber hier oben stellt sie sich an wie der Ochs' zum Fingerpfeifen!«

Unvermittelt ernst werdend, meinte der Franzl besorgt: »Die Mutter hat ja auch schon Befürchtungen gehabt, aber wo hätten wir denn so schnell einen Ersatz für die Moidl hernehmen sollen? Sonst soll diese Barbara ja recht fleißig und geschickt in allem sein, die Almwirtschaft ist ihr halt fremd und drum ...«

»Ich hab ihr halt geholfen, wo ich nur konnte«, unterbrach ihn die Finni gewichtig. »Ich hätt's ja nicht mit ansehen können, wenn ihr durch die Ungeschicklichkeit von dem Mädl einen Schaden davongetragen hättet!«

»Das war anständig von dir, Finni, und ich bedank mich halt schön dafür!«, kam es herzlich vom Franzl.

Als sie nun an den weidenden Kühen vorüberkamen, bemerkte der Franzl;: »Gut sieht das Vieh aus!« Mit geübtem Blick betrachtete er die rotbraun gefleckten Tiere.

Inzwischen hatten sie Finnis Hütte fast erreicht.

Mit verführerischer Stimme forderte sie ihn auf: »Kommst du nicht ein bisschen mit zu mir, Franzl?«

»Recht gern, Finni! Aber zuerst möcht ich doch zu unserer Alm gehen, ich komm ein wenig später!«

Auf ihrem Gesicht malte sich deutlich Enttäuschung, als sie ihm nachschaute, wie er auf die Auracher-Alm zuschritt.

»Sakrament«, stieß sie hart hervor, »es hätt sich alles so gut angelassen!«

Heute war schließlich Sonntag, auch auf der Alm, und deshalb hatte sich die Barbara ein besonders hübsches, lichtgrünes Dirndlkleid angezogen. Die Farbe passte genau zu ihrem kastanienbraunen Haar und zum Samtbraun ihrer Augen. Eng umschloss das Mieder ihre zierliche Figur, weit schwingend bauschte sich der Rock über den mädchenhaft schmalen Hüften.

Im Haar steckte eine Spange aus schwerem Gold und um den Hals trug sie eine handgearbeitete, massiv goldene Kette, die mit Hirschgrandeln verziert war. Solcher Schmuck war für eine Bauerntochter schon reichlich ungewöhnlich, doch für eine Magd vollends unerschwinglich. Aber die Barbara trug diese Kostbarkeit mit einer Selbstverständlichkeit, als wüsste sie nichts von ihrem Wert oder als wäre sie etwas ganz Alltägliches.

Seit jenem ersten Zusammentreffen hatte sich der stumme Seppi nicht mehr bei ihr sehen lassen, doch als es jetzt klopfte, war sie fest davon überzeugt, dass es nur der Bub sein konnte. Mit einem erleichterten Aufatmen, dass sich wenigstens jemand an sie erinnerte, rannte sie zur Tür und öffnete.

Vor Überraschung blieb sie wie angewurzelt stehen.

Ziemlich fassungslos starrte sie auf den fremden Burschen.

Doch der Franzl war über ihre Erscheinung wohl ebenso überrascht, auch er war für einen Moment sprachlos. Dieses Mädchen passte so gar nicht zu der Vorstellung, die er sich von ihr gemacht hatte. Es passierte selten, dass er verlegen wurde, nun jedoch beann er zu stottern: »Bist du ... ich mein, du bist die Sennerin?«

Ein zaghaftes Schmunzeln stahl sich auf Barbaras Lippen, als sie nickte. Je länger sie ihn ansah um so bekannter erschien er ihr. Hatte sie ihn schon einmal gesehen?

Langsam wurde ihm die Warterei vor der Tür zu dumm und er fragte mit einem vertraulichen Augenzwinkern:

»Lässt du nicht jeden rein?«

»Ganz recht! Bei dem vielen Besuch, den man hier oben kriegt, muss man sich die Leut schon genau anschauen«, erwiderte sie mit einem ironischen Unterton, doch sie gab die Tür frei.

»Aha, dann hat es sich also schon herumgesprochen, was für eine hübsche Sennerin in der Auracher-Hütte haust! Da bin ich ja grad zur rechten Zeit noch heimgekommen!« Während er nun eintrat, schaute er sich sofort unauffällig um. Aber zugleich lobte er: »Sauber hast alles beieinander! Wie kommst du denn zurecht?«

Die spontane Sympathie, die sie für ihn empfunden hatte, wich plötzlich. Ziemlich ungnädig fuhr sie ihn an: »Steckst du immer deine Nase in ander Leut's Töpf? Für einen, der bloß für eine kurze Rast einkehrt, nimmst du dir ein bissl viel Kraut raus!«

Er lachte still in sich hinein und ließ sich gemütlich auf einem Stuhl nieder.

Also so eine Unverfrorenheit war ihr noch nicht untergekommen. Wenn er auch nur für fünf Pfennig Charakter gehabt hätte, dann wäre er wieder verschwunden. Unverblümt sagte sie nun: »Mir wär lieber, du würdest bei der Finni oder bei der Kathl einkehren!«

»Sakra, Dirndl, du bist aber eine Rechte! Und da hat

die Mutter sich Sorgen gemacht, ob du nicht vielleicht doch noch zu jung wärst. Ich glaub, du könntest sogar mit dem Hörndlwand-Loder fertig werden, wenn er dir unterkommen tät!« Mit einem breiten Grinsen setzte er hinzu: »Und ich hab geglaubt, die Mädchen aus dem Flachland, wären fade Nocken!«

Plötzlich fuhr der Barbara ein heißer Schreck ins Herz. Du Heilig's Mutter Annerl, das musste ja der Sohn der Aurachers sein! Rasch presste sie ihre Hand vor den Mund, so als könnte sie damit ihre heftigen Worte wieder zurücknehmen. Sie blickte ihn verstört an.

»Was hast denn jetzt?«, wollte er wissen.

Mühsam brachte sie hervor: »Du … du bist der junge Auracher?«

Wieder zwinkerte er ihr vertraulich zu, dann erwiderte er gemütlich: »Ich bin der Franzl!« Und damit streckte er ihr seine Hand entgegen.

»Und ich hätt dich fast hinausgeschmissen«, kam es nervös von der Barbara. Zaghaft ergriff sie seine Hand. »Musst es mir halt verzeihen, aber ich …«

»Schon geschehen, Barbara«, fiel er ihr lachend ins Wort und drückte ihre Hand herzlich. Nun erklärte er: »Ich bin gestern erst heimgekommen! Wie gefällt es dir denn?«

Seine Frage übergehend, erkundigte sie sich: »Wie geht's denn der Moidl?«

»Mit dem Magen soll sie's haben! Es ist nicht besonders ernst, aber sie muss noch im Krankenhaus bleiben! Ein bisschen musst schon noch aushalten hier oben!«, antwortete er, dabei ließ er sie keine Sekunde aus den Augen.

Bei dieser Nachricht konnte sie erleichtert aufatmen. »Jessas«, stieß sie unvermittelt hervor, »du wirst gewiss Hunger und Durst haben, nach dem langen Aufstieg! Was soll ich dir denn herrichten?«

»Für eine Schale Milch wär ich dir dankbar! Essen mag ich nichts, da wart ich lieber bis Mittag, dann essen wir zusammen!«

Die Barbara nickte. Unter seinen eindringlich forschenden Blicken wurde ihr ganz sonderbar zumute. Er gefiel ihr gut, ja ganz besonders gut, er hatte sie mit seiner offenen Art sofort gewonnen, trotzdem wäre es ihr lieber gewesen, wenn er sie nicht so genau beobachtet hätte.

Der Seppi war schon seit einigen Stunden unauffindbar. Immer wieder war die Kathl hinaus vor die Hütte getreten um nach dem Buben Ausschau zu halten. Langsam verlor sie aber nun wirklich die Geduld. Seit einer geschlagenen Stunde war das Mittagessen fertig und nun verbrutzelte es auf dem Ofen.

»Aber heut werd ich ihm die Leviten einmal lesen«, schwor sie sich erbittert. »Am Ende hockt er wieder bei dem Mädl! Ich mag es nun einmal nicht!«

Endlich sah sie den Seppi auftauchen. Er kam über das Almfeld heraufgerannt. »Jessas, er wird doch nicht wieder in der Klamm gewesen sein«, entfuhr es ihr erschreckt. »Ich hab's ihm doch ausdrücklich verboten! Der Himmel mag wissen, was er sich jetzt wieder alles ausgedacht hat!«

Er sah wirklich grauenhaft aus, der Seppi. Seine Lederhose, Hände und Knie, alles war lehmverschmiert und dreckverkrustet. Sein ohnehin schon blasses Gesicht war kreidebleich, in seinen großen, dunklen Augen war ein unheimliches Flackern. Er war völlig außer sich vor Erregung.

Sofort packte ihn die Kathl am Arm, und ohne auf ihn weiter zu achten, zerrte sie ihn in den Kaser hinein. Sorgfältig schloss sie die Tür und nun erst begann sie zu schimpfen: »Was hast denn du wieder gemacht? Hab ich es dir nicht verboten?«

Klein und mager stand der Seppi vor seiner Mutter und er nickte schuldbewusst. Aber nun erfasste ihn erneut Aufregung und mit wildem Gestikulieren der Hände und Finger suchte er sich seiner Mutter verständlich zu machen. Es war einfach erbarmungswürdig, dass er nicht reden konnte, wo er doch am liebsten geschrien hätte.

Widerwillig hatte ihn seine Mutter beobachtet, dabei

verfinsterte sich ihr Gesicht zusehends. Nun fuhr sie ihn hart an: »Ich will nichts wissen davon! Gewiss hast du dir das alles ausgedacht. Nein, Bub, das geht uns nichts an! Von mir aus mag sein, was will …« Erschrocken verstummte sie. Plötzlich wich sie entsetzt einen Schritt zurück. »Jessas, Maria und Josef!«, murmelte sie mit tonlosen Lippen.

Der Seppi hatte etwas aus seiner Hosentasche geholt, das er ihr nun auf seiner flachen Hand wie triumphierend entgegenhielt. Es waren ein Paar große Hauer eines Keilers, die in Gold gefasst waren.

Langsam, fast vorsichtig, kam nun die Kathl näher. Plötzlich riss sie dem Buben dieses seltsame Schmuckstück aus der Hand. Als sie es näher betrachtete, sah sie, dass die goldene Befestigungsöse aufklaffte. Es war wohl von einer Charivari-Kette abgerissen worden. Gelblich matt, wie altes Elfenbein, schimmerten die scharf gebogenen Hauer, das einfallende Sonnenlicht ließ die massive goldene Fassung aufblitzen.

Es waren keine angenehmen Gedanken, die der Kathl durch den Kopf schossen, aber sie wurde in erster Linie von der Angst und der Sorge um ihren Buben beherrscht. Was da auch geschehen sein mochte, immer würde man zuerst über ihren armen Buben herfallen, der sich nicht wehren und verteidigen konnte. Sie bezwang ihr Grauen und stieß mit schroffer Stimme hervor: »Warum hast auch wieder runtersteigen müssen? Ich hab dir gesagt, es geht dich nichts an! Pass auf, Seppi!« Nun wurde ihre Stimme eindringlich bittend: »Du hast nichts gesehen! Hast du mich verstanden? Wir wissen gar nichts! Sie sperren dich in eine Anstalt, weit weg von mir, wenn du auch nur ein Wort verrätst! Und ich fleh dich an, mach einen weiten Bogen um die Klamm! Denk an den Hörndlwand-Loder!«

Es war ungewiss, ob der Seppi an diese Sagengestalt glaubte, aber er nickte zustimmend. Sein Gesicht war noch immer angstverzerrt. Die Drohung, seine Mutter verlassen zu müssen, hatte ihn eingeschüchtert. Mit hängenden Armen und Schultern schlich er in seine Kammer.

Immer wieder schüttelte die Kathl ihren Kopf. Irgendwie konnte sie das alles nicht recht glauben, aber sie hielt ja den Anhänger in der Hand.

Doch sie war eine einfältige und vom Leben hart gewordene Frau. Sie hatte gelernt, sich zu ducken, nie aufzufallen, dann kam man einigermaßen ungeschoren davon. Recht behielten immer nur die anderen und darum war es am besten, das alles gründlich zu vergessen. Sie wollte gar nicht wissen, was es mit Seppis Entdeckung auf sich hatte. Außerdem war da noch ihr großer Respekt vor allem Übernatürlichen. Wie konnte man wissen, ob man sich da nicht mit höheren Mächten anlegte?

»Mag's sein, wie's will, ich will nichts davon wissen!«, sagte sie laut.

Der Franzl befand sich ganz im Bann dieses Mädchens. Sein Versprechen, der Finni einen Besuch abzustatten, hatte er völlig vergessen.

Ihm gefiel die Barbara ausnehmend gut, aber da war irgendetwas, das ihn irritierte. Er konnte es sich nicht erklären, was es war, doch etwas war seltsam, ja außergewöhnlich an diesem Mädchen. »So gut hat es mir schon lang nicht mehr geschmeckt«, gestand er, als die Barbara den Tisch abräumte.

Sie dankte mit einem Lächeln und machte sich an den Abwasch.

Der Franzl zog seine Pfeife und seinen Tabaksbeutel aus der Tasche und seelenruhig begann er sich die kurze Pfeife zu stopfen. »Ich möcht noch ein bisschen weiter hochsteigen«, bemerkte er gelassen. »Willst du nicht mitkommen? Bist schon einmal ganz oben gewesen auf dem Grat?«

»Nein, aber ich ginge gern hoch«, erwiderte die Barbara, während sie das Geschirr abwusch. Sie hatte sich schon vor ein paar Tagen vorgenommen, auch diesen Weg kennen zu lernen, aber sie hatte dazu noch keine Zeit gefunden. Beiläufig fragte sie: »Ist der Steig gefährlich?«

Mit einem unbekümmerten Lachen antwortete der

Franzl: »Ach woher denn! Wer da stürzt, der muss zwei linke Füße haben oder blind sein! Warum, hast du Angst?«

Sie schüttelte den Kopf.

»Ich hätt schon aufgepasst auf dich«, bemerkte er schmunzelnd.

Die Barbara trat an den Tisch, sie wollte die Tischplatte abwischen. Aber plötzlich blieb ihre Hand, die den feuchten Lappen hielt, wie erstarrt in der Luft hängen. Ganz verstört blickte sie auf den goldbedruckten, ledernen Tabaksbeutel, der auf dem Tisch lag. Sie schluckte krampfhaft, ehe sie mühsam hervorbrachte: »Wo hast du denn den Tabaksbeutel her?«

»Na, was hast du denn damit?«, wunderte sich der Franzl und nahm den Lederbeutel an sich.

Wie gebannt hingen ihre Augen nun an seiner Hand, die den Tabaksbeutel umklammert hielt. Alles an ihr wirkte angespannt, so als würde sie jeden Moment auf ihn losspringen.

»Aber Mädl«, kam es verdutzt vom Franzl, »ausschauen tust, wie wenn dir der Leibhaftige erschienen wär!«

Mühsam zwang sich die Barbara zur Ruhe. Mit einem gekünstelten Lachen versuchte sie sich nun zu entschuldigen: »Weißt, grad so einen hat mein Vater gehabt!«

»Das kann schon sein«, stimmte er ihr gelassen zu. »Den hat mir die Mutter einmal von einer Wallfahrt mitgebracht. Gewiss gibt es noch mehr davon!«

Bittend streckte sie ihre Hand danach aus. »Darf ich ihn anschauen?«

Bereitwillig gab der Franzl den Tabaksbeutel aus der Hand.

Fast war es, als zitterte sie, während sie nun die Lederfalten auseinanderklappte und sich das goldgeprägte Muster, das schon ziemlich abgewetzt war, eingehend betrachtete. Nach einigem Hin- und Herdrehen gab sie ihm den Beutel zurück. »Es ist tatsächlich derselbe, wie ihn mein Vater hat«, stieß sie gepresst hervor.

Sonderbar, was sie für ein Getue um diesen Lederbeutel hat, dachte sich der Franzl. Aber dann vergaß er diesen kleinen Zwischenfall, denn gleich darauf verließ er mit dem Mädchen die Hütte.

Die Barbara hatte sich selbst Vernunft gepredigt und sich vorgehalten: Gewiss gibt's hundert und tausend von diesen Beuteln! Warum soll ausgerechnet der es sein? Ich muss aufhören, in jedem einen Verdächtigen zu sehen!

Der Steig führte sie oberhalb von Kathls Alm entlang, sie lag den steil abfallenden Wänden der Hörndlwand am nächsten.

Der Franzl zeigte dort hinunter und fragte: »Wie kommst du denn mit der Kathl und dem Seppi zurecht?«

»Sie ist eine ungute, unangenehme Person«, gab die Barbara ehrlich zu. »Aber der Bub! – Ich glaub nicht dran, dass er nicht ganz richtig im Kopf ist!«

Hellauf lachend wollte der Franzl wissen: »Wer sagt denn das? So ein Blödsinn! Der Seppi hat grad so viel Verstand wie wir! Er ist halt ein Sonderling, doch das ist weiter kein Wunder, wenn er nie unter Leut kommt! Man darf gar nicht dran denken, was aus ihm werden soll, wenn die Kathl einmal nicht mehr lebt. Sie lässt ihn doch keinen Moment aus den Augen!«

Es freute die Barbara, dass sie ihr Urteil, das sie sich über den Seppi gebildet hatte, bestätigt fand. Sie konnte es sich aber nicht verkneifen zu bemerken: »Die Finni ist felsenfest davon überzeugt, dass der Bub nicht ganz richtig ist! Immer droht sie der Kathl, dass er in eine Anstalt soll.«

»So ein Blödsinn«, fuhr der Franzl empört auf. »Mir scheint, die Finni führt überhaupt das große Wort hier oben!« Gedehnt setzte er hinzu: »Hilft sie dir eigentlich?«

»Wer? Die Finni?«, kam es erstaunt von der Barbara. »Nein, ich wüsst nicht, was? Sie ist jedesmal so unfreundlich, dass ich lieber allein bin! Grad wie wenn sie's drauf anlegen tät, dass ich sie in Ruh lass!« Nach einer Weile fuhr sie nachdenklich fort: »Ich find's auch recht sonderbar, denn hier oben ist man doch für jede Ansprache froh!«

Heiß brannte die Sonne nieder, Schatten gab es nirgends. Der Weg – es war ein ausgewaschener Steig –

wand sich in steilen Serpentinen die Wand hinauf. Nun lagen die Almen als winzige Spielzeughäuschen unter ihnen, die Kühe waren nur noch braune Pünktchen. Doch sie hatten erst die Hälfte des Weges bis zum Grat zurückgelegt.

»Könnten wir nicht ein wenig rasten?«, fragte die Barbara und sie wischte sich die Schweißtröpfchen von der Stirn.

»Gern«, stimmte ihr der Franzl sofort zu. »Da drüben ist ein schöner Grasfleck, da setzen wir uns nieder!«, schlug er vor und verließ den Steig.

Es herrschte eine friedliche Stille hier oben, nicht der kleinste Laut war zu hören. Hoch und weit blaute der Himmel über den Gipfeln, der Horiont verschwamm in silberweißem Dunst.

Es war unvorstellbar schön hier: Die Bergeinsamkeit übte einen seltsamen Zauber aus. Nun konnte die Barbara verstehen, dass es einen immer wieder hierher zurückzog, hatte man diese majestätische Herrlichkeit der Natur erst einmal erfahren.

Sie saßen nebeneinander auf einem kleinen Grasfleck, der von harzduftenden Latschen und wild wuchernden Almrauschstauden umrahmt wurde. Die Knospen zwischen den Blättchen waren fast am Aufbrechen, ab und zu spitzte bereits ein rotes Blütenblatt aus seiner festen Hülle und es bedurfte nur noch weniger Sonnentage, bis hier ein verschwenderisches Blühen anheben würde. Und auch auf dieser Höhe gab es das rastlose Hin und Her der Insekten. Kleine Bläulinge, samtbraune Apollofalter und Berghummeln umgaukelten die blühenden Gräser und die unscheinbaren Blüten der Moose.

Unvermittelt das Schweigen brechend, fragte die Barbara nachdenklich: »Wie kann hier ein Mensch spurlos verschwinden? So gefährlich ist doch der Weg nicht!«

»Du meinst die Sach mit dem Burschen im vergangenen Herbst? – Ja, das war schon seltsam«, gab der Franzl nachdenklich zu. »Sie haben alles abgesucht, aber nichts gefunden! Es steht ja nicht einmal fest, ob er bis hier gekommen ist, denn die Sennerinnen haben ihn nicht gesehen.«

»Er soll ja in der Nacht noch heraufgegangen sein«, wandte die Barbara ein. »Bis zum Abend ist er ja unten beim Wirt gesessen. Wie soll ihn denn da eine Sennerin gesehen haben?«

»Ich bin fest davon überzeugt, dass er drüben, im Österreichischen, irgendwo verschwunden ist! Anders ist es nicht zu erklären«, meinte der Franzl. Bisher hatten seine Einwände und Erörterungen recht beiläufig geklungen, aber plötzlich fragte er mit deutlichem Interesse: »Wie kommst denn jetzt grad darauf? Du redest ja, wie wenn du davon mehr ...«

»Ich?«, fiel ihm die Barbara ablenkend ins Wort, »nein, ich weiß auch bloß das, was ich bei euch im Dorf gehört hab! Aber ich hätte es halt doch gern gewusst, wie es sich wirklich zugetragen hat!«

»Wer nicht?«, konnte er ihr hier nur beipflichten.

Mit einem erleichterten Aufatmen, so als wäre dieses Thema für sie nun beendet, ließ sich die Barbara gegen den steil ansteigenden, grasbewachsenen Hang zurücksinken. Sie verschränkte ihre Hände hinter dem Kopf und schaute gedankenverloren hinauf zum Azurblau des Himmels.

Er konnte einfach nicht anders, unverwandt musste er dieses schöne Mädchen ansehen. Ja, ihm gefiel dieses Mädchen, doch sie wirkte irgendwie rätselhaft und geheimnisvoll auf ihn. Es gab vieles, was er nicht verstand. Lag es vielleicht nur daran, weil sie anders war als die übrigen Mädchen aus dem Dorf? Aber worin bestand denn nun eigentlich der Unterschied? Auch das konnte er sich nicht erklären.

Was nun geschah, kam ganz spontan und ohne langes vorheriges Überlegen. Einem plötzlichen Impuls folgend beugte er sich über Barbara und mit beiden Armen hielt er sie fest.

Ihre erste Reaktion war Abwehr, aber er drückte sie mit sanfter Gewalt nieder. Ganz nahe war sein Gesicht über dem ihrigen. Ihr Herz begann wie rasend zu klopfen, ihre Spannung steigerte sich schier ins Unerträgliche.

Doch der Franzl tat und sagte nichts, er schaute sie nur an, lange und eindringlich, so als suchte er in ihrem Gesicht nach einer Antwort auf all seine Fragen. Er sah, wie sich ihr Ausdruck veränderte, wie er weicher, nachgiebiger wurde. Und nun erst küsste er sie. Es war ein sehr sanfter, zärtlicher und sehr erfahrener Kuss, dem sie nicht widerstehen konnte, zaghaft öffneten sich ihre Lippen. Seine Worte waren ein tiefes, dunkles Murmeln, als er gestand: »Mir hat noch kein Mädl so gut gefallen wie du!«

Sie erwiderte nichts, doch als er sie erneut küsste, fuhren ihre Finger liebkosend durch sein dichtes, dunkelblondes Haar. Für einen kurzen Augenblick hatte sie einen Menschen gefunden, der sie ihre Einsamkeit vergessen ließ, der die dunklen Gedanken verjagte und all die vielen Fragen zum Schweigen brachte. War es zu viel, was sie sich aufgebürdet und vorgenommen hatte? Klammerte sie sich deshalb so verzweifelt an ihn?

Aber mit einem Mal drängte sie ihn von sich, hart und unmissverständlich. Während sie sich aufrichtete, sich sehr verlegen übers Haar strich, wich sie seinem enttäuschten Blick aus. Ganz leise stieß sie hervor: »Ich hab das nicht gewollt, Franzl.«

»Aber warum denn nicht, Barbara …« Wieder versuchte er, seinen Arm um sie zu legen, doch sie wich ihm aus.

»Ich bitt dich, lass das!«

Nun wurde seine Stimme drängend, als er sie fragte: »Was hast du denn? Komm, sag mir, was mit dir los ist! Warum …«

»Nichts, Franzl! – Aber ich kann nicht!«, erwiderte sie abweisend. In ihrem Herzen brannte es, doch sie durfte sich durch nichts ablenken lassen. Sie war nicht hier um sich zu verlieben! »Ich möcht wieder hinunter«, bat sie.

»Gut, wie du willst«, entgegnete er sofort. »Aber zwischen uns ist das letzte Wort noch nicht geredet!«

Sie warf ihm einen seltsamen Blick zu, dann erhob sie sich. Sie machte sich als Erste an den Abstieg.

Er verschlang sie mit heißen Blicken, während er ihr folgte. Plötzlich erschien sie ihm als die begehrenswerteste Frau auf der ganzen Welt.

Auf dem Rückweg wurde kaum etwas geredet, eine fast beklemmende Befangenheit herrschte zwischen ihnen. Nicht ein einziges Mal erwiderte die Barbara Franzls sehnsuchtsvoll bittende Blicke, sie tat, als sähe sie nichts.

Als sie den Auracher-Kaser erreichten, wurden die Schatten im Kar bereits länger.

»Ich muss jetzt bald mein Vieh versorgen«, stieß das Mädchen hastig hervor.

Der Franzl verstand diese versteckte Aufforderung. »Für mich wird's auch langsam Zeit, dass ich mich auf den Heimweg mach'«, entgegnete er aufatmend. »In den nächsten Tagen kommt der Simmerl zum Abtragen. Soll er was Besonderes mitbringen? Brauchst du irgendwas?«

»Der Simmerl?«, fragte sie und es hatte deutlich enttäuscht geklungen. Rasch setzte sie hinzu: »Nein, ich wüsste nichts!«

Die Barbara richtete dem Franzl noch eine Brotzeit her. Während er aß, fand sie jedoch keine Zeit, sich zu ihm zu setzen. Plötzlich gab es für sie Hunderterlei zu tun.

Endlich aber machte er sich an den Aufbruch. »Behüt dich Gott, Barbara«, sagte er und reichte ihr seine Hand.

Zaghaft ergriff sie seine Rechte, dabei murmelte sie einen raschen Gruß. Aber ehe sie es sich versah, hatte er sie an sich gezogen und er drückte sie an seine Brust. Doch diesmal war sein Kuss heiß und leidenschaftlich. Ebenso überraschend wie er sie an sich gezogen hatte, ließ er sie nun wieder los. Wortlos, doch mit einem leisen Lachen, verließ er die Stube.

Betroffen starrte die Barbara die Tür an, die sich hinter ihm geschlossen hatte. Laut wollte sie seinen Namen rufen, doch es kam nur ein Flüstern über ihre Lippen: »Franzl! Franzl! Lass mich nicht allein …« Sie rannte ans Fenster und sah ihm nach, wie er mit langen Schritten das Almfeld hinuntereilte.

Die Finni hatte zwar nicht sehen können, was die beiden, der Franzl und diese Barbara, dort oben in der Wand getrieben hatten, aber sie dachte sich natürlich ihren Teil.

Sie war ganz grün im Gesicht vor Wut und Empörung, als sie einsehen musste, dass der Auracher Franzl sein Versprechen, sie zu besuchen, vergessen hatte. »Ist ja auch kein Wunder, wenn es ihm das falsche Luder so leicht macht!«, stieß sie erbost hervor. Aus schmalen Augen schaute sie dem entschwindenden Burschen nach.

Als es dann etwas später Zeit war, die Kühe in den Stall zu treiben, damit sie gemolken werden konnten, vollführte die Finni ein solches Spektakel, dass das Vieh ganz kopfscheu wurde. Sie plärrte und schrie wie ein Fuhrknecht. Wild brüllend stoben die Kühe nach allen Seiten auseinannder.

Kathls Kühe waren bereits in ihrem Stall, aber die Barbara hatte alle Hände voll zu tun, damit sie ihr Vieh beisammenhielt. Endlich aber wurde es ihr zu bunt und sie rief der Finni zu: »Was tust du denn? Du sprengst ja alle Küh auseinander!«

Als ob die Finni nur darauf gewartet hätte, dass die andere etwas sagte! Sofort schnappte sie zu und schrie erbost zurück: »Du hast es grad notwendig, dass du dich aufregst! Du verstehst vom Almen grad so viel, dass du weißt, dass man hier oben ungestört liederlich sein kann! Von der richtigen Arbeit hast eh keinen blassen Dunst!«

Für einen Moment war die Barbara sprachlos. Finnis Herausforderung hatte sie vollkommen überrascht. Aber nun schimpfte sie erregt zurück: »Von dir lass ich mich noch lang nicht liederlich nennen, das kannst du dir ein für allemal merken!«

»Und ich lass mir von einer billigen Bauernmagd keine Vorschriften machen, was ich sagen darf! Ich nenne dich, wie ich will! Schau dich nur grad an, wie du herumlaufst, aufgeputzt wie ein Pfingstochs!« Geringschätzig musterte sie die Barbara von Kopf bis Fuß.

»Hätt ich gewusst, dass du meine Küh verscheuchst,

dann hätt ich meine Stallkleidung eher angezogen«, verteidigte sich die Barbara, denn sie trug noch ihr hübsches Dirndlkleid.

»Kein Mensch verscheucht deine Rindviecher«, keifte die Finni zurück. »Wenn du zu blöd bist, dass du dein Vieh zusammenhalten kannst, dann kann doch ich nicht krank sein!«

»Weißt was, Finni, mit so einer wie dir streite ich mich nicht!«, kam es eiskalt von der Barbara und sie führte eine Kuh am Glockenriemen auf den Stall zu, die anderen trotteten gemächlich hinterher.

»So ein hergelaufener Trampel«, geiferte die Finni. »So ein scheinheiliges Weibsbild schaut, wie wenn's nicht bis drei zählen könnt, dabei hat sie's faustdick hinter die Ohrwascheln! Freilich, das tät ihr so passen, sich an den jungen Auracher hinzuschmeißen! Aber dazu hat sie ihren Hintern zu weit unten! So eine hat uns grad noch gefehlt!«

Sie werkte und schrie so lange, bis die letzte Kuh in der Stalltür verschwunden war.

Finnis rabenschwarze Laune besserte sich auch später nicht. Dumpf vor sich hinbrütend, den Kopf schwer in beide Hände gestützt, die Ellenbogen auf dem Tisch, so hockte sie in der Stube.

Draußen hatte sich bereits die Nacht über die Bergwelt gesenkt. Es war die Zeit, in der der Loisl für gewöhnlich erschien. Aber nicht ein einziges Mal horchte sie auf, heute war selbst er ihr einerlei.

Der Loisl schlich so wie immer durch den Stall in Finnis Kaser, der helle Lichtschein der Tür hätte ihn verraten können.

Kaum dass die Finni aufsah, als er die Stube betrat. Sie murmelte nur einen undeutlichen Gruß.

»Na, Schatzerl, was ist denn dir heut über's Leberl gelaufen?«, fragte er gut gelaunt.

»Nichts«, kam es unwirsch von der Finni. »Und nenn mich nicht immer Schatzerl, das passt mir nicht!«

In seinen stahlgrauen Augen erschien ein unruhiges Funkeln. Seine Enttäuschung unterdrückend, entgegnete er mit einem etwas schiefen Grinsen: »So? Und warum plötzlich nicht?«

Die Finni hätte es wissen müssen, dass er in dieser Hinsicht verletzlich war. Er war jähzornig und vor allem eifersüchtig. Doch jetzt kümmerte sie sich nicht drum. Abweisend wies sie ihn zurecht: »Das Wort ist so läppisch, dass es mir gegen den Strich geht, so oft ich es nur hör'!«

»Es kommt mir fast so vor, als willst es grad von mir nicht mehr hören«, wandte er angriffslustig ein.

Ohne ihn anzusehen stieß sie knapp hervor: »Könnt auch sein!«

Blitzschnell zuckte seine Hand zu ihr hinüber und er packte sie hart am Arm. In seinem Gesicht zuckte es, als er sie warnend anzischte: »Du, mach mir keine Geschichten, das vertrag ich nicht!«

Mit einem heftigen Ruck entwand sie ihm den Arm. Fast gleichgültig bemerkte sie: »Lass mich in Ruh!«

Das war schlimmer, als wenn sie ihm Grobheiten an den Kopf geworfen hätte. Nagend fraß die Eifersucht an seinem Herzen. Irgendetwas musste doch geschehen sein, weil sie so aus der Fassung war? Grundlos behandelte man doch so keinen Menschen, den man gern hatte. Nun, er würde den Grund für ihre plötzliche Gefühlskälte schon herausbekommen. Er biss die Zähne zusammen und schwieg. Er stand auf und ging hinüber zum Wandschränkchen, holte eine Flasche Enzian und zwei Gläser heraus, trug alles zum Tisch und fragte beiläufig: »Trinkst einen mit?«

»Von mir aus«, erwiderte die Finni lustlos.

Der Loisl schob ihr das randvoll gefüllte Glas zu. Es gelang ihm ein Lachen, als er sie aufforderte: »Komm, trink doch!«

Die Finni kippte den scharfen Schnaps in einem einzigen Zug hinunter.

Rasch schenkte ihr der Loisl nach. »Auf einem Fuß kann man nicht stehen«, sagte er aufmunternd.

Nun schüttete sie auch noch einen zweiten Schnaps in sich hinein, angewidert schüttelte sie sich. Das Zeug brannte wie Feuer in der Kehle, aber es brachte Erleichte-

rung. Es dauerte auch gar nicht lange und ihre Zunge
löste sich. »So was ist doch eine Sauerei«, stieß sie erbost
hervor. »Kaum dass er wieder da ist, schon schmeißt sie
sich ihm an den Hals! Was sich dieser hergelaufene
Mensch eigentlich denkt? Meint sie, er kriegt keine andere als ausgerechnet sie?«

Beiläufig erkundigte sich der Loisl: »Wen meinst
denn eigentlich?«

»Wen denn schon?«, schnappte sie giftig. »Unsere
neue Schönheit halt, die Barbara!«

»Und wem soll sie sich an den Hals ...«

»Was heißt da soll? Sie hat sich dem Franzl angeboten
wie ...«

Ziemlich überrascht fiel ihr der Loisl ins Wort: »Ist er
denn wieder daheim?« Plötzlich aber stutzte er und setzte argwöhnisch hinzu: »Was bekümmert denn dich das?
Schließlich ist der Auracher Franzl sein eigener Herr und
wenn ihm die Barbara gefällt, dann kann doch das dir
gleich sein. Es sei denn, du«, und hier wurde seine Stimme scharf und drohend, als er fortfuhr, »du selber hättest
ein Aug auf ihn?«

Vielleicht war es der Schnaps, der sie so unvorsichtig
antworten ließ: »Was regst dich auf? Der Franzl ist ein
sauberer Mensch und immerhin der junge Auracher.«

»Finni«, warnte er gepresst. Sein Gesicht war ungewöhnlich blass, als er sich nahe zu ihr beugte und sie eindringlich ansah. Er bewegte kaum seine Lippen, als er
hinzusetzte: »Dich hat ein anderer überhaupt nicht zu
kümmern! Mag er heißen und sein, wer er mag, du gehörst zu mir! Oder muss ich dich an was erinnern? Finni,
wir sind für ein Leben lang zusammengeschweißt.«

Noch einmal versuchte sie aufzubegehren, aber ihr
Einwand klang recht schwach, als sie hervorstieß: »Das
gibt dir noch lange nicht das Recht ...«

Er ließ sie nicht ausreden. »Und ob es mir das Recht
gibt! Schließlich hab ich es nicht allein für mich getan!
Und du hättest ganz schön in der Tinte gesessen, wenn
ich nicht ...«

»Schon gut«, fiel sie ihm schneidend ins Wort. Mit

leerem Blick starrte sie vor sich hin, ihre Schultern bebten, ein eisiges Frösteln rann über ihren Rücken. Mechanisch griff sie zum Glas, denn unwillkürlich drängten sich ihr jene Bilder auf, die sie mit aller Gewalt zu vergessen suchte.

Auch der Loisl starrte nachdenklich vor sich hin, auch er konnte sich dem Bann der Erinnerung nicht entziehen.

Es war unheimlich still in der Stube, aber diese Stille war mit einer ungeheuren Spannung aufgeladen. Es war, als sollte sich jenes furchtbare Geschehen zum zweiten Mal ereignen.

Eine silberhelle Vollmondnacht war es gewesen und der Loisl war auf dem Weg zu seiner heimlichen Geliebten. Es war schon spät im September und das Röhren der Hirsche schallte durch den Bergwald. Mit leisem Rascheln taumelten die Blätter von den Bäumen, ein strenger, bitterer Geruch nach welkendem Laub lag in der klaren, kalten Nachtluft.

Den Loisl faszinierten die Brunftschreie der Hirsche so sehr, dass er kaum auf den Steig, den er wie seine Westentasche kannte, achtete. Sonst hätte es wohl nie geschehen können, dass er, der sich auf seinen nächtlichen Schleichwegen nie erwischen ließ, die dunkle Gestalt dort auf dem Stein übersehen hätte.

»Hallo«, rief ihm eine fremde Stimme zu. »Jetzt krieg ich glatt noch Gesellschaft!«

Wäre es ein Bekannter gewesen, so hätte sich der Loisl gewiss noch rasch ins Gebüsch geschlagen. Aber da er den jungen Burschen ohnehin nicht kannte, trat er auf ihn zu. »Mensch, was tust denn du hier um die Zeit?«

Nun erhob sich der Fremde und mit einem etwas verlegenen Lachen gab er zu: »Ich bin unten beim Wirt eingekehrt, und weil ich Durst hatte wie ein Ochs, hab ich ziemlich schnell einige Maß getrunken ... Und da bin ich natürlich dort hängen geblieben! – Jetzt muss ich halt den Weg im Finstern machen und das Steigen kommt mich auch ein wenig hart an ...«

»Wo willst denn noch hin, heute?«, erkundigte sich der Loisl.

»Hinüber über die Grenz«, gab der Fremde bereitwillig und offen Auskunft. »Im Pinzgau drüben will ich Vieh kaufen!«

»Über den Berg ist es zwar der kürzeste Weg, aber nicht der bequemste«, wandte der Loisl ein. Bei sich dachte er: komische Vögel gibt's!

»Das kann schon sein! Aber ich geh gern über den Berg! Außerdem hab ich den Weg schon einmal gemacht!«, gestand der fremde Bursche. Man sah es ihm an, dass er absolut kein Niemand war, denn er trug einen hirschledernen Janker und die passende Bundhose dazu; unter der Jacke sah man eine schwer behängte Charivari-Kette blitzen. »Jetzt bin ich froh, dass ich nicht allein gehen muss«, fuhr er fort und er schloss sich dem Loisl an. »Zu zweit steigt es sich doch leichter!«

»Ich geh nicht über den Berg«, kam es zögernd vom Loisl.

Plötzlich schmunzelte der Fremde verständnisvoll. »Ich versteh, da oben wartet gewiss eine hübsche Sennerin!«

Da der Bursche fremd war, konnte das der Loisl leicht zugeben, er tat sogar noch ein Übriges. »Wenn du willst, dann kannst du in ihrem Kaser übernachten«, bot er an. »Wie mir scheint, du bist eh nicht mehr allzu gut auf den Beinen. Um vier Uhr geht die Sonne auf, da kommst dann schneller voran …«

»Nein, nein«, wehrte der Bursche entschieden ab. »Bloß was trinken würde ich gern.« Im Weitergehen erzählte er noch, wer er war und woher er kam.

»So, so, aus dem Niederbayerischen bist«, kam es nachdenklich vom Loisl, und seine Vermutung, dass es sich um einen reichen Bauernsohn handelte, bestätigte sich.

Tauglitzernd, vom Mondlicht überschüttet, lag das Almfeld vor ihnen. Ab und zu hörte man vom Bergwald herauf oder vom Saurüssel herunter noch das dumpfe Röhren eines Hirschen.

Wie dunkle, lang gestreckte Schatten lagen der Auracher- und der Blickner-Kaser vor ihnen, nur bei der Finni schimmerte ein Lichtschein.

»Auch nicht gerade der nächste Weg zu einem Mädl«, bemerkte der Gruber-Hans schmunzelnd.

Ebenfalls schmunzelnd und nicht ohne Stolz, erwiderte der Loisl: »Das kommt ganz auf das Mädl an! Bei meiner Finni lohnt sich das schon! Für eine süße Kirsche musst du immer weiter hochsteigen als für eine saure!« Unauffällig spähte er umher, ob sie beobachtet worden waren, aber sicher schliefen die beiden alten Sennerinnen längst!

»Grüß dich, Schatzerl«, rief der Loisl übermütig aus, als er mit dem Burschen die Hütte betrat. »Heut bring ich dir einen Gast mit!«

Die Finni begrüßte den Fremden freundlich. Aufmerksam hörte sie zu, als ihr der Loisl die näheren Umstände dieses seltsamen Besuches erklärte. »Wenn du eh schon ein wenig angeschlagen aus dem Wirtshaus kommst, dann ist ein Schnaps grad das Richtige zum Aufmuntern«, schlug die Finni vor und holte die Flasche mit dem Enzianschnaps.

»Inzwischen ist mein Dampf ja wieder verraucht«, entgegnete der junge Gruber lachend, wobei die Sennerin ein bewundernder Blick streifte. Nun, jetzt konnte er seine neue Bekanntschaft schon verstehen und er verstand Loisls Anspielung auf die süßen und die sauren Kirschen; da gab er ihm Recht. Arglos und vertrauensseelig, wie er nun einmal war, erzählte er auch der Finni, warum er über die Grenze wollte.

Gespannt hatte sie zugehört. »Das Geschäft rennt dir nicht davon«, meinte sie und füllte sein Glas aufs Neue. Sie schien über diese Abwechslung, die ihr der Loisl mitgebracht hatte, recht erfreut zu sein. Und auch sie forderte den Gast zum Bleiben auf, aber auch bei ihr lehnte der junge Gruber strikt ab.

»Sakra, aber arg warm hast du es hier«, stieß der Bursche hervor, und er fuhr sich über die Stirn, die noch vom Aufstieg erhitzt war.

»Komm, zieh doch deine Jacke aus«, schlug die Finni vor. »Du erkältest dich sonst, wenn du wieder hinaus in die kalte Nachtluft kommst!«

Der Fremde nickte und entledigte sich seiner Jacke, die ihm die Finni sofort abnahm und forttrug. Zum Loisl gewandt sagte er: »Mensch, um eure Berge beneid ich dich! Ich kann mir nichts Schöneres denken als diese Gegend! Bei uns daheim ist alles flach und eben, einfach trostlos!«

Mit einem breiten Schmunzeln wandte der Loisl ein: »Das kann schon sein, dafür haben bei euch die Bauern mehr Geld! Bei euch ist die Arbeit leichter und ...«

»Ja, da hast du Recht«, gab der junge Gruber zu. Einschränkend fuhr er fort: »Trotzdem tät' ich gern tauschen!«

Seit der Loisl mit dem Burschen die Hütte betreten hatte, war er ihm nicht mehr so gut gesinnt wie auf dem Weg. Ihm missfiel es gründlich, dass er die Finni so ungeniert bewunderte. Außerdem war da noch der Neid des Besitzlosen gegenüber einem, der anscheinend alles besaß, was er sich wünschte. Er konnte es sich sogar leisten, sein Vieh im Ausland zu kaufen, gewiss nur das beste, wie man sich denken konnte! Ach ja, es war schon eine himmelschreiende Ungerechtigkeit auf dieser Welt: der eine besaß alles und der andere gar nichts! Es war klar, dass einem solchen auch die Frauen nur so zuflogen. Dieser Mensch musste gewiss keine Sorge haben, ob er als Schwiegersohn willkommen wäre.

Es mochte eine gute Stunde vergangen sein, die Enzianflasche war bis auf einen Fingerhut voll geleert worden, als sich der junge Gruber für die freundliche Aufnahme bedankte und wieder auf den Weg machte. Sein Schritt war nicht gerade der sicherste, als er leise schwankend die Hütte verließ. Er hätte halt doch lieber keinen Schnaps trinken sollen.

Als der Loisl mit der Finni wieder allein war, bemerkte er nicht ohne Schadenfreude: »Weit kommt der nicht, dann schmeißt's ihn! Wenn der in die frische Nachtluft hinauskommt, dann ...« Plötzlich blieb ihm das Wort im Hals stecken. Fassungslos starrte er die Finni an.

Mit einem verschlagenen Schmunzeln hielt die Finni wie triumphierend eine prallgefüllte, lederne Brieftasche in der Hand.

Zuerst einmal musste der Loisl krampfhaft schlucken, sein Mund war wie ausgetrocknet, dann würgte er mühsam hervor: »Bist narrisch? Wie kommst denn du zu der ...?«

Kaltblütig wandte sie ein: »Ob er's verliert oder ob wir es als Anzahlung für unseren Hof hernehmen, ist doch einerlei! – Bei uns ist es wenigstens in guten Händen, außerdem tut das diesem Burschen gar nicht weh! Das nächste Mal muss er halt vorsichtiger sein!« Sie setzte sich gelassen an den Tisch und nahm ein dickes Bündel Geldscheine aus der Brieftasche heraus. Sie feuchtete mit der Zunge Daumen und Zeigefinger an und begann zu zählen.

Es bleibt dahingestellt, wie sich der Loisl verhalten hätte, wäre er ganz nüchtern gewesen. Aber so, leicht benebelt, einen Haufen Geld vor sich, fielen seine Einwände nur schwach aus. »Er wird es merken, dass wir ...«

»Schmarrn«, überfuhr ihn die Finni sofort und klopfte die Scheine Kante auf Kante. »Er hat im Wirtshaus gesessen, er kann's grad so gut dort verloren haben ... Loisl, es ist eine ordentliche Summe; das Geld gehört uns! Und ich möcht den sehen, der uns das nachweisen kann!«

Der Betrag gab bei ihm den Ausschlag, denn es war mehr, als er sich mit ehrlicher Arbeit verdienen konnte. Selbst seine Nebenbeschäftigung, das Wildern, brachte in Jahren keine solche Summe ein. Plötzlich erschien auch in seinen Augen ein gieriges Leuchten, und er streckte die Hand aus. »Gib her!«, stieß er heiser hervor.

»Nichts da«, wehrte die Finni scharf ab. »Das Geld wird verwahrt! Oder meinst, ich lass mich erwischen mit einem solchen Haufen Moos? Das wird versteckt! Und keiner von uns nimmt auch nur eine Mark davon, das ist für später!«

Der Loisl konnte nicht anders, er musste ihre Umsicht bewundern. Vorausdenkend, stieß er hervor: »Wir haben den Burschen noch nie im Leben gesehen ...«

»Nein, so blöd sind wir nicht«, widersprach sie ihm rasch. »Warum sollen wir denn bestreiten, dass er bei mir gewesen ist? Es wird doch kein Mensch glauben, dass ich, die Großklettner Finni, auf sein Geld angewiesen bin!«

»Aber was ist mit mir?«, fragte der Loisl. »Ich sollte doch um die Zeit daheim in meiner Kammer liegen?«

Sakrament, daran hatte sie nicht gedacht. Nach einigem Überlegen musste sie zugeben: »Also gut, Loisl, der Bursche war nie bei uns! Ich hab weder ihn noch dich gesehen! Wirklich – was beweisen kann uns keiner!«

Jetzt, nachdem sie sicher waren, alles besprochen und geklärt zu haben, konnten sie sich über diesen unverhofften Geldsegen erst richtig freuen. Jawohl freuen, denn ein schlechtes Gewissen über das »Wie« machte sich keiner von ihnen! Nehmen muss man es von denen, die es haben!, so dachten sie beide.

Bei einer weiteren Flasche Enzian wurden Zukunftspläne geschmiedet.

Eine Stunde mochte inzwischen vergangen sein.

Plötzlich wurde stürmisch an die Tür geklopft, laut und unmissverständlich.

Für einen Moment sahen sich der Loisl und die Finni erschrocken an. Aber sofort nahm das Mädchen die Situation in die Hand. Nachdem sie dem Loisl bedeutet hatte, sich ruhig zu verhalten, stand sie auf und trat an die Tür. Ihr Gesicht war gelassen und entspannt, als sie öffnete. Es gelang ihr sogar, einen überraschten Ton anzuschlagen, als sie verwundert tat: »Jessas, du bist es! Hast es dir doch anders überlegt? Das ist gescheit, dass du doch lieber …«

»Nein, Sennerin«, fiel ihr der junge Gruber aufgeregt ins Wort und betrat die Stube. »Ich will nicht bleiben, aber ich muss bei dir meine Brieftasche verloren haben.«

Rascher, als es in diesem Fall angebracht gewesen wäre und ziemlich heftig stieß die Finni hervor: »Nein, bei uns hast du nichts verloren!« Und noch ehe er einen weiteren Einwand vorbrachte, setzte sie grob hinzu: »Wofür hältst du uns denn eigentlich? – Schließlich können wir nichts dafür, wenn du deine Sachen verlierst!«

Der Loisl hätte sie gern zur Vorsicht gemahnt, doch sie beachtete ihn gar nicht.

Es war wohl ihr scharfer Ton, der den jungen Gruber misstrauisch machte. Erst wenn man dem Hund auf den Schwanz steigt, dann beißt er. Unbeirrt behauptete er nun glatt heraus: »Die Brieftasche muss bei dir sein, Sennerin, denn vorher hab ich sie noch gehabt!«

»Du«, kam es drohend von der Finni. »Wie kannst du denn so was behaupten, wenn du nicht einmal ganz nüchtern gewesen bist? Ich …«

»Ach, so ist das«, wandte der junge Gruber ein. »Nur weil du meinst, dass ich nicht nüchtern war, darum …«

»Halt, mein Freunderl, so darfst du uns nicht kommen«, mischte sich nun auch der Loisl ein und er richtete sich zu seiner vollen Größe auf. »Da lassen wir uns durchaus gar nichts nachsagen! Der Himmel mag wissen, wo du deine Brieftasche angebaut hast, bei uns ist sie jedenfalls nicht! Und Grobheiten lassen wir uns nicht bieten!«

Unerschrocken trat nun der Bursche auf den Loisl zu. Er war fest davon überzeugt, dass man ihn hier bestohlen hatte, und dementsprechend war auch sein Ton. »Her mit meiner Brieftasche oder …«

»Oder was?«, fiel ihm der Loisl eiskalt ins Wort.

Nun drängte sich die Finni dazwischen und sie kreischte hysterisch: »Schmeiß ihn doch raus, Loisl!«

»Du hast mir die Brieftasche aus der Jacke herausgezogen«, rief der Bursche laut und fasste Finnis Arm.

»Was, ich?«, plärrte das Mädchen. »Loisl, der greift mich an …«

Es war für den Loisl, der einen ganzen Kopf größer war als der junge Gruber, ein leichtes, diesen mit einem derben Puff fortzuschieben. »Das Mädl lässt du in Ruh!«

»Diebesgesindel«, schrie nun der Bursche empört und vor Zorn völlig außer sich. Mit dem Mut der Verzweiflung sprang er den Loisl an. »Das lass ich mir nicht gefallen! – Ich will mein Geld wieder haben!«

»Eine Watschen kannst du haben, dass du die zwölf Apostel für eine Räuberbande anschaust«, stieß der Loisl gepresst hervor und er schlug zu. Seine Rechte traf mit voller Gewalt.

Wie ein gefällter Baum, so stürzte der Bursche zu Boden, dabei schlug sein Kopf hart auf der Tischkante auf, die er im Fallen streifte. Qualvoll röchelnd blieb er liegen. Das Blut schoss ihm aus der Nase und zog eine rote Bahn über Kinn und Hals, der weiße Hemdkragen färbte sich purpurn.

Ganz entgeistert starrte der Loisl auf den Röchelnden hinunter und schluckte krampfhaft.

Der Bursche versuchte, sich aufzurichten, doch es gelang ihm nicht, wie benommen fiel er immer wieder zurück. Sein blutverschmiertes Gesicht sah grauenerregend aus.

Plötzlich kreischte die Finni schrill: »Bring ihn um, Loisl! Du musst ihn umbringen!«

Finnis Worte ängstigten den Loisl noch mehr als dieses furchtbare Stöhnen und Röcheln. Er glaubte es nicht länger ertragen zu können und mit beiden Händen hielt er sich die Ohren zu, doch wie gebannt hing sein Blick auf dem am Boden Liegenden. Es half nichts, Finnis Schreien und das Stöhnen waren noch immer zu hören. Es überfiel ihn wie ein Rausch und schon kniete er über dem jungen Gruber. Mit aller Gewalt presste er seine Hände um den Hals des Schwerverletzten und mit festgeschlossenen Augen würgte er ihn so lange, bis er sich nicht mehr rührte.

Plötzlich war es ruhig in der Stube, eine unheimliche Stille breitete sich aus.

Der Loisl löste seine Hände, und wie ein Erwachender stand er auf, in seinen Augen war ein beängstigend leerer Ausdruck.

Die Finni hatte beide Hände vor den Mund gepresst, so als wollte sie sich gewaltsam am Schreien hindern. Sie konnte ihren Blick nicht von dem Toten losreißen.

Endlich löste sich ihre Erstarrung und eine fieberhafte Erregung erfasste sie. Ihre Stimme klang heiser und verzerrt, als sie hervorstieß: »Wir müssen ihn fortschaffen! Ich lass mich nicht einsperren!« Und schon huschte sie in ihre Schlafkammer. Selbst in dieser Situation behielt sie die Nerven. Sie brachte eine Decke, die sie neben den Toten auf den Boden warf. »Da wickelst ihn ein!«, herrschte sie den Loisl an.

Ganz selbstverständlich gehorchte der Loisl diesem Befehl. Erst als der Tote in der Decke eingehüllt war, als er dieses entsetzliche, blutverschmierte Gesicht mit den vorgequollenen, weit offenen Augen nicht mehr ansehen musste, entrang sich seiner Brust ein befreites Aufstöhnen. Nun begannen auch seine Gedanken wieder klar zu arbeiten. Nur seine Stimme schwankte etwas, als er fragte: »Wo sollen wir ihn denn jetzt hinschaffen? Hier oben kann man ihn nicht vergraben.«

»Die Klamm! Wir bringen ihn in die Klamm hinunter«, stieß die Finni tonlos hervor.

»Dort wird man ihn zuerst suchen«, wandte der Loisl ein. »Nein, das geht nicht, denn man sieht's doch, dass er …« Das Wort schien ihm nicht über die Lippen zu wollen, aber dann sprach er es doch aus: …dass er erwürgt worden ist! Außerdem ist das Wasser zu flach, dass es ihn mitreißt.«

»Jetzt schon«, kam es eiskalt von der Finni. »Aber im Frühjahr, bei der Schneeschmelz, bis dahin wird nicht mehr so viel von ihm übrig sein, dass man sehen könnt, woran er gestorben ist, wird's ihn mitnehmen! Wir graben ihn in der Klamm in einer ausgewaschenen Stelle ein. Du kennst doch die Höhlen und Löcher, die das Wasser ausgespült hat, da findet ihn niemand!«

Es musste rasch gehandelt werden, Zeit zu weiteren Überlegungen blieb ihnen nicht. Der Tote musste fort aus der Hütte!

Der Loisl überwand sich und lud den Ermordeten auf die Schulter. Dann trat er, zusammen mit der Finni, den Gang über das Almfeld hinunter zur Klamm an. Nun machte das Grauen der Angst vor dem Entdecktwerden Platz, wie gehetzt rannte er abwärts. Dicht hinter ihm folgte die Finni, sie trug einen Spaten an sich gepresst und in der Linken hielt sie eine Petroleumlampe.

Die Finni wusste, wo ein halbwegs gangbarer Einstieg in die Klamm zu finden war. Erst als sie in der finsteren, feuchten Schlucht verschwunden waren, entzündete sie die Lampe.

Sie gingen bachaufwärts, bis zu den Knien im eiskalten, reißenden Wildwasser. Trübe flackerte der Schein der Lampe über die ausgewaschenen, steil ansteigenden Wände der Klamm, an denen die Nässe schimmerte.

Die Finni blieb etliche Male stehen und beleuchtete Aushöhlungen, die aus der Richtungsänderung des Baches entstanden waren und die wie Bienenwaben in den Berg eingebaut schienen.

Aber immer schüttelte der Loisl verneinend den Kopf und bedeutete ihr noch weiter hinaufzugehen. Er keuchte schwer unter seiner grausigen Last, der Schweiß rann ihm in die Augen, doch er kletterte weiter.

Endlich hatte er eine Stelle gefunden, die ihm geeignet erschien. Hier, etwa einen Meter über dem gurgelnden Wasser entdeckte er eine Höhle, die groß genug war, um den Toten aufzunehmen. Er musste laut schreien, um das Tosen des Baches zu übertönen, als er der Finni befahl: »Bring Steine, damit machen wir das Loch zu!«

Die Finni nickte. Da sah sie im fahlen Lichtschein der Lampe, dass die Decke sich verschoben hatte, eine Hand kam zum Vorschein. Noch ehe sie sich schaudernd abwandte, blendete sie ein goldenes Funkeln. Das unruhige Flackern der Flamme zuckte über ein paar Taler der Charivari-Kette, die der Ermordete noch bei sich trug. Sie rief dem Loisl ins Ohr: »Das wirst ihm doch nicht lassen!« Dabei wies sie auf das schwache Gefunkel, das aus der klaffenden Decke hervorblinkte.

Der Loisl war bereits damit beschäftigt herumliegende Steine und Felsbrocken vor den Höhleneingang zu schichten. Rasch griff er zu und mit einem gewaltsamen Ruck riss er dem Toten die Kette herunter. Wortlos legte er den schweren Schmuck in Finnis ausgestreckte Hand, die ihn blitzschnell in ihrer Rocktasche verschwinden ließ.

Während sie nun Steine heranschleppte, schlug ihr die Kette bei jedem Schritt gegen die Beine, doch bald hatte sie sich daran gewöhnt.

Als ihre schreckliche Arbeit getan und der Ermordete hinter der Steinmauer verschwunden war, ergriff der Loisl die Petroleumlampe und leuchtete alles genau ab. Von der Höhle war nichts mehr zu sehen. Es sah aus, als hätte der Bach hier einen Steinhaufen angeschwemmt. Das Hochwasser nach der Schneeschmelze im nächsten Frühjahr würde die locker aufeinanderliegenden Steine mit fortreißen, auch das, was dann von dem Toten noch übrig geblieben war. Es würde nicht viel sein, denn die Feuchtigkeit in der Klamm würde ein Übriges bewirken und kein Mensch, auch nicht der klügste Gerichtsmediziner, würde dann noch feststellen können, woran der Gruber Hans gestorben war. Hier also endete der Weg eines jungen, lebenslustigen Menschen, der die Berge über alles geliebt hatte.

Mit verbissenem Gesicht trat der Loisl den Rückweg an. Er hätte gern ungeschehen gemacht, was passiert war. Er war nicht der Typ eines kaltblütigen Mörders, das alles war wie eine Lawine über ihn hereingebrochen und hatte ihn mitgerissen.

Der Himmel hatte sich bleigrau verfärbt, die Sterne waren verblasst, als sie über das Almfeld hinaufhasteten.

Der Loisl säuberte in der Hütte nur rasch Kleider und Hände, dann musste er fort, hinunter zum Großklettner-Hof.

»Denk dir nichts, es hat sein müssen!«, sagte die Finni, als er sich hastig von ihr verabschiedete.

Der Loisl wusste darauf nichts zu antworten, finster blickte er vor sich hin.

»Er war selber schuld«, kam es anklagend von der Finni.

Er wollte nun, da es ohnehin zu spät war, nicht mit ihr darüber rechten, wer der eigentliche Schuldige war!

Als der Loisl fort war, versteckte die Finni das Geld und die wertvolle Charivari-Kette – es wäre eine sinnlose Verschwendung gewesen, diesen Schmuck nicht mitzunehmen – im Stall. Hier würde kein Mensch danach suchen.

Das viele Geld, das der Gruber Hans bei sich getragen

hatte, wurde beim Almabtrieb aus dem Versteck geholt, doch den Schmuck wagte sie noch nicht mitzunehmen.

Dem Auracher Franzl ging die schöne Sennerin nicht mehr aus dem Sinn, immer sah er Barbaras rätselhafte Samtaugen vor sich.

An diesem Morgen blieb der Franzl auffallend lange beim Frühstück sitzen. Erst als sein Vater aus der Stube war, fragte er seine Mutter beiläufig: »Wie bist denn überhaupt auf das Mädl, die Barbara, gekommen?«

Arglos erwiderte die Auracherin: »Das war der reinste Zufall, noch dazu wenn man bedenkt, wie schwer heutzutags Dienstboten zu kriegen sind. – Das Mädl hat unten bei der Leingartnerin angefragt, ob sie nicht bleiben könnt, aber die Leingartnerin hat niemanden gebraucht. Zum Glück hat sie sich an mich erinnert und die Barbara zu mir geschickt!«

Aufmerksam hatte der Franzl zugehört. Etwas zögernd wandte er ein: »Findest du nicht, dass sie ein bissl sonderbar ist?«

»Wer? Die Barbara?«, wunderte sich die Auracherin. Aber nun gab sie nachdenklich zu: »Du kannst vielleicht Recht haben, Bub! Ich denk's mir halt so, dass sie von daheim Hals über Kopf fort ist. Da muss es was gegeben haben, denn so oft die Rede auf ihr Daheim gekommen ist, hat sie ganz merkwürdige Augen gemacht. Sie hat auch nie was erzählt. – Na ja, mir kann's gleich sein, denn mich geht's nichts an, obgleich sie mir irgendwie Leid tut. Sie ist ein fleißiges, geschicktes Mädl, und sie versteht ihre Arbeit!«

Plötzlich schoss dem Franzl ein seltsamer Gedanke durch den Kopf, eine vage Vermutung nur. »Wie heißt denn das Dorf, aus dem sie stammt?«

»O mei, Bub«, lachte die Auracherin, »da bin ich überfragt. Ich hab mir den Namen nicht gemerkt. Es muss irgendwo im Flachland draußen liegen. Warum?«

Ausweichend kam es vom Franzl: »Bloß so ... Es hätt mich halt interessiert, ob ich es kenn!«

»Bestimmt nicht, denn es muss ein ganz kleines Nest

sein!«, bemerkte die Auracherin nebenbei und räumte den Tisch ab.

Eigentlich hätte der Franzl längst bei der Arbeit sein müssen, aber er trödelte so lange in der Stube herum, wie seine Mutter in der Küche mit dem Abwasch des Frühstücksgeschirrs beschäftigt war. Nun holte er aus dem eingebauten Wandschrank eine Eisenkassette heraus, schloss sie hastig auf und begann, in den feinsäuberlich geordneten Papieren herumzusuchen. Schon hatte er Barbaras Papiere in der Hand und gespannt begann er zu lesen: »Maier Barbara … Tengling …« Weiter kam er nicht, denn er hörte Schritte. In aller Eile legte er die Papiere zurück, verschloss die Kassette und stellte sie in den Schrank zurück. Laut vor sich hinpfeifend verließ er die Stube.

Er hatte genug gesehen und er fand seine Vermutung bestätigt. Mit einem schmerzlichen Bedauern musste er sich sagen, dass sie diesen vermissten Burschen sehr gern gehabt haben musste, ihn gewiss noch immer liebte, wenn sie seinetwegen hierher gekommen war. Glaubte sie mehr herauszufinden als die Polizei?

Plötzlich erstarrte er. »Du meine Güte«, stieß er gepresst hervor, »sie muss mich auch verdächtigt haben! Darum hat sie so genau wissen wollen, woher ich meinen Tabaksbeutel hab! Bestimmt hat der andere den gleichen besessen.«

Mit weit geöffneten Augen träumte die Barbara vor sich hin, während sie mechanisch den Stößel im Butterfass auf- und niederstieß. »Ich halt' das bald nicht mehr aus hier oben, wo keiner ein Wort mit mir redet«, dachte sie niedergeschlagen. Vor der Finni hatte sie Angst, denn sie hatte noch deren boshafte Worte von gestern im Ohr, und die Kathl ließ sich erst auf gar kein Gespräch mit ihr ein. »Wenn doch wenigstens der Seppi wieder kommen tät«, seufzte sie tief auf.

Sie verstand nicht recht, wie die beiden anderen Sennerinnen diese Einsamkeit aushielten. Bei der Kathl konnte sie es noch halbwegs verstehen, die hatte ihren Buben. Aber die Finni?

»Ob der Franzl sein Verpsrechen wahrmacht?«, fragte sie sich, dabei begann ihr Herz schneller zu klopfen. Sofort aber drängte sie ihre Gedanken in eine andere Richtung. Es war besser, sich keinen falschen Hoffnungen hinzugeben. Sie hatte auch ohne eine unglückliche Liebe schon Kummer genug.

Ihre düstere Stimmung wollte sie nicht loslassen. Heute oder vielmehr nach dem gestrigen Tag erschien ihr alles in den schwärzesten Farben. Hatte sie sich nicht doch zu viel zugemutet? Bisher hatte sie sich vergeblich bemüht, auch nur einen einzigen Hinweis über Hans' Verschwinden zu bekommen. Es war, als hätte er sich nach seinem Besuch im Wirtshaus in Luft aufgelöst. Sollte sie nicht doch lieber aufgeben und wieder nach Hause fahren? Es wäre sicher das Beste für sie!

An diesem Nachmittag fasste sich die Barbara ein Herz und machte sich auf den Weg hinüber zur Kathl. Mehr als hinausschmeißen kann sie mich nicht! Aber ich muss mit jemandem reden, eh ich den Verstand verlier!

Sie fand die Hüttentür offen und trat ein. Etwas verlegen grüßte sie: »Grüß dich Gott, Kathl!«

Die Kathl saß am Tisch und flickte eine von Seppis Hosen. Misstrauisch und nicht gerade einladend blickte sie dem Mädchen entgegen. »Was willst?«, stieß sie unwirsch hervor.

Schon war die Barbara versucht, wieder davonzurennen, aber dann gab sie sich einen Ruck und antwortete freundlich: »Nachschauen hab ich halt einmal wollen bei dir! Wo ist denn der Seppi?«

»Bei uns gibt's nichts zu sehen und der Bub ist nicht da«, kam es abweisend von der Kathl. Ohne sich weiter um ihren Besuch zu kümmern, setzte sie ihre Arbeit fort.

Beherzt trat die Barbara an den Tisch und nahm unaufgefordert Platz. Nun gestand sie ehrlich: »Weißt, Kathl, mir ist es hier oben recht einsam.«

»Dann hättest du halt unten bleiben müssen!«

Unverdrossen redete die Barbara weiter: »Was hätten wir denn tun sollen, als die Moidl krank geworden ist? Ich hab doch auch nicht …«

Kathls Stimme klang gehässig, als sie dem Mädchen ins Wort fiel: »Die andere drüben«, dabei wies sie mit einer ruckartigen Kopfbewegung in die Richtung von Finnis Hütte, »hat's doch ganz dringend damit gehabt, sich bei den Auracherischen lieb Kind zu machen! Sie hätt euer Vieh schon mitversorgt!«

»Aber Kathl«, protestierte nun die Barbara. »Das ist doch nicht dein Ernst! Das wär' doch höchstens für ein paar Tag gegangen, aber doch nicht für länger …«

»Inzwischen hätten sich halt die Auracherischen nach einer richtigen Sennerin umsehen können«, argumentierte die Kathl, womit sie zum Ausdruck brachte, dass die Barbara in ihren Augen auch nicht eben ein idealer Ersatz für die Moidl bedeutete. Nun versank sie wieder in Schweigen und flickte emsig an der alten, zerschlissenen Hose herum, die bereits mit Flicken in allen Farben besetzt war.

Die Barbara wagte einen neuerlichen Vorstoß und fragte direkt: »Warum darf denn der Seppi nicht mehr zu mir? Ich hab mich recht …«

Hart fiel ihr die Kathl ins Wort: »Ich will's nun einmal nicht!« Plötzlich aber verlor ihre Stimme an Schärfe, als sie erklärend hinzusetzte: »Ich will dem armen Buben Kummer ersparen, denn die Leut machen sich ja doch nur über ihn lustig!«

»Das ist nicht wahr«, entgegnete die Barbara aufgebracht.

»Und Mitleid braucht er schon gar keines!«, hielt ihr die Kathl entgegen.

»Ich hab mich auch nicht aus lauter Mitleid mit ihm unterhalten! Jawohl, unterhalten! Denn er kann recht gut Antwort geben – auf seine Art! Er ist ein Mensch wie jeder andere auch und es ist nicht recht, dass du ihn so absonderst, Kathl!«

Inzwischen hatte die Kathl ihre Arbeit auf den Tisch gelegt und sie schaute die Barbara nachdenklich an. Endlich sagte sie mit einem tiefen Aufseufzen: »Da bist du die Erste, die so was sagt! Von der Finni hör ich nur, dass er in eine Anstalt gehört, aber ich lass mir meinen Buben nicht nehmen!«

»Das versucht auch niemand«, wandte die Barbara mit Überzeugung ein. »Wenn einer stumm ist, deswegen ist er doch nicht krank! Was soll er denn in einer Anstalt? Nein, nein, Kathl, da darfst du dich nicht irr machen lassen! Du hättest ihn ruhig einen Beruf lernen lassen sollen.«

»Was denn für einen?«, kam es bitter von der Kathl. »Es will ihn ja nicht einmal ein Bauer als Knecht.«

»Das glaub ich dir jetzt nicht ganz«, meinte die Barbara zweifelnd. »Das redest dir nur ein! Ich weiß einen, der tät ihn sofort nehmen! Ja, das stimmt, Kathl! Der Auracher Franzl hat es mir selbst gesagt.«

Geringschätzig wandte die Kathl ein: »Bloßes Gerede, bei dem nichts dahinter ist! Außerdem lass ich meinen armen Buben nicht ausnutzen! Ich kann ja auch noch für ihn sorgen!«

Die Barbara hätte gerne gefragt, wie lange noch, aber für diesmal ließ sie es gut sein. Gewiss würde die Kathl über ihre Worte nachdenken, doch sie wollte sie nicht gleich kopfscheu machen. Allzu viel Anteilnahme machte misstrauisch, zumal die Kathl bisher noch nicht allzu viel Gutes in dieser Hinsicht erfahren hatte.

»Unser Herrgott sorgt schon für seine Geschöpfe, auch für die Behinderten! Es ist eh alles vorherbestimmt! Was soll man sich also viel aufregen?«, kam es resignierend von der Kathl.

»So darf man nicht denken, Kahtl«, widersprach die Barbara. »Und ein bissl was muss man schon auch selbst dazutun. Wo kämen wir denn hin, wenn sich ein jeder bloß auf die Hilfe vom Herrgott verlassen würde?«

»Mädl, das ist lästerlich, so zu reden!«, mahnte die Kathl mit ungewöhnlich milder Stimme, dabei streifte ein freundlicher Blick Barbaras Gesicht. Beiläufig fragte sie: »Ich koch mir jetzt einen Tee. Magst eine Schale mittrinken?«

Die Barbara glaubte, sich verhört zu haben. Aber schnell erwiderte sie: »Ja, gern, Kathl!«

Während die Kathl nun am Herd hantierte, begann sich die Barbara unauffällig in der Stube umzusehen. Es war nicht gerade peinlich sauber, doch auch nicht dreckig. Es lagen einige Kleidungsstücke herum und dem Fußboden hätte es auch nicht geschadet, wenn er mal wieder geschrubbt worden wäre. Doch man musste berücksichtigen, dass die Kathl weitaus das meiste Vieh zu versorgen hatte und nicht mehr die Jüngste war.

Als die dampfenden, dickwandigen Tassen auf dem Tisch standen und sich Kathls Züge sichtlich geglättet hatten, wagte die Barbara einen neuerlichen Vorstoß. Leichthin erkundigte sie sich: »Was ist denn eigentlich an dem Gerede von dem verschwundenen Burschen dran? Ich hab was gehört …«

Sofort erschien der gewohnt mürrische Ausdruck auf Kathls Gesicht. Ihr Mund glich einem fest zusammengezogenen Strich, ehe sie schließlich unfreundlich hervorstieß: »Davon weiß ich durchaus gar nichts! Und das geht mich auch nichts an, ich kümmer mich nicht um andere Leut!«

Sie musste sehr viel Beherrschung aufbringen, doch es gelang ihr, ihre Stimme kühl und sachlich klingen zu lassen, als sie einwandte: »Ich weiß ja nicht viel, aber er soll auf dem Weg da herauf verschwunden sein.«

»Davon ist nichts bekannt«, kam es vorschnell von der Kathl. »Und ich will auch mit solchen Sachen nichts zu tun haben!«

»Was denn für Sachen?«

Plötzlich wurde die Kathl nervös. Sie nahm einen hastigen Schluck aus der Tasse, wobei sie sich den Mund verbrannte und sich verschluckte. Sie hustete lange, länger als nötig gewesen wäre.

Natürlich waren der Barbara Kathls Verlegenheit und ihre Unsicherheit nicht verborgen geblieben. Ihre plötzliche Aufregung verbergend, fragte sie sich im Stillen: Ob sie mehr weiß, als sie sagt? Warum benimmt sie sich denn gar so sonderbar, wie wenn sie Angst hätte? Hat vielleicht der Seppi was damit zu tun? Dabei spürte sie eine beklemmende Angst in sich aufsteigen. Stand am End mit dem Seppi doch nicht alles so zum Besten, wie sie sich das eingeredet hatte? Diesen Gedanken schob sie aber sofort wieder weit von sich. Es war gar zu absurd, wenn sie sich vorstellte, dass der kleine, schmächtige Seppi einem ausgewachsenen Mannsbild gefährlich werden sollte. Aber vielleicht hatte er etwas gesehen? Das wäre durchaus möglich, zumal er ja den ganzen Tag herumstreifte. Herumschleichen hatte das die Finni boshaft genannt … Die Finni? Plötzlich überschlugen sich Barbaras Gedanken, so dass sie überhaupt nicht mehr klar denken konnte. Sie zwang sich zur Ruhe.

Als nun die Kathl beim besten Willen und trotz aller Anstrengung nicht weiterhusten konnte, fuhr sie die Barbara mit der altgewohnten Schärfe an: »Was kümmerst denn du dich um die Sach, die längst schon vergessen ist?«

»Na, ich weiß nicht recht, ob man das als vergessen bezeichnen kann«, wandte die Barbara ruhig ein. »Von dem Burschen hat man ja noch nichts gefunden! – Aufgeklärt ist da noch lange nichts!«

»Ich find, man soll die Toten in Ruh' lassen!«, kam es knapp von der Kathl.

Nun aber fuhr die Barbaraa überrascht auf: »Wie kommst denn darauf, dass er tot sein könnt? Es hat ihn doch …«

Kathls Hand zuckte zum Mund, so als könnte sie damit die voreilig gesprochenen Worte wieder zurückdrängen. Ihre Augen waren ängstlich auf das Mädchen gerichtet, als sie verdattert hervorbrachte: »Na ja, ich hab halt bloß gemeint … Wissen tut man ja nichts … Wär ja immerhin möglich, dass er nicht mehr lebt nach so langer Zeit.« Verlegen verstummte sie.

Sie weiß was, durchzuckte es die Barbara und nur mit Mühe konnte sie sich beherrschen. War sie endlich dem Geheimnis nähergekommen? Stand sie vielleicht schon dicht vor seiner Entdeckung?

Sie war jedoch klug genug, es dabei fürs Erste bewenden zu lassen, aber sie würde weiterforschen.

Als sich die Barbara etwas später von der Kathl verabschiedete, konnte die alte Sennerin ihre Erleichterung kaum verbergen. Nachdem sie die Tür sorgfältig geschlossen hatte, blieb sie aufatmend inmitten der Stube stehen. Wie bestätigend nickte sie mit dem Kopf, als sie sich sagte: »Ja, ja, so ist es immer: Sobald man was weiß, verhaspelt man sich! Darum ist es das Gescheiteste, wenn man nichts hört und nichts sieht! Was man nicht weiß, das macht einen nicht heiß!«

In der kühlen Milchkammer lagen die goldgelben Butterwecken bereit. Heute würde jemand aus dem Auracher-Hof heraufkommen, um abzutragen.

Schon seit dem Morgen rannte die Barbara alle paar Minuten ans Fenster und spähte erwartungsvoll das Almfeld hinunter, immer vergeblich.

Als es dann Nachmittag wurde, gab sie die Hoffnung auf. Heute würde wohl keiner mehr heraufkommen, schade, sie hatte sich so auf ein bisschen Abwechslung gefreut.

Draußen war es noch hell, doch in der Stube herrschte bereits ein dämmriges Zwielicht. Die Barbara wollte einen neuen Docht in die große Lampe geben, die über dem Tisch hing und schraubte den verrußten Glaszylinder heraus, der gereinigt werden musste. Vorsichtig putzte sie das dünne Glas, dann setzte sie den Docht und den Zylinder wieder ein. Nun zündete sie die Lampe an. Ohne zu flackern und zu rußen, brannte die Lampe wieder hell und beleuchtete mit ihrem warmen, gedämpften Licht die Stube.

Barbaras Arbeit war getan und sie wollte sich soeben ihr Strickzeug hervorholen, als es klopfte. Ein erwartungsvolles Lächeln erschien auf ihrem Gesicht, als sie öffnete.

»Grüß dich Gott, Barbara!«, rief ihr der Franzl lachend zu.

»Jessas, du bist es noch«, entfuhr es ihr verdutzt. »Ich hab schon gemeint, ihr habt mich vergessen!«

Mit einem lustigen Augenzwinkern bemerkte er: »Wie werd ich denn! So jemand wie dich vergisst man doch nicht!« Damit betrat er die Stube und sofort entledigte er sich der hohen Kraxe. »Da hat die Mutter deine Sachen reingepackt«, erklärte er.

»Ja, vergelt's Gott!« Nun machte sich die Barbara daran die Kraxe auszupacken.

Aufatmend ließ sich der Franzl auf einem Stuhl nieder, während ihm keine von Barbaras flinken, lebhaften Bewegungen entging.

»Jessas«, stöhnte das Mädchen, als es zu guter Letzt auch noch ein großes Stück Rauchfleisch aus der Kraxe holte. »Das ist ja viel zu viel! Wer soll denn das alles essen?«

»Du natürlich«, kam es aufmunternd vom Franzl. »Und mir kannst auch gleich eine kleine Brotzeit herrichten.« Er griff sich in die Jackentasche und dann hielt er ihr eine Flasche Tiroler entgegen. »Da hab ich noch was Extra mitgebracht! Den werden wir uns jetzt gleich zusammen mit dem Geselchten einverleiben!«, schlug er gut gelaunt vor.

Nun räumte die Barbara die Lebensmittel in die kühle Milchkammer. »Soll ich dir deine Kraxen gleich herrichten?«, rief sie laut zurück.

»Nein, noch nicht«, antwortete er. »Lass deine Butter noch draußen, nicht dass mir das Schmalz über den Buckel rinnt, eh ich daheim bin!«

Als die Barbara die Stube wieder betrat, fragte sie: »Warum ist denn der Simmerl nicht gekommen? – Ich hab gedacht, das Abtragen ist sein Geschäft?«

Mit einem amüsierten Schmunzeln erwiderte er: »Er hat sich was in den Fuß getreten!« Was eine glatte Lüge war, denn er hatte dem Simmerl etwas zugesteckt, damit dieser diese Ausrede auch der Auracherin recht plausibel vorgebracht hatte. Und der Trick hatte seine Wirkung nicht verfehlt, was sein Hiersein bewies. Natürlich hätte er auch von sich aus diesen Weg übernehmen können, aber Mütter waren misstrauisch und stellten unangenehme Fragen, denen man besser von vornherein aus dem Weg ging. »Übrigens, die Moidl ist auch wieder daheim! Den ganzen Tag jammert sie herum, dass sie wieder auf die Alm möcht. Aber der Doktor hat's ihr verboten. Einige Zeit muss sie sich schon noch auskurieren.«

Die Barbara wusste nicht recht, sollte sie über diese Nachricht froh oder betrübt sein? Einerseits hielt sie es hier oben vor Einsamkeit kaum noch aus, aber andererseits war da die Sache mit Kathls vagen Andeutungen. Vielleicht fand sich des Rätsels Lösung doch hier auf den Almen. Schließlich war das der einzige Grund, weshalb sie hierher gekommen war. Wenn es tatsächlich nichts herauszufinden gab, was sollte sie dann noch länger auf dem Auracher-Hof?

Franzls fast zärtlich klingende Worte rissen sie aus ihren Gedanken, als er sie fragte: »Mädl, was hast du denn? Was überlegst du denn? Du hast ja dabei ein ganz seltsames Gesicht!«

Sie zwang sich zu einem Lächeln: »Nichts hab ich«, antwortete sie ausweichend, und ehe er noch etwas einwenden konnte, setzte sie hastig hinzu: »Weingläser werden sich keine finden lassen! Aber alte Senfgläser gibt es.«

»Das ist echt bayrisch«, sagte er gut gelaunt und klappte aus seinem Schnappmesser einen winzigen Korkenzieher heraus, mit dem er die Flasche entkorkte.

Die Barbara schnitt das beinhart Geräucherte in hauchfeine Scheiben, die sie auf einem Holzbrett auf den Tisch brachte. Dazu gab es das frische, knusprige Brot, das die Auracherin geschickt hatte.

Nachdem der Franzl die Gläser gefüllt hatte, griff er herzhaft zu. Der lange Aufstieg hatte ihn hungrig gemacht, außerdem schmeckte es in Gesellschaft eines schönen Mädchens natürlich noch besser. »Das ist mir jetzt lieber, wie wenn mir einer mit dem Stecken nachläuft«, bemerkte er genüsslich.

Hin und wieder gelang es ihm, den Blick ihrer samtbraunen Augen für einen kurzen Moment festzuhalten, ehe sie rasch ihre Lider senkte. Sie war zwar freundlich, doch auch sehr zurückhaltend. Er hatte das untrügliche Gefühl, dass sie ihm absichtlich auswich, so als wollte sie von vornherein klarstellen, dass sie keine Annäherungsversuche dulden würde. Die Umarmung und den Kuss schien sie aus ihrem Gedächtnis gestrichen zu haben.

Aber dem konnte ja nachgeholfen werden, er war ein Mensch, der nichts anbrennen ließ. Seine Stimme hatte einen warmen, aufrichtigen Klang, als er bemerkte: »Ich glaub, den vergangenen Sonntag werd ich mein Lebtag nicht vergessen.«

»Ich auch nicht«, kam es fast frostig von der Barbara. »Es wär gescheiter gewesen, ich wär nicht mit dir gegangen.«

»Warum denn?«, fragte er verwirrt.

Ein feines Schmunzeln spielte um ihre Lippen, als sie herausfordernd erwiderte: »Mir scheint, die Finni hat ein Anrecht auf dich.«

»Wie kommst denn da drauf?«, wollte er unsicher wissen. Er wusste offenbar nicht recht, was er von dieser Anspielung halten sollte.

Unumwunden erzählte sie: »Weil sie mich nachher, als du fortgewesen bist, ganz schön beschimpft hat: vom falschen Luder, das sich dir an den Hals geworfen hat, bis zu einer hergelaufenen Bauerndirn!«

Franzls Überraschung war nicht gespielt. Völlig verblüfft schüttelte er seinen Kopf. »Das kann ich mir gar nicht vorstellen. Was mag denn nur in sie gefahren sein? Ich versteh' das nicht!«

»Ich auch nicht«, entgegnete sie sarkastisch. »Jedenfalls hat sie sich so gemein aufgeführt, wie es nur jemand tut, der eifersüchtig ist!«

»Aber woher denn«, sagte er bestimmt, aber sein Lachen fiel etwas gekünstelt aus. Beschwichtigend setzte er hinzu: »So einem Mädl wie dir darf doch das gar nichts ausmachen!«

»Ich dank schön«, stieß die Barbara gekränkt hervor. »Hergelaufene Bauerndirn hat noch niemand zu mir gesagt!«

Plötzlich schaute er sie eindringlich an, dann wandte er gedehnt ein: »Woher soll sie es denn auch wissen, dass sie keine Bauerndirn vor sich hat?«

Die Barbara zuckte zusammen, ein ängstlicher Ausdruck erschien in ihren dunklen Augen. Unsicher fragte sie: »Wie meinst denn das?«

»Genau so, wie ich's gesagt hab«, gab er unumwunden zu. »Dich braucht man doch nur genauer anzuschauen, dann weiß man's schon, dass du so nicht bloß wegen einer Arbeit zu uns gekommen bist!«

Verlegen stotterte sie: »Da irrst dich ... Ich wollt bloß ...«

Mit tiefer, besorgter Stimme fragte er sie: »Ist es nicht ein bissl viel, was du dir da vorgenommen hast, Barbara?« Nun schwang ein bitterer Unterton mit, als er hinzusetzte: »Du musst ihn ja sehr gern gehabt haben!«

»Ja, das hab ich«, gab sie mit tief gesenktem Kopf zu. »Ich hab ihn sogar lieber gehabt wie meine Mutter! Drum bin ich da! Ich muss es wissen, was mit ihm passiert ist ...« Plötzlich brach sie ab. Sie hob ihren Kopf und schaute ihm ins Gesicht. »Aber ... wie ... woher weißt denn du ...?«

»Wenn man sich für jemand wirklich interessiert, dann ist so was nicht schwer«, gab er zu. »Du hättest die Kleidung von einer unserer Mägde mitnehmen müssen und dafür deinen Schmuck daheimlassen sollen! Ich hab in deinen Papieren nachgeschaut, woher du kommst, und da hab ich gewusst, warum du hier bist.«

»Ich bitt dich, Franzl, verrat das niemand!«, bat sie. »Ich muss es wissen, was mit dem Hans geschehen ist, ich hab sonst keine ruhige Minute mehr!«

Nun war er es, der niedergeschlagen war. Zaghaft wandte er ein: »Du hast ihn immer noch gern!«

»Ja«, gab sie zu. »Er war der beste Mensch, den man sich denken kann! Er war mir alles ...« Unvermittelt begann sie zu weinen, von einem lautlosen Schluchzen geschüttelt.

Er konnte nicht anders, er nahm sie in die Arme und strich ihr tröstend übers Haar, obgleich er innerlich vor Eifersucht kochte. Seine Stimme klang weich und beruhigend. »Du musst ihn vergessen, Barbara ... Es ist doch schon so lange her ... Ich würde dir ja gern helfen, aber wie denn? – Komm, Mädl, beruhige dich!«

Plötzlich schlang sie ihm ihre Arme um den Hals, blickte ihn an und mit leidenschaftlich erregter Stimme rief sie aus: »Ich bitt dich, Franzl, hilf mir! Du bist aus dem Ort, dir erzählt man eher was als einem Fremden! Hör dich um und frag nach! Franzl, ich muss es wissen.«

Er spürte einen eigenartigen Druck im Hals und schluckte krampfhaft. Mit zusammengebissenen Zähnen nickte er, denn er wusste, für dieses Mädchen würde er alles tun, für sie würde er durchs Feuer gehen. Und in einem gewissen Sinn war er bereits unterwegs, denn es brannte höllisch, mitansehen zu müssen, wie sie sich wegen einem anderen verzehrte. Er musste sich zuerst räuspern, ehe er mit rauer unsicherer Stimme versprach: »Ich tu alles um dir zu helfen, Barbara!« Dann wischte er ihr zärtlich die Tränen vom Gesicht.

»Ich dank dir, Franzl! Ich bin schon froh, dass ich wenigstens jemand hab, mit dem ich drüber reden kann«, gestand sie mit unsäglicher Erleichterung. »Diese Einsamkeit und das Wissen, hier könnt er gewesen sein … hier muss irgendwas Furchtbares passiert sein, das ist grausam!«

Er hielt ihr das Glas entgegen und forderte sie mit sanftem Nachdruck auf: »Komm, trink, das hilft!« Und um etwas abzulenken, erkundigte er sich: »Was haben denn deine Leut gesagt, wie du fort bist von daheim?«

Sie leerte das kleine Glas, dann entwand sie sich seinen Armen. Ihre Stimme gewann an Festigkeit, als sie antwortete: »Sie wollten es mir ausreden, aber dann haben sie es aufgegeben, denn sie hätten mich nicht halten können!« Und nun berichtete sie, was sie erfahren hatte, als sie die Kathl besucht hatte.

Der Franzl schien von ihrer vagen Vermutung nicht viel zu halten, denn er erwiderte zweifelhaft: »Das redest dir ein, Barbara! Wenn die Kathl etwas wissen würde, dann hätt sie es längst gesagt!«

Sie war sich dessen nicht so sicher, immerhin hatte sich die alte Sennerin recht sonderbar benommen. Aber wenn es hier oben auf der Alm etwas zu erfahren gab, dann würde sie selbst es erkundenn. Wenn der Franzl sich nur unten im Dorf umhörte.

Nachdenklich sah der Franzl das Mädchen an. Dass

ihre Nachforschungen auch mit einer Gefahr verbunden sein könnten, daran schien sie nicht zu denken. Er wollte sie zwar nicht noch mehr beunruhigen, trotzdem musste er sie warnen.

»Barbara, du musst aber auch auf dich aufpassen«, hielt er ihr eindringlich vor. »Mir ist gar nicht recht wohl bei dem Gedanken, dass du hier oben alles mögliche anstellst, um ...«

Rasch fiel sie ihm ins Wort: »Um mich musst dir keine Sorgen machen: mir passiert schon nichts!« Es hatte recht unbekümmert geklungen.

Als sich der Franzl von der Barbara verabschiedete – sie hatte ihn vor die Hütte hinausbegleitet – zog er sie an sich. Zärtlich flüsterte er ihr zu: »Barbara, mach keine Dummheiten! Wenn du was weißt, dann verhalt dich still! Wart, bis ich wieder heraufkomm! Ich könnte es nicht ertragen, wenn dir ...« Hier verstummte er.

An ihn geschmiegt und mit leuchtenden Augen hatte sie zugehört. »Warum redest denn nicht weiter?«, fragte sie leise.

Zaghaft wandte er ein: »Willst es denn hören? Du willst doch noch immer bloß den Hans ...«

Etwas irritiert entgegnete sie rasch: »Ich versteh nicht recht, was das mit dem Hans zu tun hat.«

Schwer atmend brachte er mühsam hervor: »Du hast ihn doch sehr gern gehabt.«

»Ja, freilich, das hab ich ihn immer noch«, sagte sie arglos, »aber was hat denn das mit dir zu tun?«

Ihre Nähe, ihre seltsamen Worte, das alles stürzte ihn in eine heillose Verwirrung. Er wusste nur noch eines gewiss, dass er sie gern hatte, dass er so lange warten würde, bis sie den anderen vergessen hatte und seine Liebe erwidert wurde. Als er sie küsste, wurde sein Kuss zärtlich erwidert, aber dann drängte sie ihn zu gehen und er glaubte sie zu verstehen.

Die Barbara war zum ersten Mal in ihrem Leben richtig verliebt und dieses wundervolle Gefühl ließ sie ihre Einsamkeit vergessen. Noch war es ihr nicht bewusst, aber merklich begann die Erinnerung an den Hans zu verblassen, und das war nur zu verständlich, da sie für ihn Gefühle ganz anderer Art hegte. Aber noch immer war sie fest entschlossen, dem Geheimnis seines Verschwindens auf die Spur zu kommen. Davon ließ sie sich auch vom Franzl nicht abbringen.

Barbaras Gedanken kreisten unablässig um den Franzl. Jede seiner Gesten, jedes Wort, das er gesagt hatte, rief sie sich ins Gedächtnis zurück, und ihre Sehnsucht nach ihm wurde immer größer. Ihre Arbeit verrichtete sie ebenso gewissenhaft wie vorher, doch ihre Gedanken waren unten im Tal. Ein warmer Glanz strahlte in ihren Augen, ein zärtliches Lächeln umspielte ihre Lippen, sie schien auf Wolken zu schweben. Leise vor sich hinsummend trat sie aus ihrer Hütte, in der Hand einen Milcheimer, den sie am Brunnen ausspülen wollte. Plötzlich blieb sie stehen. Ihr heiteres Gesicht wurde ernst, ja gespannt, als sie den Seppi erspäht hatte. Rasch sah sie sich um, von der Kathl war weit und breit nichts zu sehen. Mit gedämpfter Stimme rief sie seinen Namen: »Seppi, Seppi!«

Der Seppi schien nur darauf gewartet zu haben, denn sofort kam er auf sie zugerannt. Seine Mutter hatte es ihm zwar strikt untersagt, sich bei der Barbara aufzuhalten, aber nun schien er die Mutter vergessen zu haben. Mit einem erfreuten Lächeln im blassen Gesicht begrüßte er das Mädchen, wobei er ihr eifrig zunickte.

Hoffentlich kommt mir die Kathl nicht wieder dazwischen, dachte sich die Barbara und sofort stellte sie den Eimer achtlos ins Gras. Zusammen mit dem Buben betrat sie die Hütte. »Meinst du, dass dich deine Mutter sucht?«, fragte sie den Seppi.

Er zuckte ungewiss mit den schmächtigen Schultern, dabei erschien ein recht unbekümmertes Lächeln in seinem Gesicht.

»Warum bist du denn gar nicht mehr gekommen? Hast nicht dürfen?«, forschte sie weiter. Als er nickte, bedauerte sie aufrichtig: »Schade, Seppi, denn wir haben uns doch so gut verstanden! Setz dich nur hin! Magst ein Stück Guglhupf?«

Er nickte begeistert, während er sich hinter den Tisch schob.

Die Barbara überlegte krampfhaft, wie sie am besten beginnen sollte, doch dann entschloss sie sich für den direkten Weg. Zuerst stellte sie dem Buben einen Teller mit einem Riesenstück des goldgelben, flaumigen Guglhupfs hin, dann verschwand sie in ihrer Kammer.

Mit Genuss biss der Seppi in den Kuchen. Solch feine Sachen machte die Mutter nie. Es war schon ein rechter Jammer, dass ihm die Mutter den Umgang mit der Barbara nicht erlaubte; sie war so ein nettes Mädl. Noch nie hatte sie ihn ausgelacht, immer war sie freundlich zu ihm, ja, sie behandelte ihn wie ihresgleichen. Sie redete auch nicht in dieser kindlichen Sprechweise, wie das die Mutter tat und was er hasste.

Als die Barbara die Stube wieder betrat, hielt sie eine Fotografie in ihrer Hand. Es war eine der üblichen Atelieraufnahmen und sie zeigte einen jungen Burschen, der sich in lässiger Pose gegen einen altmodischen Sessel lehnte. Er trug einen Trachtenanzug, doch unter der Jacke, die vorn weit auseinanderklaffte, sah man ganz deutlich eine schwer behängte Charivari-Kette, man konnte sogar einzelne Anhänger erkennen. Der junge Bursche hatte ein übermütiges Lachen im Gesicht, das den Betrachter offen und ehrlich anstrahlte.

Barbaras Herz krampfte sich schmerzlich zusammen, als sie es ansah, dabei musste sie unwillkürlich denken: Vor einem Jahr war er noch der fröhlichste Mensch, aber wo mag er jetzt sein?

Sie trat an den Tisch und gab dem Seppi das Bild. Eindringlich fragte sie: »Seppi, hast du den Burschen schon einmal gesehen?«

Zuerst schaute der Seppi die Barbara an, er schien nicht recht zu verstehen, was sie von ihm wollte, und dann das Bild. Aber sofort schüttelte er verneinend den Kopf.

»Ich bitt dich, schau es dir genau an«, kam es flehentlich von der Barbara. Doch sie hatte es gleich an Seppis Gesichtsausdruck gesehen, dass der den Hans zum ersten Mal sah. Alle Hoffnungen, die sie sich gemacht hatte, sanken zu einem Nichts zusammen. Schon wollte sie sich abwenden, als sie sah, wie sich Seppis Gesicht plötzlich veränderte.

Er wurde ganz aufgeregt, mit angstgeweiteten Augen starrte er auf das Bild. Nun deutete er auf die Charivari-Kette, dabei formte sein Mund unhörbar Laute.

Die Barbara glaubte ihn zu verstehen. Sie zwang sich zu einem Lächeln, als sie ihn beruhigte: »Das ist nichts zum Fürchten, Seppi! Das sind bloß die Trophäen von einem Wildschwein! Du musst wissen, bei uns daheim gibt's ganze Rudel Wildsauen und der Hans hat die Keiler selbst geschossen. Ja, er ist viel auf die Jagd gegangen.« Sie konnte nicht weiterreden und wandte sich ab.

Der Seppi hatte den Anhänger erkannt. Es war der gleiche, den er in der Klamm, unter dem Steinhaufen, gefunden hatte, als er diese grausige Entdeckung gemacht hatte. Aber sofort besann er sich darauf, was ihm die Mutter aufgetragen hatte. Er durfte nichts verraten, sonst würde man ihn in eine Anstalt bringen. Nur mit Mühe gelang es ihm, seine Aufregung zu unterdrücken und er war froh, dass ihn die Barbara missverstanden hatte.

Aber was hatte sie denn? Sie weinte ja! Er machte eine fragende Geste und deutete auf das Bild.

Nun setzte sich die Barbara ebenfalls an den Tisch und nahm das Bild an sich. Eine tiefe Traurigkeit lag in ihrem Blick, als sie es betrachtete. Nach einem langen Schweigen antwortete sie mit unsicherer Stimme: »Er war mein Bruder!« Nach einer Weile redete sie weiter: »Wir waren nur Halbgeschwister, denn sein Vater ist schon lange tot! Unsere Mutter hat wieder geheiratet. Er war der beste Bruder, den man sich nur denken kann und ich hab ihn lieber gehabt als die Mutter. Meine Mutter hat sich nie viel um uns gekümmert, immer nur um das Geld und um den Hof. Für uns war da keine Zeit, aber der Hans war jederzeit für mich da.« Wieder brach sie in schmerzliches Weinen aus und schlug beide Hände vors Gesicht.

Ergriffen hatte der Seppi zugehört. Nun wurde er von

Mitleid, aber auch von heftigen Gewissensbissen hin und her gerissen, aber die Angst siegte. Ganz leise schob er sich hinter dem Tisch hervor und lautlos schlich er aus der Stube.

Nein, ihm war gar nicht recht wohl, dem Auracher Franzl. Er wagte es sich gar nicht auszudenken, was die Barbara alles anstellen mochte bei ihrer Suche nach diesem Burschen. Er sah die größte Gefahr in den Bergwänden, denn er war überzeugt davon, dass sie jeden Steig absuchen würde, in der Hoffnung, wenigstens einen kleinen Hinweis zu finden.

Er hatte Angst um das Mädchen, zumal sie von ihrem Vorhaben wie besessen schien. »Es lässt mir keine Ruh, ich muss hinauf zu ihr!‹, sagte er sich.

Der Franzl hatte den ganzen Tag schwer gearbeitet, denn man war mitten in der Heuernte. Feierabend war erst mit dem Schwinden des Tageslichtes gemacht worden.

»Jessas, Bub, du willst doch nicht am End jetzt noch fort?«, fragte die Auracherin vorwurfsvoll, als sie ihren Sohn die Treppe herunterkommen sah.

Der Franzl trug die enge, lederne Bundhose, eine Jacke und festes Schuhwerk. Etwas verlegen erwiderte er: »Ich will mir nur noch eine Maß kaufen, Mutter.«

»Was? Jetzt willst noch zum Wirt?«, entrüstete sich die Auracherin. »Wir haben doch eh alles im Haus, Bier und …«

Mit einem Augenzwinkern bemerkte er: »Beim Wirt, in Gesellschaft, schmeckt's halt doch besser, Mutter! Gut Nacht!« Und damit drückte er sich schnell an seiner Mutter vorbei und verließ das Haus.

»Nein, da stimmt was nicht«, brummte die Auracherin mehr für sich. »Er war noch nie ein Wirtshausgeher, da steckt schon was anderes dahinter. Für ihn tät's langsam Zeit werden, dass er heiratet!«

Das schmale Silberhorn des Mondes hing am sternenfunkelnden Himmel. Es war eine ziemlich finstere Nacht.

Der Franzl war gerannt wie ein Wilderer, und als er keuchend und schnaufend das Almfeld erreichte, hatte er den Aufstieg in knappen zwei Stunden bewältigt.

Nun blieb er verschnaufend stehen, und mit heißen Augen blickte er zu den Hütten hinauf. Zwei davon, Finnis und Barbaras Hütte, waren beleuchtet. Wie kleine, schwach glimmernde Feueraugen blinkten die Fenster herunter.

Plötzlich stutzte der Franzl. Was war denn das? Ein kleines Stück oberhalb, zwischen den weidenden Kühen, hatte er einen großen Schatten entdeckt. Das musste ein Mannsbild sein, das mit langen, gleichmäßigen Schritten auf die Hütten zuging.

Dem Franzl erschien das recht merkwürdig, denn es war bald Mitternacht. Diesen späten Bergsteiger wollte er sich schon aus der Nähe ansehen, und sofort begann er zu laufen. Je näher er kam, um so vorsichtiger wurde er. Er benutzte die Kühe als Deckung, die ihn erstaunt anglotzten, aber friedlich weitergrasten.

Nun sah er, wie der Mann, er war sehr groß und breitschultrig, auf Finnis Kaser zuhielt. Ein belustigtes Schmunzeln stahl sich über Franzls Gesicht und er dachte: Aha, also hat sie doch auch einen heimlichen Freund! Es tät mich doch interessieren, wer dieser Heimlichtuer ist.

Mit Befremden sah er, wie nun der Bursche an der Hütte vorbeischlich. Jetzt so was … Was will denn der im Stall? Der ist doch tatsächlich in der Stalltür verschwunden. Nun wurde ihm doch etwas eigenartig zumute, zumal er ja angenommen hatte, dass hier oben außer den Sennerinnen kein Mensch anzutreffen wäre. Der federnde Grasboden dämpfte seine Schritte, so dass er lautlos die Hütte erreichte. Er versuchte durch das kleine, mit einem Eisenkreuz vergitterte Fenster zu spähen, doch der dicht geschlossene Vorhang gestattete keinen Blick ins Innere.

Nun vernahm er Stimmengemurmel, doch die Worte waren kaum zu verstehen. »Jedenfalls hat ihr der Besucher nichts Übles wollen«, sagte er sich mit einem breiten

Schmunzeln und er wollte sich abwenden. Plötzlich aber wurde die Männerstimme laut. Er konnte die erregt ausgestoßenen Worte genau verstehen.

»Bist du von allen guten Geistern verlassen? Wie kommst denn dazu, dass du dir von dem Zeug was um den Hals hängst?«

»Au«, schrie die Finni laut. »Lass es mir, das gehört mir! Ich kann damit tun, was ich will! Gib her!«

»Hab ich es dir nicht hundert Mal gesagt, du sollst das Zeug nicht hervorholen?«, schrie nun der Bursche erbost. »Wegen deiner Eitelkeit will ich nicht …«

Die Finni fiel ihm laut ins Wort und verteidigte sich: »Die andere drüben putzt sich auch auf wie ein Pfau … Warum soll ich denn nicht auch …?«

»Du weißt warum! Und jetzt lass es verschwinden!«

Nun war Stille. Man hörte das Zufallen einer Tür. Aber jetzt verlor der Franzl das Interesse an den beiden, Streitigkeiten zwischen Liebesleuten gingen ihn nichts an. Doch er hatte genug gehört. Die Finni hatte eine Liebschaft mit dem Loisl. Klar, dass der eifersüchtig war, wenn sich die Finni herausputzte, schließlich war sie für einen Knecht ohnehin schön genug. »Der Großklettner tät eine Mordsfreud' haben, wenn er davon wüsst!«, schmunzelte der Franzl, während er nun beruhigt davonging.

Als die Barbara den Ärmel fertig gestrickt hatte, schaute sie auf die Uhr. »Du meine Güte, schon elf«, entfuhr es ihr und hastig legte sie ihre Arbeit zusammen.

Ein lautes Pochen an der Tür ließ sie erschreckt auffahren.

»Ich bin's, Barbara«, hörte sie Franzls Stimme. Ein freudiges Lächeln erschien auf ihrem Gesicht und schon stürzte sie zur Tür. Mit einem lauten Knirschen flog der große Riegel zurück.

Ehe sie noch etwas fragen konnte, nahm er sie in die Arme und drückte sie an sich. »Halt mich nicht für narrisch, Barbara, aber ich hab einfach kommen müssen.«

Dunkel glühten ihm ihre Augen entgegen, als sie mit

zärtlicher Stimme erwiderte: »Ich freu mich so, Franzl, dass du da bist! Ich hab ... ja, ich hab so an dich gedacht!«

Seine Stimme war rau vor Freude und Glück, als er sie eindringlich fragte: »Ist das wirklich wahr, Barbara?«

Sie nickte, dabei sah sie ihm offen in die Augen. Und plötzlich ging es ihr ganz leicht über die Lippen, als sie gestand: »Franzl, ich glaub ... nein, ich weiß es, ich hab dich gern!«

Seine Antwort war ein zärtlich dankbarer Kuss, begleitet von einem erleichterten Aufseufzen. »Du, ich war so eifersüchtig«, gab er nach einer Weile zaghaft zu.

»Auf wen denn?«, fragte sie murmelnd, das Gesicht eng an das seinige geschmiegt.

Er zögerte, aber dann erwiderte er doch: »Auf den Hans! Du musst ihn sehr gern ...«

Unvermittelt ernst werdend, fiel sie ihm ins Wort: »Auf meinen Bruder musst du nicht eifersüchtig sein, Franzl! Der Hans hätt dich bestimmt auch gemocht, du bist ihm so ähnlich.«

»Er war dein Bruder?«, entfuhr es dem Franzl verstört. »Aber er hat doch einen anderen Namen.«

»Jessas, wie hab ich denn das nur vergessen können! Du hast das ja nicht wissen können ... Wir haben nicht den gleichen Vater gehabt, der seinige ist schon früh gestorben und die Mutter hat wieder geheiratet!«, erklärte sie. Mit einem feinen Schmunzeln setzte sie hinzu: »Und deswegen bist du auf ihn eifersüchtig gewesen?«

»Und wie!«, gab er unumwunden zu. »Ich hab mir gedacht, wenn sie ihn schon so gern hat, dass sie das alles unternimmt, dann hat ein anderer nie eine Chance bei ihr! – Und jetzt weiß ich nicht recht, soll ich froh darüber sein oder soll ich es bedauern, dass er dein Bruder ist! Aber ohne ihn hätten wir uns nie kennen gelernt.«

Ihre Stimme klang traurig, als sie einwandte: »So graumsan kann das Schicksal nicht sein, dass einer dafür ...«

»Komm, Barbara, so darf man nicht darüber denken«,

fiel er ihr rasch mit beruhigender Stimme ins Wort. Er strich ihr sanft übers Haar, als er fortfuhr: »Du musst aufhören, darüber nachzugrübeln!«

Ganz verzagt gab sie zu: »Langsam verlier ich die Hoffnung, dass ich was in Erfahrung bringen kann!« Und nun gestand sie auch, dass sie sich mit ihrer Vermutung, die Kathl oder der Seppi könnten etwas über ihren Bruder wissen, geirrt hatte.

Nun musste sie natürlich auch dem Franzl das Bild ihres Bruders zeigen, und er betrachtete es eingehend. Auch ihm fiel die reiche Charivari-Kette auf, und bewundernd bemerkte er: »Sakra, eine solchene hat bei uns nicht einmal der größte Bauer! Ich hab mich neulich schon über den Schmuck gewundert, den du getragen hast! Eure Eltern müssen recht großzügig sein!«

»Die Ketten hat der Hans von seinem Vater geerbt«, antwortete die Barbara. Einschränkend setzte sie hinzu: »Freilich nicht mit so vielen Anhängern dran. Einige hat er sich auch selbst machen lassen!«

»Was würden denn deine Leut sagen, wenn du nicht mehr heimkommen würdest?«, fragte der Franzl.

»Wie meinst du denn das?«

Er legte seinen Arm um ihre Schultern und zog sie an sich. Mit zärtlicher Stimme erwiderte er: »Ich lass dich doch nicht mehr fort, Barbara! Ich weiß jetzt zwar, dass du von einem großen Hof stammst, aber ich möcht dich trotzdem fragen, ob du Auracherin werden willst? So viel Geld haben wir nicht, wie du es von daheim her gewöhnt bist, aber ein gutes Auskommen …«

Mit einem glücklichen Lachen fiel sie ihm ins Wort: »Halt, Franzl, ich will mich ja nicht an den Meistbietenden versteigern lassen!«

»Sag ja, Barbara!«, bat er sie eindringlich. »Willst du meine Frau werden?«

Als sie ihm zunickte, schimmerte es in ihren Augen. Ein leises Erschauern lief über ihren Körper, als sie sich seinen erregenden Zärtlichkeiten überließ. Seine Küsse, das Spiel seiner Hände erweckten nie gekannte Empfindungen in ihr und sie ließ sich von seiner Leidenschaft mit fortreißen. Sie liebte ihn und wollte für immer bei ihm bleiben.

Die Finni nahm den Spiegel von der Wand und trat damit ans Fenster, Nun, im hellen Licht des Morgens, sah sie die beiden roten Striemen an ihrem Hals. Sie waren entstanden, als ihr der Loisl gestern die Kette heruntergerissen hatte, dabei hatte das Metall ihre Haut aufgeschürft. »So ein Grobian, ein rücksichtsloser«, schimpfte sie. »Reißt er mir mein Ketterl herunter, dass es auch noch hin ist!« Vorsichtig strich sie mit dem Finger über die Schürfstellen, es brannte wie Feuer. Aber jetzt grad extra!, dachte sie erbost. »Ich lass mir doch von ihm nicht vorschreiben, was ich mir um den Hals häng! Außerdem kennt das Zeug ohnehin keiner!«

Nun nahm sie ihr dünnes Goldkettchen und versuchte, es wieder zu reparieren. Mit einem Messer drückte sie die auseinander gerissenen Glieder wieder zusammen. »So, das hätten wir!«, stellte sie befriedigt fest und holte den Anhänger aus einer Schublade. Es war der dicke Goldklumpen, der als Fassung für die Hauer diente, der es ihr angetan hatte, und gerade deshalb hatte sie dieses Schmuckstück ausgewählt. Sie fädelte den Anhänger mit den Keiler-Trophäen auf ihr Kettchen und hängte es sich bedenkenlos um den Hals.

Als sie sich im Spiegel bewunderte, lächelte sie überheblich. »Hirschgrandeln kann eine jede spazierentragen, aber ich hab dafür was Selteneres! Da kann sie jetzt ihre Augen aufreißen und grün werden vor Neid! Schließlich ist unsereines auch nicht grad auf der Brennsuppen dahergeschwommen! Ich möcht ja nicht wissen, wie sie, eine gewöhnliche Magd, an ihren Schmuck gekommen ist!« Und nun machte sie sich hochzufrieden an ihre Arbeit.

Leider sollte es ihr während des ganzen Tages nicht gelingen, Barbaras Aufmerksamkeit auf sich zu ziehen, das Mädchen wich ihr aus.

Die Finni legte die Kette mit dem großen, protzigen Anhänger auch nicht ab, als sie sich zur abendlichen

Stallarbeit umzog. Als ihre Kühe gemolken waren und wieder auf die Weide trotteten, begann es zu dämmern.

Nachdem die Finni auch noch ihre Arbeit in der Hütte erledigt hatte, ging sie hinaus zum Brunnen und so wie jeden Tag begann sie sich zu waschen. Sie zog sich bis auf die Unterwäsche aus, dann begann sie mit ihrer Toilette.

Zufällig kam der Seppi nahe am Brunnen vorbei. Er trug einen Stecken in der Hand, denn er hatte die Kühe auf die Weide getrieben. Verlegen senkte er den Blick, als er das halbnackte Mädchen erblickte, und er wollte rasch vorüber.

Es war ungewiss, was die Finni bewog, den Seppi heranzurufen. Reizte es sie, den armen Buben in Verwirrung zu stürzen, vor ihm mit ihrer üppigen Schönheit zu prahlen, oder wollte sie wirklich nur, dass wenigstens einer ihr Schmuckstück bewundern sollte? »Gell, da schaust, was ich alles hab!«, lachte sie herausfordernd und stellte sich in Positur, so dass der Goldklumpen auf dem Ansatz ihres Busens funkelte und gleißte. »Komm, Seppi, nachher darfst du ihn ansehen«, forderte sie den Buben auf, der seinen Schritt verlangsamt hatte und scheu zu ihr herübersah. Sie hob das Kettchen mit spitzen Fintern hoch und ließ den schweren Anhänger verführerisch vor ihrem Gesicht hin und her baumeln. »Das sind die Zähne von einer Wildsau und es ist sehr wertvoll …«

Plötzlich stockte Seppis Schritt. Nun wandte er sein Gesicht der Finni direkt zu, aber er hatte keinen Blick für ihren halb entblößtebn Körper, starr waren seine Augen auf den Anhänger gerichtet. Nun kam er zögernd näher. Sein Gesicht spiegelte Schrecken und Angst wider, in seinem dunklen Blick war ein unheimliches Flackern.

Es musste wohl sein seltsam veränderter Gesichtsausdruck gewesen sein, weshalb die Finni sich plötzlich fürchtete. Und langsam wich sie zurück, Schritt für Schritt. Aber der Seppi kam immer näher. »Na, was hast du denn? Was willst du denn von mir?«, stieß sie verstört hervor und wie abwehrend hob sie ihre Hand.

Nun hatte der Seppi den Anhänger genau erkannt, es war derselbe, wie er ihn in der Klamm gefunden hatte. Es war der zweite, den er auf dem Bild gesehen hatte und der dem Bruder von der Barbara gehört hatte. Da machte er einen blitzschnellen Satz und sprang auf die Finni zu.

Sie stieß einen schrillen, weithin hörbaren Schrei aus und schlug mit aller Gewalt um sich.

Plötzlich entwickelte der schmächtige, kleine Seppi Riesenkräfte. Er bog ihren nackten Arm zurück und mit der anderen Hand riss er ihr die Kette mitsamt dem Anhänger vom Hals.

Die Finni schrie und plärrte auch noch, als er sie längst losgelassen hatte und davonrannte; das Schmuckstück hatte er mitgenommen.

Nun erst merkte sie, dass es der goldene Anhänger gewesen war, auf den er es abgesehen hatte. Entsetzt fasste sie sich an den Hals. Dort, wo sie ihn getragen hatte, brannten nun etliche Striemen, die er ihr beim Zupacken mit den Fingernägeln in die Haut geritzt hatte. Nun setzte sie ihr Gezeter fort. Laut kreischend schrie sie: »Zu Hilf! Zu Hilf! Er hat mich angefallen! Er wollt mich vergewaltigen! Schnell Leut, helft mir, haltet ihn fest, den Wahnsinnigen!«

Die Barbara kam als Erste herübergerannt. Als sie die halbnackte Finni sah, ihr Geplärr auseinader halten konnte und die Worte verstand, erschrak sie bis ins Innerste. Trotzdem versuchte sie beruhigend auf die Finni einzureden: »Ich bitt dich, sei still, Finni! Er hat dir doch nichts getan.«

»Was, nichts getan?«, fiel ihr die Finni mit gut gespielter Erregung ins Wort. Sie wies auf die blutroten Striemen auf ihrem Busenansatz und brüllte: »Angefallen hat er mich wie ein wildes Vieh! Ich hab mich ja kaum noch wehren können! Erst als ich angefangen habe zu schreien, ist er davongerannt.«

Diese Worte hatte auch die Kathl noch gehört. Mit verstörtem Gesicht kam sie herangestürzt. Sofort fuhr sie auf die Finni los: »Das ist alles gelogen, kein Wort ist davon wahr! Mein Bub tut keinem Menschen was, das kann ich beschwören! Und dich würde er nicht einmal mit einem Stecken anlagen, auch wenn du dich nackert vor ihn hinstellst, du schamlose Person, du ausgeschamte!« Hier verstutmmte sie, denn sie musste nach Luft schnappen. Vor Wut und Empörung, aber auch vor Angst zitterte sie am ganzen Leib. Die Knie drohten ihr nachzugeben und sie musste sich am Brunnentrog festhalten.

»Jetzt hat er endlich sein wahres Gesicht gezeigt, dein spinnerter Seppi«, keifte die Finni. »Aber jetzt ist er zu weit gegangen, den bring ich in eine Anstalt! Und ich geb nicht eher Ruh, als bis er hinter Schloss und Riegel ist! So ein Unmensch ist ja lebensgefährlich! Ein Glück, dass er mich nicht umgebracht hat!«

Völlig verstört und ratlos schüttelte die Kathl ein ums andere Mal ihren Kopf. Sie konnte das Ganze nicht verstehen. Ihr Verstand und ihr Gefühl weigerten sich das von ihrem Buben zu glauben. Aber die Striemen? Ganz deutlich sah man die Kratzspuren der Fingernägel.

Unaufhörlich hatte die Finni weitergeschimpft und ihre Drohung immer wieder erneuert.

Endlich verlor die Barbara die Geduld. Scharf fuhr sie die hysterische Finni an: »Jetzt hör einmal mit deinem Gezeter auf! Noch lebst du ja, und das nicht schlecht! Erstens hat er dir nichts getan und zweitens hätt da manch anderes Mannsbild auch seinen Kopf verloren, wenn du dich ihm so herausfordernd präsentierst! Bloß ich fürcht«, und nun wurde ihre Stimme sarkastisch, als sie fortfuhr, »da hättest du nicht um Hilfe geschrien!«

»So eine bodenlose Gemeinheit«, zischte die Finni. »Aber das müsst ihr mir büßen, ihr zwei! Jetzt tauch ich ihn erst recht ein, den Deppen, den verblödeten! Ich lass mir doch nicht vorschmeißen, dass ich es auf einen Blödian abgesehen hätt! So was hab ich noch lang nicht notwendig.«

»Ja, ich weiß«, unterbrach sie die Barbara eiskalt, »du hast auch deine Besucher, bloß bei dir kommen sie zwischen Finster und Siehst-mich-nicht!«

Für einen Moment verschlug es der Finni die Sprache, dabei war sie sichtlich zusammengezuckt. Dafür aber begann sie nun um so lauter zu widersprechen: »Das ist nicht wahr! Eine gemeine, hinterhältige Lüge ist das! Überhaupt lass ich mich von euch nicht schlecht machen! Morgen in der Früh geh ich runter und zeig den Wahnsinnigen an! Ich kann's beschwören, dass er mich vergewaltigen wollt, außerdem kann ich ja das«, sie wies auf den Striemen, »herzeigen! Da möcht ich den sehen, der da noch einen Pfifferling für den damischen Ritter gibt! Schließlich kann man's ja nicht wissen, ob er sich nicht das nächste Mal an einem wehrlosen Kind vergreift.«

Mit einem gequälten Aufschluchzen barg die Kathl ihr Gesicht in den Händen.

Sofort war die Barbara bei der alten Sennerin und legte ihren Arm um ihre Schultern. Ihre Stimme klang beruhigend, als sie sagte: »Musst nicht auf ihr Lästermaul hören, Kathl! Wir wissen, dass der Seppi das nie getan hat, was sie ihm anhängen möcht! Komm, komm, gehen wir zu mir hinüber! Du musst dir keine Sorgen machen, dem Seppi wird nichts geschehen!« Damit führte sie die Kathl, die völlig gebrochen war, zu ihrem Kaser hinüber.

»Da habt ihr euch aber geschnitten«, höhnte die Finni gehässig, »das ist jetzt grichtsmäßig; das wird angezeigt.«

Später konnte es sich der Seppi nicht erklären, was ihn bewogen hatte, der Finni die Kette wegzunehmen. Es war einfach über ihn gekommen. Vielleicht durchzuckte ihn in jenem Moment blitzschnell eine Ahnung. Vielleicht begriff er für den Bruchteil einer Sekunde, dass dieser Anhänger an ihrem Hals ein himmelschreiender Frevel war. Doch die Angst und die Panik ergriffen ihn erst, als er ihre Worte hörte, als ihm bewusst wurde, wessen sie ihn verdächtigt hatte. Er hatte genug Ungerechtigkeit zu verspüren bekommen, so dass er sich die furchtbaren Folgen, die für ihn daraus entstehen konnten, sofort ausrechnete. Von Grauen gejagt, stürmte er davon. Er hatte nur einen Gedanken: Ich muss fort! Sie dürfen mich nicht mehr finden!

In einem dichten Latschengefilz verkroch er sich.

Nun erst öffnete er seine Hand, die den Anhänger fest umschlossen gehalten hatte. Ja, dieses Schmuckstück hatte Barbaras Bruder gehört. Ganz deutlich hatte er es auf dem Bild gesehen. Dies war der gleiche Anhänger, wie er ihn in dem Steinhaufen, drunten in der Klamm, gefunden hatte. Wieder schüttelte ihn Entsetzen, denn er sah sie ganz deutlich wieder vor sich, jene schauerliche Skelettenhand, dort unter den Steinen. Mit einem unartikulierten Aufstöhnen barg er sein Gesicht in den Händen.

Es verging eine ganze Weile, ehe er sich wieder etwas beruhigt hatte. Und nun kam ihm plötzlich der Verdacht, dass am Ende die Finni etwas von dem Toten in der Klamm wissen müsste. Wie war sie zu dem Anhänger gekommen?

Ach, wenn er doch reden könnte, wenn er sich doch richtig verständlich machen könnte! Aber so würde man vielleicht ihn für alles verantwortlich machen. Er wusste es ja schon, die Leute glaubten ohnehin nur immer den anderen, das hatte ihm auch die Mutter seit jeher eingetrichtert. Nein, er stand von vornherein auf der Seite der Verlierer. Sie würden ihn gewiss einsperren, so oder so, für etwas, das er nicht getan hatte!

Er beschloss, hier zu bleiben und abzuwarten, bis es völlig finster geworden war. Dann wollte er sich seine Sachen heimlich aus der Hütte holen und fortgehen. Er wusste nicht wohin, nur fort wollte er.

»Ich muss zu meinem armen Buben heim«, jammerte die Kathl mit leiser, besorgter Stimme.

Aber die Barbara drückte sie auf den Stuhl nieder und befahl ihr mit fürsorglicher Strenge: »Nein, zuerst musst dich beruhigen! Du zitterst ja wie Espenlaub!«

»Sie werden ihn mir nehmen«, stieß die Kathl verzweifelt hervor.

»Nein, das wird niemand tun, Kathl«, kam es mit fester Stimme von der Barbara. »Schließlich sind wir ja auch noch da! Der Franzl wird's ebenso bezeugen, dass der Seppi ein braver, anständiger Bub ist, so wie ich das tun werd.«

»Meinst, das tät er, der jung' Auracher? Wie kommst denn drauf?«, wollte die Kathl wissen.

»Weil er mir gesagt hat, dass er den Seppi sofort zu sich auf den Hof nehmen tät und dass er überzeugt davon ist, dass er ein geschickter, anständiger Mensch ist!«, antwortete die Barbara.

»Das hat er gesagt?«, stieß die Kathl erregt hervor. Kleinlaut setzte sie hinzu: »Ich hätt ihn halt am End doch was lernen lassen sollen! Aber mir hat er halt immer Leid getan, denn du weißt ja, wie grausam die Leut sind!«

Nach einer Weile verließ die Kathl Barbaras Hütte, vorher jedoch hatte sie sich noch überschwänglich bedankt. Barbaras Trost und Beistand hatten ihr sichtlich geholfen.

»Seppi, Bub, wo bist denn?«, rief die Kathl, als sie ihre Hütte betrat. »Musst keine Angst haben, es geschieht dir nichts!«

Nun begann sie überall zu suchen, in den Kammern und im Stall, vergeblich.

Es wurde bereits finster, als die Kathl nun ihren Kaser wieder verließ und sich auf die Suche nach ihrem Sohn machte. Mit lauter Stimme rief sie seinen Namen. »Er wird sich halt nicht mehr heimtrauen, der arme Kerl«, dachte sie. »Es ist besser, ich geh wieder zurück und wart, bis er von allein kommt!«

Als sie wieder in ihrer Hütte war, konnte sie sich vor Angst und Sorge nicht stillhalten, nervös rannte sie bald zum Fenster, bald zur Tür.

Auch an diesem Abend hatte der Auracher Franzl den langen Aufstieg nicht gescheut, er besuchte die Barbara. Kaum hatte er die Hütte betreten, als die Barbara auf ihn zustürzte und sich aufgeregt an ihn drängte. Hastig berichtete sie: »Ich bin froh, dass du gekommen bist, Franzl …«

»Aber was hast du denn?«, fragte er besorgt.

»Es ist was Furchtbares passiert, jedenfalls behauptet das die Finni! Denk dir, sie schwört Stein und Bein, dass sie der Seppi vergewaltigen hätt wollen.«

Überrascht und entsetzt zugleich stieß der Franzl hervor: »Das gibt's doch gar nicht! Herrgott, Mädl, wie ist denn das passiert?«

Nun berichtete die Barbara hastig: »Sie hat sich, so wie jeden Abend, am Brunnen gewaschen, natürlich wieder fast nackt! Da muss der Seppi vorbeigekommen sein! Was dann geschehen ist, das wissen wir, die Kathl und ich, nicht. Auf einmal hat die Finni laut zu schreien angefangen. Sie hat um Hilf geschrien und der Seppi hätt sie angefallen. Wie wir hingekommen sind, war der Bub schon davongerannt, aber die Finni hat blutige Kratzspuren auf ihrer Brust gehabt.«

»Du meine Güte, Barbara, das schaut aber bös aus!«, entfuhr es dem Franzl verstört. »Selbst wird sie sich ja kaum die Kratzer beigebracht haben.«

»Ich kann das alles einfach nicht glauben, es will mir nicht in den Kopf«,, wandte die Barbara niedergeschlagen ein. »Sie hat natürlich angedroht, dass sie ihn morgen anzeigt! Außerdem ist sie auch gleich über die Kathl und mich hergefallen! Sie hat gezetert wie ein Marktweib!«

»Wenn das wahr ist, was sie behauptet, dann kann ich sie auch verstehen«, kam es ernst vom Franzl.

»Aber es kann doch nicht wahr sein«, rief die Barbara aus. »Traust du dem Seppi so was zu? Nein, ich nicht! Ich war auch schon mit ihm allein beisammen und ich sag dir, er benimmt sich genauso wie jeder andere anständige Mensch auch!«

»Wenn du doch gesagt hast, dass sich die Finni immer halbnackt zeigt«, wandte der Franzl nun sachlich ein, »dann wär's doch immerhin möglich, dass er den Kopf verloren hat! Schließlich …«

»Ich weiß, was du sagen willst«, fiel ihm die Barbara aufgeregt ins Wort. »Vielleicht wär das für einen anderen gefährlich geworden, aber nicht für den Seppi, er ist doch fast noch ein Kind!«

197

Mit einem besorgten Aufatmen erwiderte er: »Hoffentlich hast du Recht, Barbara, denn sonst schaut's schlecht aus! Wenn die Finni auf ihrer Behauptung besteht, dann fürcht ich allerhand, zumal sich der arme Teufel ja nicht wehren kann! Ein anderer könnt sich vielleicht herausreden, aber der Seppi ... Das ist eine ganz böse Suppe, die sich da zusammengebraut hat!«

Nachdenklich kam es von der Barbara: »Ich überleg schon die ganze Zeit, was die Finni für einen Grund haben könnte, so was heraufzubeschwören? Was bezweckt sie denn damit? Nur weil man jemanden nicht mag, hängt man ihm doch nicht gleich so was Schlimmes an.«

»Das ist es, warum ich für den Seppi fürcht!«, gab der Franzl zu. »Jeder wird sich sagen, dass etwas dahinter sein muss! Wenn doch nur die Kratzer nicht wären ... Nicht, dass ich ihm helfen möcht, wenn er es wirklich getan hat«, setzte er einschränkend hinzu, »aber irgendetwas muss ihn veranlasst haben, auf die Finni loszugehen, das steht fest! Und was ist das Nächstliegendste? Sakra, wenn doch nur jemand gesehen hätt, was wirklich zwischen den beiden vorgefallen ist.« Nachdenklich verstummte er. Nach einer Weile aber legte er seinen Arm um die Barbara und zog sie an sich. Seine Stimme klang zärtlich, als er sagte: »Ich hab mir diesen Abend ganz anders vorgestellt, Barbara! Ich hab mit der Mutter geredet, und sie war ziemlich beeindruckt!«

»Wovon denn?«, fragte die Barbara überrascht.

»Na ja, dass du, als reiche Bauerntochter, dich als einfache Magd verdingt hast, und dass du auch wie eine solche gearbeitet hast! Sie lobt dich ja in den höchsten Tönen!«

Es tat ihr gut, das zu hören. Trotzdem fragte sie: »Und sie hat gar nichts dagegen einzuwenden?«

Mit einem Schmunzeln gab er zu: »Freilich, das schon, sonst müsst sie ja keine Mutter sein! Ihre größte Sorg ist, dass wir uns nicht genug kennen ... Aber das hab ich ihr schon ausgeredet! Entweder man liebt ein Mädl, oder man liebt sie nicht! Ich halt nichts davon, dass sich die Liebe erst in der Ehe einstellt! Das ist alles

Geschwafel von vorgestern, als noch die Eltern eine Heirat ausgemacht und bestimmt haben!«

»Bei uns daheim kommen noch viele Ehen durch den Schmuster zustande!«, wandte die Barbara ein. »Hauptsächlich die reichen Heiraten!«

»Meinst du, dass deine Leut gegen unsere Heirat sein werden?«, wollte der Franzl nun wissen.

»Die Mutter bestimmt nicht, denn ich hab mich nie besonders gut mit ihr verstanden, sie wird froh sein, wenn ich fort bin! Mein kleiner Bruder, das ist ihr Herzblatt. Aber dem Vater wird's Leid tun, dass ich so weit weg bin von daheim!«, gestand sie mit leiser, etwas bedrückter Stimme.

Plötzlich klopfte es an der Hüttentür und gleich darauf betrat die Kathl die Stube, den Seppi hielt sie an der Hand gefasst und zog ihn hinter sich her. Die Gesichter von Mutter und Sohn zeigten einen verstörten, ängstlichen Ausdruck.

»Jessa, was ist denn?«, entfuhr es der Barbara.

Nach einem harten Aufseufzen begann die Kathl: »Ich bin selber mit schuld, denn ich hab immer gesagt, er darf nichts verraten! Aber jetzt muss geredet werden! Jetzt muss alles ans Tageslicht kommen! Der Seppi hat nichts getan! Alles was die Finni erzählt hat, war gelogen! Sie hat das bloß erfunden, damit auf sie selbst kein Verdacht fällt.«

»Herrgott, Kathl«, fiel ihr nun der Franz hart ins Wort, »so sag doch schon endlich, wie's wirklich gewesen ist! Was denn für ein Verdacht?«

Nun warf die Kathl einen angsterfüllten, aber auch mitleidigen Blick hin zur Barbara und sie schien zu zögern. Plötzlich aber strafften sich ihre knochigen Schultern und sie berichtete in hastigen, sich beinahe überstürzenden Worten: »Der Seppi hat der Finni nichts wollen! Er hat ihr nur einen Anhänger vom Hals gerissen, der ihr nicht gehört hat, und dabei muss er sie gekratzt haben! Er weiß, wem der Anhänger gehört hat, denn er hat auch so einen gefunden, neben einem Toten, der unten in der Klamm vergraben ist.«

Barbaras Gesicht war wachsbleich geworden. Mühsam brachte sie hervor: »Wo ist er, der Anhänger?« Sie wollte sich erheben, doch der Franz ließ sie nicht los. Mit sanfter Gewalt hielt er sie an sich gepresst.

Während der Seppi mit verlegen gesenktem Kopf dastand, kam nun die Kathl an den Tisch. Wortlos legte sie die in Gold gefassten Keilerhauer auf das Tischtuch.

»Es ist vom Hans«, stöhnte die Barbara.

»Den hat die Finni am Hals getragen«, behauptete nun die Kathl mit anklagender Stimme. »Aber es ist noch einer da, der gleiche«, und sie kramte in ihrer Rocktasche. Nun brachte sie auch den zweiten Anhänger zum Vorschein und legte ihn ebenfalls auf den Tisch. Plötzlich erstarb ihre Stimme zu einem tonlosen Flüstern: »Den hat der Seppi in der Klamm gefunden, neben einem Toten. Ich hab ihm verboten, was davon zu verraten, denn ich hab gefürchtet, man tät meinen armen Buben dafür verantwortlich machen! Aber jetzt, nachdem das mit der Finni passiert ist, kann ich nicht länger schweigen. Man soll nicht den Seppi für was einsperren …«

»Franzl, wie kommt die Finni dazu?«, kam es aufschluchzend von der Barbara.

Ein unheimlicher Verdacht stieg im Franzl auf. Er erinnerte sich der lauten Worte, die er erlauscht hatte, als sich die Finni mit dem Loisl über etwas gestritten hatte. Es musste dabei um die Charivari-Kette gegangen sein. Gepresst stieß er nun hervor: »Kathl, du bleibst bei der Barbara und rührst dich nicht von ihr fort! Seppi, wir zwei steigen jetzt in die Klamm hinunter.«

»Jessas, Maria und Josef, doch nicht jetzt in der Finsternis«, entfuhr es der Kathl schaudernd.

»Wenn da was unten ist, dann brauchen wir uns davor nicht zu fürchten! Ich nehm eine Lampe mit!« Seine Stimme wurde sanft und besorgt, als er sich nun an die Barbara wandte: »Du musst jetzt tapfer sein, Barbara! Ich bitt dich, bleib sitzen, bis ich wiederkomm! Und wenn's einen Schuldigen gibt, dann werden wir ihn jetzt finden, das versprech ich dir! Aber unternimm nichts! Wart, bis ich komm!«

Sie konnte ihm nur stumm zunicken, ihre dunklen Augen schwammen in Tränen.

Nachdem ihr der Franzl noch ein letztes Mal beruhigend übers Haar gefahren war, stand er auf und holte sich eine Petroleumlampe.

»Musst dich nicht fürchten, Seppi, der Franzl ist ja dabei«, sagte die Kathl zu ihrem Buben.

Man sah es dem Seppi an, dass er Angst hatte, doch er nahm sich zusammen und nickte.

Die Kathl schien es endlich eingesehen und gelernt zu haben, dass die Menschen aufeinander angewiesen sind und dass man sich gegenseitig beistehen und helfen musste. Es ging nicht, dass man sich ausschloss, denn einmal kommt für jeden die Zeit, in der er Hilfe braucht. Sie setzte sich neben die Barbara und legte ihr tröstend den Arm um die Schultern. Selbst ihre Stimme hatte die gewohnte Sprödigkeit verloren, sie klang mitfühlend, als sie sagte: »Du musst jetzt ganz ruhig bleiben, Barbara! Schau, es ist doch besser, wenn du endgültige Gewissheit hast als die andauernde Unsicherheit!«

Als nun der Franzl mit einer Lampe in der Hand die Stube wieder betrat, bat die Barbara: »Lass mich mitgehen!«

»Das kommt überhaupt nicht in Frage«, entschied der Franzl sofort. »Kathl, du passt auf sie auf!«, befahl er streng. »Komm, Seppi, gehen wir!« Er warf der Barbara noch einen mahnenden Blick zu, dann verließ er, gefolgt vom Seppi, die Stube.

Die Nacht war finster, doch der Himmel war voller glitzernder Sterne. Der Nachtwind strich flüsternd über das Almfeld. Nur das Geläut der Herdenglocken war zu hören und das Murmeln der Brunnen.

Der Franzl warf einen kurzen Blick zum Kaser der Großklettner Finni hinüber, dann hastete er mit langen Schritten abwärts. Er musste sich Gewissheit verschaffen, ob dort unten in der Klamm wirklich ein Toter lag, ob nicht am Ende doch alles der Fantasie des Buben entsprungen war.

Als sie die Klamm erreichten und sie das Tosen des

Wildbaches vernahmen, fragte der Franzl: »Seppi, weißt du einen Einstieg?«

Sofort nickte der Seppi und ging voran. Als er die Stelle gefunden hatte, deutete er in den schwarzen Schlund hinab.

Überrascht stellte der Franzl fest, dass es tatsächlich nicht schwierig war, in die Klamm hinunterzusteigen, also kannte sich der Seppi doch hier sehr genau aus! Eine feuchte, unheimliche Kälte schlug ihnen entgegen, als sie unten ankamen. Nun entzündete der Franzl seine Lampe. Man sah gerade so viel, dass man das Wasser glitzern sah und die größeren Felsbrocken erkennen konnte.

Nun übernahm der Seppi die Führung – er schien auch in der Finsternis zu sehen – und stieg voran, bachaufwärts.

Nun hatte der Franzl Mühe, dem Buben zu folgen, der gewandt von Stein zu Stein sprang und trockenen Fußes vorwärtskam, während er immer wieder in das eisige Nass tappte.

Als sich die Klamm zu einem kleinen Kessel erweiterte, kletterte der Seppi das linke Ufer hinauf, das hier stufenförmig abfiel. Einen Meter über dem Bachbett blieb er stehen und winkte dem Franzl.

Nun stand der Franzl neben dem Buben, doch außer einem Haufen angeschwemmter Felsbrocken konnte er absolut nichts Verdächtiges entdecken.

Der Seppi zögerte, doch nach einigem Widerstreben bückte er sich und begann, einige Steine beiseite zu räumen.

Das trübe Lampenlicht warf einen milchigen orangeroten Schein auf die silbergrauen Steine. Nun half auch der Franzl beim Auseinanderklauben des Gesteins. Er hatte noch keine fünfmal zugegriffen, als ihm ein entsetztes Aufstöhnen entfuhr. Verstört blickte er auf eine zerfallende Knochenhand.

Der Seppi richtete sich auf und trat mit schreckensbleichem Gesicht einen Schritt zurück.

Dem Franzl brach der kalte Schweiß aus, doch vorsichtig räumte er noch ein paar Felsbrocken beiseite. Eine vermodernde Decke und verschimmeltes Leder kamen zum Vorschein. Er hatte nun genug gesehen, denn er wusste, dass der Vermisste Lederkleidung getragen hatte. Schaudernd wandte er sich ab. Seine Stimme klang heiser, als er hervorpresste: »Komm, Seppi, gehen wir wieder!« Beinahe fluchtartig verließen sie die unheimliche Stelle.

Erst als sie auf dem sicheren Almboden standen, getraute sich der Franzl wieder frei zu atmen.

Es war noch keine Stunde vergangen, als der Franzl und der Seppi den Auracher-Kaser wieder betraten.

Sofort kam der Franzl auf die Barbara zu und drückte sie wie beschützend an sich. Seine Stimme klang etwas unsicher, als er ihr nun berichtete: »Es besteht kein Zweifel mehr, es ist dein Bruder! Ich will dir nicht wehtun, Barbara, aber ich muss es dir sagen, dass es kein Unfall gewesen ist! Man hat ihn in der Klamm unten vergraben! Wie es passiert ist, kann ich dir nicht sagen, ich weiß es nicht! Aber ich hab eine Vermutung! Sie ist zwar recht dürftig, aber ich will's versuchen!« Nun wandte er sich an die Kathl und bat: »Bleib noch da, Kathl! Ich geh noch rasch fort!«

Die Kathl schien zu ahnen, wohin er wollte, und sie nickte.

Still weinte die Barbara vor sich hin. Sie schien völlig gebrochen zu sein. Wortlos ließ sie den Franzl gehen.

Der Franzl hatte sich so einiges überlegt und er sagte sich: Wenn die Finni etwas damit zu tun hat, dann wird sie es bis zum letzten leugnen! Sie ist eine eiskalte raffinierte Person, das hat heut die Geschichte mit dem armen Seppi bewiesen. Es könnt nur gehen, wenn ich sie überrumpeln kann!

Und gerade das wollte er versuchen.

Als der Franzl auf ihren Kaser zuschritt, sah er, dass heute die Vorhänge nicht zugezogen waren, also war sie allein!

Er brauchte nicht lange zu warten, denn kaum hatte er geklopft, als sie ihm auch schon öffnete.

»Das ist aber eine seltene Ehre«, stieß sie überrascht hervor. »Komm rein, Franzl! Gell, du hast es schon gehört, was mir heut passiert ist! So ein Dreckfink, ein misrabler ...«

Franzls Augen blickten sie kalt an und bald wurde sie unsicher. »Das war doch alles gelogen!«, hielt er ihr scharf vor.

Nun begann sie zu schreien und wies auf die Kratzspuren. »Und was ist das? Ist das auch nicht wahr?«

Fast gelassen wandte er ein: »Das hast du dir selber zuzuschreiben! Was musst du dir auch eine Kette umhängen, die einem Toten gehört!«

Plötzlich erbleichte sie. Mit einer fahrigen Bewegung fuhr sie sich an den Hals, sofort begann sie nervös zu stottern: »Bist narrisch? Ich ... wie kommst du denn da drauf? Die Kette? Die Kette gehört mir! Gestohlen hat er sie mir!«

»Spar dir den Schmarrn! Der Anhänger hat dem verschollenen Burschen gehört.«

»Das ist nicht wahr! Wie willst denn ausgerechnet du das wissen?«, verteidigte sie sich lautstark.

»Weil ihn die Barbara erkannt hat! Der Bursche, den ihr, der Loisl und du, unten in der Klamm vergraben habt, das war nämlich ihr Bruder!«

»Was?«, entfuhr es der Finni verstört. Ihre Stimme war nur noch ein heiseres Flüstern, als sie hinzusetzte: »Davon weiß ich nichts! Wir ... wir sollen ...«

»Ja, du brauchst es gar nicht zu leugnen! Es hat euch nämlich jemand gesehen, wie ihr ihn hinuntergeschafft habt!«

»Nein, das ist nicht wahr«, protestierte sie schwach. Ihr Gesicht war angstverzerrt.

»Doch, die Kathl hat euch gesehen! Sie hätt nichts gesagt, du weißt ja, wie seltsam sie sein kann! Aber das mit dem Seppi heut, da bist du zu weit gegangen! Das war dein Fehler und drum hat sie geredet!« Mit angehaltenem Atem und voller Spannung wartete er auf ihre Reaktion.

Und er hatte sich nicht getäuscht. Plötzlich brach sie zusammen. Plötzlich aber richtete sie sich wieder auf, ein unstetes Flackern war in ihren Augen, als sie hysterisch kreischte: »Ich kann nichts dafür! Es war der Loisl, er hat ihn erwürgt! Ich hab's mit eigenen Augen gesehen, hier drinnen ist es passiert, das werd ich beschwören! – Ich kann nichts dafür …«

Schaudernd betrachtete er dieses Mädchen, das er seit ihrer Kindheit gekannt und geschätzt hatte. Seine Stimme wollte ihm nicht gehorchen und er musste sich zuerst räuspern, ehe er mühsam hervorbrachte: »Das kannst du alles der Polizei erzählen! Zieh dir was an, dann bring ich dich hinunter!«

»Nein, ich geh nicht!«, fuhr sie unvermutet hart auf. »Ich kann doch mein Vieh nicht allein lassen!«

Da packte er sie hart am Arm und herrschte sie an: »Du kommst mit! Dein Vieh versorgt die Kathl!«

Plötzlich brach aller Widerstand in ihr zusammen. Willenlos ließ sie sich von ihm fortführen. Nur einmal noch begehrte sie auf. Als sie vor Barbaras Hütte standen, protestierte sie: »Nein, da geh ich nicht hinein!«

Das schien er zu verstehen, und er rief laut: »Kathl! Kathl, komm raus!«

»Was ist denn?«, fragte die Kathl, als sie in der erleuchteten Tür erschien. Als sie die Finni erblickte, verstummte sie erschreckt.

Hastig sagte der Franzl: »Schaut's auf der Finni ihren Kaser und das Vieh, bis jemand hochkommt! Ich bring sie jetzt hinunter! Ich möcht dich auch bitten, Kathl, lass die Barbara heut Nacht nicht allein! Ich komm, sobald ich kann!«

Mit entsetzten Augen schaute ihnen die alte Kathl nach, wie sie in der Dunkelheit verschwanden. »Also doch!«, entfuhr es ihr. Und bestürzt eilte sie in die Stube hinein.

»Jessas nein! Ach du liebe Zeit, wer hätte denn so was gedacht!«, jammerte die Auracherin ein ums andere Mal, dabei rang sie verzweifelt und verstört die Hände, als der Franzl mit dürren Worten berichtet hatte, was geschehen war.

Der Auracher saß da, als verstünde er die Welt nicht mehr, er konnte nur stumm ein über das andere Mal den Kopf schütteln.

»Ich muss wieder fort, Mutter«, unterbrach der Franzl ihr Gejammer. »Ich möcht oben bei der Barbara sein, ehe die anderen kommen und den Toten holen!«

»Das arme Mädl«, stöhnte die Auracherin schaudernd.

»Ich bring sie gleich herunter, Mutter! Bis die Moidl wieder gesund ist, wird der Seppi unseren Kaser versorgen! Ich bin überzeugt, dass er es kann! Und noch was«, damit wandte er sich an seinen Vater, »ich tät den Seppi über den Winter gern zu uns nehmen, als Rossknecht!«

»Wenn du meinst, von mir aus«, erwiderte der Auracher.

»Jetzt muss ich fort, Mutter«, drängte der Franzl. »Ich mein, dass wir bis mittag wieder daheim sind.«

»Ja, Bub, kümmer dich gut um das arme Mädl, sie hat schon genug durchgemacht!«

Als die Polizisten im Großklettner-Hof den Loisl abholten und ihm vorhielten, dass die Finni bereits alles gestanden habe, ergab er sich ohne den geringsten Widerstand.

Die Großklettnerin fiel in Ohnmacht, doch der Bauer schrie und wetterte wie ein Berserker. Wären die beiden Beamten nicht dazwischengetreten, dann hätte er den Loisl umgebracht. »Mörder! Räuber!«, schrie er und fuchtelte wie wild mit den Armen durch die Luft. »Ein Mörder hat meine Tochter verführt! Aber mein armes Mädl muss freigesprochen werden, das schwör ich! Du, du bist der Lumpenkerl und alles ist deine Schuld! Es muss bestraft werden, dass sich ein Knecht an meiner Tochter vergangen hat!«

Der Loisl schwieg verbissen, er warf dem Bauer nur einen sonderbaren, fast mitleidigen Blick zu, ehe er abgeführt wurde.

Als der Franzl Barbaras Hütte erreichte, war es früher Morgen. Trotz der frühen Stunde erwartete ihn das Mädchen, fertig zum Abstieg gekleidet, in der Hüttentür. Ihr Gesicht war sehr blass, dunkle Ringe lagen unter ihren Augen, doch sie schien sich gefasst zu haben. Sie presste sich an ihn und bat: »Bring mich hinunter, Franzl! Ich kann nicht mehr hier oben bleiben!«

»Ja, Barbara, deswegen bin ich da!«, erwiderte er beruhigend. Im Stillen fürchtete er, sie könnte Fragen stellen, wie ihr Bruder ums Leben gekommen war. Aber sie schwieg. Er führte sie zur Bank und drängte sie, sich zu setzen. »Wart ein bisschen, Barbara! Ich red nur schnell mit der Kathl, dann gehen wir!«

Während die Barbara nun, vom hellen Licht der Morgensonne überflutet, auf der Bank vor der Hütte saß, schaute sie unverwandt hinunter, dorthin wo die Klamm rauschte. Für all die majestätische Schönheit ringsumher hatte sie keinen Blick. Sie musste immer nur das eine denken: Dort hat mein Bruder sterben müssen!

Das Almfeld schimmerte im Morgentau, als wäre es mit Diamanten bestreut. Unter jedem Schritt sprühten die winzigen Tröpfchen in allen Regenbogenfarben glitzernd davon.

Der Franzl trug die hohe Kraxe, in der Barbaras Sachen verstaut waren, auf dem Rücken. Das Mädchen führte er an der Hand, als sie abwärts gingen.

Je näher sie der Klamm kamen umso rascher wurde Barbaras Schritt. Mit unsicherer Stimme fragte sie: »Wo ist es, Franzl?«

Der Franzl wies mit dem ausgestreckten Arm etwas weiter abwärts.

Nun riss sie sich los und lief voraus. Als sie die bezeichnete Stelle erreicht hatte, blieb sie stehen. Sie schaute mit einem schmerzlichen Blick hinunter in die dunkle Tiefe, aus der das Rauschen des Wildbaches heraufdrang. Jetzt beugte sie sich weit nach vorn und mit einem trockenen Aufschluchzen warf sie den Strauß mit den roten Almrosen in die Klamm.